—————— 阅读之前 没有真相

午夜文库

白雪公主和三个谜案

首届新星国际推理文学奖获奖短篇集

李虹辰 范讽 茄子提子 著

目 录

1	白雪公主和三个谜案 / 李虹辰
75	一把雨伞的梦 / 范 讽
141	归属感 / 茄子提子

白雪公主和三个谜案
李虹辰

"我采纳了你的建议。"李见白刚进门,我就迫不及待地说道。

"我的建议?"李见白脱下猎装外套,挂在我家客厅的挂衣架上,卷起衬衣的袖子,在角落的单人沙发里坐舒服了后,才漫不经心地问,"你打算跟荣美表白了吗?"

"什么啊!我是说写小说的建议!"眼看着李见白像在自家一样随便,我竟全然想不起发火,大概我已经被创作的兴奋感冲昏了头脑。

"写小说,我什么时候给过你这样的建议?"说着,李见白又起身打开了空调,还从冰箱里拿出啤酒独自畅饮起来。

眼前这个人的脑容量不够了吗,短短两周前发生的事情就忘记了?

即便这样想,我依然没有发火,反而提醒道:"那天我们一起出差,在绿皮火车上不是碰到了一起故意杀人案件吗,下车之后你建议我不要再做律师了,而是去做什么?"

"我建议你去写小说了吗,该不会还是推理小说吧?"他眨巴眨巴眼看着我,一副无辜的模样。这个扎着丸子头,长着络腮胡,走在路上绝对会被认为是街头痞子的家伙,现在却露出一副人畜无害的表情,真是让人恶心得浑身起鸡皮疙瘩。

他不愿认账的态度把我激怒了:"当然是啊,你这家伙!我就知道,你当时说那些话根本不是什么建议,而是讥讽,亏我后来还真的考虑一番，甚至还付诸行动了。"

"推理小说只不过是意淫的游戏罢了，现实生活中哪里会有什么案件让我们这些推理爱好者来推理，警方一上技术手段，凶手就无处遁形了。"说话间，李见白手里的啤酒已经见底了，"且不说你有没有写推理小说的实力，据我所知，以你保守死板的性格，就不适合写推理小说，有这时间还不如去跟荣美表白来得实在。"

听完他的话，我更是气不打一处来："你自己不就在那趟列车上扮演了侦探的角色吗，而且两周前是你口口声声说我可能是写小说的'天才'。还有，别总把荣美挂在嘴边好吗，早知道我就不告诉你了，你不把这事传得人尽皆知就不罢休是吧？"

就在几天前，一不小心之下，我这点小心思被他发现了，当时我还拜托他一定要帮我保守秘密，没想到现在他竟然把"荣美"两个字当作口头禅一样。如果传到荣美耳朵里，我不但不敢再去她的律所，恐怕跟她连老友都做不成了。

面对我的炮轰，他竟像是没听到一样说："你今天求我过来到底有什么事？如果你不打算表白，没有好戏可看的话，那我就先回去了，我新买的拼图刚拼到一半，正在紧张时刻啊。"

虽然没搞清楚拼个拼图有什么可紧张的，但他倒确实让我想起今天约他过来的初衷："刚刚我说了，写小说这件事，我已经着手了，甚至进度比你的拼图还快一点，但是我有点吃不准这篇小说的质量到底是个什么水平。你不是看了很多推理小说吗，所以我想请你看看，我写得怎么样，还有没有继续写下去的必要。"

"我拒绝。"李见白干脆地说。

"你把我的啤酒给我吐出来。"

李见白态度立刻转变了："我是为了你好，写推理小说是一条很艰难的路，你还是好好当你的律师，这样才有资格去跟荣美表白。荣美应该不想跟一个没有天分的作家共度余生。"

我很少见李见白走心，便也真诚应道："我肯定不会全职写小说啦，之所以有这个想法，除了你的建议外，其实那天在火车上的经历也让我对推理小说产生了一点兴趣。"

"主要是我还有那么多没开封的小说都没来得及看，根本没时间去看一个门外汉——甚至连门外汉都算不上，毕竟之前你连一本推理小说都没看过——的习作，而且是个半成品。"李见白挑着眉毛说。

这家伙，终于说出真心话了……

在这件事上，李见白是个十足的矛盾体，在他看来，推理和推理小说是两码事。一方面他对推理这件事始终保持着一种可以称为上瘾的狂热；另一方面，从他的言语中听来，他似乎又对推理小说这种文学类型嗤之以鼻。更奇怪的是，他常常购入并阅读大量的推理小说，一旦沉浸其中就会忘却其他。所以到目前为止，连我都没法准确地判断他对推理小说的态度究竟如何。

幸好我对此早有预见，也做好了应对的准备。想让这家伙就范，就得利用他的好奇心以及对推理的偏执。

"实话告诉你，我的这篇小说，涉及三个诡异的谜案，故事仅仅写到案件发生，还没有写出真相。但三个谜案的解答我已经构思完毕。也就是说，如果你现在阅读，就有机会在这篇小说完成之前解开谜题，而不是像读其他小说时那样，只能如同核对参考答案一般地阅读下去。在小说作者之前抢答，你从来没有过这种阅读体验吧。只此一家，别无分店哦。"我放出第一个诱饵。

"有答案能核对更有安全感。无论是推理还是真相你都还没写,就算我猜出了正确答案,你也可以胡诌一个理由来改变吧。面对故事的创作者,故事的上帝,我完全没有验证的方法,这未免太不公平了。"李见白摇了摇头。

虽然他摇头表示拒绝,但我很清楚,他已经上钩了。

"难道老朋友的人品你都不相信吗?而且我认为我的故事只有唯一正确的解答,否则是无法同时解决三件谜案的,变更解答是完全不可行的。"我顿了顿,接着放出第二个诱饵,"不如这样吧,跟你打个赌,如果你做出百分百正确的解答,我近期就会跟荣美表白,如何?"

李见白瞟了我一眼,撇了撇嘴,右脚不自觉地打着节拍。

大鱼已经咬死钩了,最后一步,得拼了命拉上来。

"如果连好兄弟这个忙你都不帮的话,那我也没必要再替你保守秘密了,明天我就向律所报告你在火车上帮助警方侦破案件的事情,到时候少不了给你颁个助人为乐奖或者好人好事奖,那你可就出名了,搞不好还有人邀请你去宣讲你的感人事迹呢。"我死拽住鱼竿,使出浑身解数朝天拉着。

李见白吃惊地望着我:"老甫,这未免也太恶毒了,你这样做跟把我斩首示众有什么区别?"

"那我现在把书稿给你拿来?"

"希望你写得不长。"李见白起身,又去冰箱里拿啤酒了。

我从书房取来书稿,交到李见白手中。

看到标题,他朝我投来疑惑的眼神:"《白雪公主和三个谜案》?"

"啊,没错,就是以那个经典童话故事为蓝本创作的本格推理小说——是这么说没错吧,本格推理小说?"我用炫耀的语气说,试图告诉他我可是提前做了功课的。

"这个名字未免太没创意了,上次见到类似的名字还是孙悟空大战变形金刚。"李见白一边吐槽一边翻开了书稿。

话虽如此,但我仿佛听出了他话语中颇感兴趣的意味。

第一章

是夜,城堡的某个角落里,一个黑色身影踱步来到挂在墙上的大镜子前。

身影的黑色来自身上的那件披风,披风之内是一套华丽的紫色宫装,在烛火照射下宫装上的宝石发出闪闪光亮。

镜面上闪过一阵水波般的绿纹,随即一张泛着红光的脸出现在镜子中央。

幽静之中,黑色身影的声音突然响起,打破了房间里的沉寂:"魔镜魔镜,谁是这世界上最美丽的女人?"

语罢,房间又重归幽静。

过了一会儿,黑色身影提高了声调,带着怒气再次问道:"魔镜,谁是这世界上最美丽的女人?"

这次,镜子上的那张脸立刻回答道:"当然是您,我亲爱的王后,您就是这世界上最美丽的女人。"

黑色身影脸上露出笑容,而后心满意足地转身,吹灭了烛火,房间陷入黑暗之中。

侍卫格林今天来接班时又迟到了十几分钟,他并非碰到了意外情况,也没有睡过头,而是故意这么做的。虽然这样做免不了要被上一班的侍卫抱怨几句，但他没有做任何解释或反驳，只是默默地站到他的岗位上去，因为四个小时之后，他就可以对下一个接班侍卫做出同样的抱怨。风水总要轮流转嘛。

起先格林总是按时来接班，但后来发现不管他按时与否，他的下一班侍卫总会迟到，这样就导致他每天都要比其他侍卫多值班一会儿，时间有长有短，少则几分钟，多则半小时，完全看接班侍卫的心情。对此他抱怨过、上报过，但收效甚微。后来他想明白了，只要他也迟到，那最终各班的值班时间就会回归均衡了，于是他索性有样学样起来。

格林在门边的岗位站定，看着对面墙上的时钟，时钟刚刚走到十二点一刻，他轻轻叹了口气，期盼着时间能走快一些，期盼着接班侍卫能准时一些，因为他好不容易约到了一位美丽的姑娘今天一起共进晚餐。那可是他心心念念了许久的姑娘，一想到晚上的这桩美事，他就止不住地乐。

他本月的工作任务，就是跟侍卫班一起，每天二十四小时六班倒地在此站岗，守护王后空无一人的侧殿。侧殿位于一条偏僻走廊的尽头，可以说是宫中最隐秘的角落。

当然这么偏僻的侧殿并不是王后的寝居所在，它存在的目的只有一个，那就是用来收藏王后的宝贝。虽然格林从没有进去过，甚至因为站岗位置的原因连朝里面瞥上一眼的机会都没有，但他从别的侍卫那儿听到的流言倒是不少。有人说里面收集了足够载满八辆马车的古罗马金银器皿、首饰；有人说里面摆满了各种巫术材料和道具，白色的乌鸦羽毛和青蛙的眼泪是其中最寻常的东西；还有人说里面最重要的宝贝是一面镜子，那是她带来的嫁妆。据说那面镜子不仅知晓古今，还能预知未来，不管问它史上最大宝藏的藏匿地点，还是询问者的寿命时限，它都能给出最准确的回答。

格林对此是全然不信的。王后一周只会来三五趟，每次来都只在下午四点钟，独自一人进去，在里面待上半个小时左右就出来，然后去跟国王共进晚餐，行程从来没有改变过。如果说那些流言是真的，这里面真的有那么多宝贝，那王后肯定恨不得一天到晚守在这里寸步不离，不然的话怎么能吃得下饭、睡得着觉呢？这就是格林的逻辑。

这个岗位虽说不用风吹雨淋，也不用出生入死，但格林觉得无聊至极。他当初加入侍卫队是梦想着成为征战沙场、保卫王族的将军，可不是为了给王后站岗的。虽说王后也属于王族的一员，但在格林看来，她始终是个外来者。

跟格林持同样观念的王国民众不在少数，主要原因有两点。一是国王娶过一位王后，那位王后母仪天下、端庄典雅，深受民众的爱戴，她还为国王生下了一位可爱的公主，那时的国王一家是民众羡慕和敬仰的对象。可是好景不长，公主刚满周岁，前任王后就不幸身患恶疾，抱憾病逝。而在前任王后过世不满半年的时候，国王就迎娶了现任王后，这让民众们心中完美家庭的榜样彻底崩塌，同时也自认为理所应当地把这份失落和不满都投注到现任王后身上。

原因之二是，前任王后是本国贵族的女儿，而现任王后则是邻国国王的女儿，相较之下，当然前者才是自家人，而后者则是外来客了。虽说现任王后年少嫁来，已经在王国生活十余载，也为国王生下一个儿子，但这种观念早已在民众心中扎下深根。尤其是后来邻国没落，王后的诸多亲族都来投靠，让王后身边自然而然地形成一股势力，加重了民众的偏见。

如果仅仅是把王后认定为外来者，倒也不算什么，毕竟国王对她疼爱有加，但真正连国王都感到困扰的是，现任王后在民众心目中的形象不太好。

民众虽然很少有机会见到王后，更不用说接触她，但王宫里的流言蜚语是不受围墙阻隔的。在那些流言里，王后是一个色厉内荏、刁钻刻薄、喜欢钻研巫术又忌妒心极强的坏女人。其中不仅包括她用巫术把一个没有行礼的侍卫变成狗尾巴草的故事，还有她绝不允许视线范围之内出现个子比她高的侍女，否则就会斩下她脚踝的说法，更有由于她莫名的忌妒心，从不让自己控制范围内的，包括亲族中的年轻女性与国王相见的传言。总之，在民众看来，他们的国王很有可能是被王后的美色或巫术给迷惑了。

格林在宫里任职多年，对于王后的人品还是有自己的判断的。凭借着为王后站岗的便利，他前后见过王后十几次，虽说王后从不把他放在眼里，更谈不上有什么交流，但格林可从来没见过谁被王后施法变形或处以酷刑。王后并不是巫术的狂热爱好者，尽管王后身边常年伴着一位年老的侍女，看上去神神道道，经常说些不明所以的话，但相比于巫婆，她其实更像是疯子。听说老侍女从小照顾王后长大，由此倒也能看出，王后还是很念旧情的。

之所以会有王后喜欢钻研巫术的说法，据格林分析，很有可能是民众把王后和她的妹妹给弄混了。这个所谓的妹妹其实跟王后同父异母，但正是这"异母"导致了她们之间的天差地别。王后的母亲是正室，而妹妹的母亲则是仆人，所以妹妹虽然也是王室，却是其中地位最低下的，只能作为王后的陪嫁亲族来到这边。虽然在地位和身份上有云泥之别，但她们两个却有一个方面惊人的相同，那就是样貌。她们相貌极其相似，如果不让王后跟妹妹站在一起，不熟悉的人一定会把她们弄混。但只要是在宫里待得久的老人，就能一眼分辨出她们的区别，或者说只要多加观察，即便不熟悉，也能够区分。格林就是掌握这项技能的人之一。

王后的妹妹很擅长巫术，听说还研制出过一种能够延缓衰老的药水，在民间广受欢迎。但对于民众，尤其是一些愚昧之辈，巫术就是巫术，不管是做什么用处，都是邪恶的。恰恰又因为王后跟妹妹在样貌上的相似，让人们对妹妹的评价，以讹传讹地转嫁到了更知名的王后身上。

至于最后一个传言，据他所知，王后确实是不希望来投靠自己的亲族跟国王过于亲近，但格林觉得她作为一个女人这么想是可以理解的，因为她那些来投靠的亲族中大部分都是未嫁的女性，任谁也不愿意自己的丈夫跟一群年轻貌美的女孩建立太深的关系，尤其这个丈夫又干出过前妻刚亡就立刻再婚的事情。因此她把自己的亲族都安排在宫中偏远的地方甚至是宫外居住，越是年轻貌美的就住得越远，用距离来切断联系。这其中，王后的妹妹住得最远。

在格林胡思乱想间，墙上的时钟很快就走到了三点五十分。

最多再过半小时，今天的值班就结束了。格林已经开始盘算晚上跟姑娘约会时要吹嘘哪一段故事了。

就跟她讲讲我站在敌人首级堆成的山上炫耀战功的那个经历好了。格林这么想着，全然不顾这段经历仅仅在他的幻想中发生过。

就在这时，走廊里回荡起了高跟鞋敲打地面的响声，格林立刻绷直了腰杆。脚步越来越近，不一会儿，那个熟悉的身影就出现在走廊拐角处。

跟此前一样，她脚踩着鲜红色丝缎高跟鞋，身披一件硕大的黑色绸子披风，披风包裹周身，只在领口处露出里面的紫色紧身宫装和宫装上镶嵌的红色宝石，头戴那顶象征着王后地位的皇冠，仰着头、大跨步地走过来，像一只鬼魅的黑豹。只不过在格林看来，今天的王后似乎有些疲惫，即便顶着烈火红唇也不能掩盖面容的憔悴惨白。

随着脚步渐近，格林不禁紧张得挺直腰杆、板起脸，把视线投向高处，不敢正视。

这样的姿势很不舒服，但格林知道不用维持太久，因为她不会停留，之前每次都是径直推门进去。

但下一秒事态就出乎了他的意料，她停在了门口。

"现在几点钟了？"那声音带着像是在询问虚空的傲慢。

周围没有其他人，显然她问的就是自己，格林从未设想过这般情况。

他抬头看着钟表，异常的紧张让他花了几秒才认清时间，赶紧回答道："四点钟了，尊敬的王后殿下。"

她点了点头，推门进入。

听到门重新关上的声音，格林才松了一口气，但也不敢彻底放松，毕竟王后随时都可能出来。格林盯着时钟，数着时间，期盼下一班侍卫尽早到来。

此刻，格林无论如何也没想到，接下来的遭遇会让他一辈子铭记在心。起因正是接班的侍卫迟到。

时钟指向四点一刻，格林早早就做好了交班准备，但走廊里还没有出现接班侍卫的身影。或许是因为方才王后的问话扩大了他的紧张情绪，或许是担心晚上不能准时赴约，总之，今天的等待让格林越发烦躁。

砰……

似乎有什么声音传来。

那声音十分细微，就像飘在空中的棉絮，恰好飘进了格林的耳中。格林竖起耳朵听，却又什么都听不到了。他朝左右远近都看了看，哪里都不像能传出这种声音的地方。那声音有点闷，像是隔着某种厚重的东西传来的。

莫非是……

格林的眼角不自觉地往侧殿大门方向瞄了一下，虽然什么都没看到，但他隐隐觉得声音是从门里传来的。

侧殿的墙体厚重，大门严密，隔音效果很好，格林此前从来没有听到里面传出过任何声音。

应该不是，格林这么想着，但他立刻意识到了这样做是错误的，重新站直身子。

好像就是门里传来的，王后在干什么呢……

格林集中注意力，想再听到些什么，但后来就再没有听到任何声音了。

跟姑娘约的是五点钟，从宫里出发赶过去大概要半个小时，最晚四点半他就得出发。没关系，还有十五分钟的容错量。这么想着，格林又勉强振奋起精神，开始幻想起自己在战场上杀敌无数的美梦来。

时钟指向四点三刻，格林已经第七次朝走廊里张望了，虽说接班迟到是常事，但却从未迟到这么久，他甚至怀疑接班侍卫是不是发生意外事故了。

格林心里很犹豫，约会心切的他无比想要直接离岗，奔向那位美丽的姑娘，但这是他的职责所不允许的，而且还是王后正在屋里的时候。万一王后出来时发现门外无人守卫，那他可能真的要体验到传说中变成狗尾草的惩罚了。

虽然心头犹如万虫爬过，但他还是坚守着岗位，他能做的只有不停地看向时钟、不停地看向走廊，心烦意乱地猜测着姑娘是不是已经在等他了。

终于，走廊里传来了脚步声。格林喜出望外地望过去，情不自禁地踮起脚来。

但出现的身影却让格林大失所望，来者并不是接班侍卫，而是侍奉国王的一位侍从。侍从身着颜色朴素的朝服，缓步走来。可能是经常待在国王身边的原因，侍从的步伐显得十分优雅，但也无比缓慢，这让本就烦躁的格林看得更加着急。

当侍从走到他跟前时，时钟刚好指向五点。虽说早在半小时前，他就注定要迟到了，但当约定的时间真正到来时，他才有了一种审判终于降临的感觉。

侍从在他面前站定时，格林才发现对方居然比自己高了很多。侍从微仰着下颚，视线朝下，问道："王后殿下来过侧殿吗？"

"王后殿下四点时来的，现在还在里面。"

"国王陛下已经在寝宫等候王后殿下去就餐了。"侍从皱起眉头，语气里还略带抱怨。格林心想如果此刻王后推门出来，他保准会喜笑颜开、摇尾乞怜。

侍从仿佛也看透了格林的心思，见对方没有应答，他就径自侧身贴到门前，耳朵几乎伏到门上，想听一听里面的动静。

没听上两三秒，侍从就迫不及待地叩起门来："王后殿下，国王陛下正在寝宫等您前去就餐呢。"

又这么"王后殿下、王后殿下"地叫了几声后，门里依然没有任何回应。侍从尴尬地朝格林瞟过来，格林很明显地感受到了他的眼神，但还是假装没有发现，眼睛直直看向前方。

侍从回头看了眼时钟，时间又走过了五分钟，他不能再等下去了，虽然明知欠妥，但他还是一边唤着王后，一边叩门，一边推开一个门缝，接着从门缝中闪身进入侧殿。

要是王后在屋里正在换衣服，他非得被挖掉眼睛不可。格林心里想着。

侍从的呼唤声逐渐深入，听起来越来越模糊。

"王后殿下？"呼唤声突然变调，带着明显的不解与疑惑。

"王后殿下！"呼唤声瞬间变成惊叫声，吓得格林一个激灵，他慌张地望向门缝。

"侍卫！侍卫！"门里又传来撕心裂肺的喊声。

有刺客？

格林犹豫了半秒，脑海里闪过他站在首级山上的宏伟身影，随后他抽出长剑，推门闯入。

"刺客在哪儿？！"格林挥舞着长剑大喊。

有那么几秒钟，格林的眼睛没有做好适应黑暗的准备，除了漆黑一片外，他什么都没看到。

突然，随着哗啦一声传来，有光亮照进屋里。原来是侍从不知道从哪儿摸到了窗帘。

格林首先注意到的是整个屋内的布置，在他的幻想中，这里就算不是宝物遍地，起码也应该富丽堂皇，但没想到屋里却出奇的简陋，整个屋子空空荡荡，在屋子的左侧，有四根挂着落地幔布的柱子，幔布隔绝了视线，看不到内部的景象。四根柱子围成一个长方形，短边正对着挂在墙上的宽大镜子。那镜子的铜质镜框上刻着蛇状浮雕和不明含义的咒语，镜面上黑漆漆的，看上去也不像是什么宝物。房间的更深处摆放着一张朴实无华的床铺，除此之外，屋内再无任何家什，更不用说古罗马的器皿或青蛙的眼泪。

"刺客在哪儿？王后殿下在哪儿？"格林问侍从。

这时，有风从侍从背后的窗户吹进来，格林这才注意到那是一扇装着格栅的落地窗，恐怕只能容得下鸟儿飞进，落地窗外连着阳台，那是屋里唯一的窗户。

那刺客从哪里进来的？难道不是刺客？格林心里犯起嘀咕。

只见侍从颤颤巍巍地抬起一只手，指向幔布之间。

风把幔布吹起。

格林往前走了两步，突然怔在原地。

在柱子之间、幔布之内，一个身影躺在那里，仔细一看，那个身影穿着紫色官装，胸口一块红色宝石还闪着光，身下压着黑色的披风。

但是，那个身影领口之上本该是头颅的位置，却空空如也……

随着鲜血的流向，视线再放远一些，距离身影几步之外的地上，那里是掉落下来的皇冠和王后的头颅。王后睁大着眼睛，满脸潮红，棕色的长发散落一地，似乎死前遭遇了十分恐怖的境况。

突然，格林感觉有一个视线在看着自己，他一扭头，镜子里正映出王后的头颅，而镜子中的那双眼睛正盯着自己。

自从当上侍卫以来，格林就只在宫中驻守，从来没有参与过任何规模的战争，生活中更是连一只鸡也没杀过。虽然他经常幻想鲜血成河、首级成山，但眼前这真切的尸体和头颅，却让他陷入了极度的恐惧之中。心理本能让他想逃离这里，但脚上却像灌了铅，无论如何也迈不动步。

侍从走过来，拍了拍格林说："你在这守着，我去叫人来。"

更大的恐惧朝格林袭来，他仿佛看到那头颅又滚动了一下。他赶忙拉住侍从说："你……我……我去叫侍卫队。"

格林踉跄着走出侧殿，门外的时钟还差一些到五点一刻。

这是格林担任侍卫的最后一天，从那以后他再也没有幻想过首级成山的场面。几乎像是从宫中逃出来的格林，后来跟那个等了他一晚的姑娘结了婚，开了一家花店。据他妻子说，他无法忍受家里变得完全没有任何光亮漆黑一团。当然，这是事件发生很久之后的事情了。

第二章

事件发生几日后,一位着蓝袍骑白马的年轻人来到了王国。他在城中漫无目的地四处游荡,直到跨过一条小溪,来到一堵矮墙外时,才驻足停留。

停留的原因是,他听到墙里有美妙的歌声传来。那歌声犹如百灵鸟,犹如花香,犹如一颗青苹果。年轻人翻身下马,纵身跃上墙头。矮墙内的院子里,一个楚楚动人的身影站在一口破旧的老井边,正对着井中歌唱。歌声在井中回荡,泛出层层回声,引得几只白鸽在井沿边聆听。虽然只能看到侧面,但仅这一眼,一下就让年轻人深陷在那张惊为天人的脸庞之中,她的肌肤雪白、秀发乌亮、嘴唇玫红,年轻人从未见过如此美人。

多美的人儿啊,这就是所谓的一见倾心吗?年轻人在内心自问。

年轻人翻过墙头,悄声蹑步来到那美人身边。见对方仍沉浸在自己的歌唱的愉悦之中,虽然百般不愿打断这歌声,但他还是情不自禁地摘下帽子问候道:"你好,美丽的姑娘。"

面对这突如其来的陌生人的问候,那美人显然吓到了,脸一下就变得通红。尤其一看到来客还是位英俊健硕的年轻男子时,她的第一反应是躲回到屋子里去。

美人脱兔般的模样让年轻人更加钟情，他急忙追上去，对着紧闭的门慌张道歉："等等、等等，实在抱歉，是我吓到你了吗？"

过了片刻，二楼阳台上那个美人的身影再次出现，她侧着身，仍不敢直视年轻人，轻声问道："不好意思，是我失礼了，您来这有什么事吗？"

"不必道歉，是我心切了，实在对你美妙的歌声和美丽的模样入迷了。请允许我做个自我介绍，我是最东方之国的王子，受到邀请，远道而来，能冒昧问下姑娘的芳名吗？"王子把帽子捧在胸口，微微欠身致歉。

美人的脸变得更红了，声音也变得更轻了："我叫白雪，是一位公主，大家都叫我白雪公主。"

"尊贵的白雪公主，能知道你的名字我真的很开心。我已经在城里打转得够久了，赴约的时间快到了，如果可以的话，希望不久之后可以再见到你。"王子察觉到对方的情意，但面对仍在闺房中的公主，他的行为已经越界，不应再继续进一步，是时候离开了。

离开之后，王子驾马直驱城中心的城堡，那是国王的王宫。邀请他的是国王本人，据信上所说，是请他来帮忙调查一件事关重大的谋杀案。

在过往游历的日子里，王子曾因为机缘巧合斩杀了两个劫匪，救下国王的性命，从那以后两人便结下了忘年之交，国王也对这个有勇有谋的王子十分信任，每每碰到一些棘手的事情，都会与王子书信交流，询问他的意见。

此前国王也多次邀请他到王国小住，都被他婉言谢绝了，毕竟流浪和冒险才是他的梦想，骨子里的冒险精神让他不愿忍受片刻的安宁。但是这次邀请却非同寻常，国王在信中称"发生了不可思议之事，请你务必要来"，在"不可思议之事"和"事关重大的谋杀案"的调动之下，好奇心驱使王子来到了这里。

王子行至宫门，在侍卫的引路下，一路来到国王的寝宫前。国王得到王子到来的消息，早早就在寝宫门前等候了。

"尊贵的国王陛下，让您久等了。"王子见状，立刻下马行礼。

国王赶忙扶起他说："你是我的朋友，又是我邀请来的客人，不必多礼。"

两人寒暄一番后，进到寝宫安坐。

"国王陛下，信上说前几日王宫里发生了一件事关重大且匪夷所思的谋杀案件，不知道是哪位大臣遭遇了不幸，具体是什么情况？"刚一落座，王子就直奔主题。

"遭遇不幸的是我的王后。"国王落寞地说道。

王子震惊，这才发现国王脸上憔悴苍老之像尤为深刻，他知道国王这已经是第二次失去伴侣了，一定更加痛彻心扉吧。

王子宽慰国王几句后，国王摆摆手："现在我只想找出那个杀人凶手，把他碎尸万段。"

"我一定尽力而为。"王子说，"能让知情者把当时的情况跟我讲述一下吗？"

国王一下令，从殿外走进来一个穿着庶民衣服的人，正是格林。发生事件的第二天他就提出了退出侍卫队回归庶民的请求，在得到他会配合后续调查的承诺后，侍卫队批准了他的请求。今天他正是为了履行承诺而来。

"他就是当时王后侧殿的值守侍卫，"国王解释完，又转向格林，"你把当时的情况一五一十地再讲一遍，不要落下任何一个细节。"

这已经是格林第五次重复当天的经过了，此前他分别向侍卫队长、两位主事大臣和国王本人各陈述过一遍。也正得益于此，格林没有忘记当天发生的每一个细节。

"原来如此……"王子听完整个过程，皱起了眉头总结道，"你是说，侧殿只有大门和窗户两个出入口，大门始终由你看守，而窗户又有格栅阻隔，当天除了王后没有第二个人进入，但王后却尸首分离，死在屋内。"

"是的，王子殿下。"

"后来他通知侍卫队，并请了御医过来，据御医检查，发现尸体时王后已去世一个小时以上了。"国王补充道。

"平日里，除了王后外，还会有其他人进出侧殿吗？"

"因为整个宫中早晚八点都要各打扫一次，侧殿也不例外，只不过根据王后的要求，侧殿由她亲自安排了专人负责，其他人不得进入。"国王解释道。

"王后特地安排了专人打扫侧殿吗？"

"没错，她安排的是从小照顾她长大的老侍女，王后跟我说她不放心其他人进去，说是那里面有她带来的嫁妆，全世界独一无二的宝贝，别说外人，就连我都不让进去。"

"能带我去侧殿看一下吗？"王子提出请求。国王安排侍卫队和格林带路，自己也陪同前往。

王子随着侍卫队穿过数条走廊后，来到王宫的一角。路口一转，又是一条长长的走廊，走廊到尽头只能右拐，右拐之后就到了侧殿门口，形成一个死巷。也就是说，通往侧殿的这条路，整体成"L"状，除了走廊两侧分列数个窗户外，侧殿前的这块地方没有窗户，要到达侧殿门前，必须通过走廊，不存在有人趁格林不注意进入侧殿的可能。

王子进入侧殿，里面如格林描述的一样，相当空荡，只有几根柱子、一些幔布和一张床铺。而那张床铺也是极为简陋的高脚床，即便是站着，床下的空间也能一览无余。房间的落地窗外连着阳台，落地窗上的格栅一眼就能看出是后来加装上去的。

王子走到柱子之间仔细察看，发现在靠近窗户那两根柱子之间的幔布有被利器划破的痕迹。

"这些幔布在案发时也是这样的吗？"王子指着幔布问道。幔布此刻被向左右两侧各自收束起来，在柱子的上方位置形成了八字状。

"我进来时幔布全部都散开着，这是下人后来收拾打扫的。"格林如实答复道。

"那你有切实看清幔布之中的景象吗？"

"这……"格林不情愿地回忆起来，"我确实看到了王后的尸体躺在里面。"

"除此之外呢？"

格林甩了甩头，像是想把回忆甩掉一样，停了停说："请恕我实在想不起更多细节了。"

王子思忖一番，接着向侍卫队队长问道："刚才他提到，王后有位妹妹，跟王后的样貌几乎一样，案发当时她在哪里呢？"

国王向侍卫们投去询问的眼神，侍卫队队长赶忙应道："主事大臣此前也调查过，三点一刻到三点三刻之间，王后的妹妹正在从宫里回家的路上，一路上有很多人都亲眼所见。后来主事大臣传她来询问，她说三点三刻到家后就没再出过门。"

"王后和妹妹的长相不是很像吗，你说亲眼所见的这些人能区分她们两个人吗？"

"她们长得确实相像，但是熟识的人还是能一眼看出她们的区别，周围的邻居都做证那就是妹妹本人。"侍卫队队长解释道。

王子察看完毕，走出门后，又询问道："王后的遗体现在在哪儿？"

"接到你的回信后，我没有安排立刻下葬，遗体目前安放在冰窖中。"国王说着，唤来侍卫队队长，"你跟王子一同去察看，我就不过去了，我不想再看到王后那可怜的模样。"

侍卫队队长和王子一同来到冰窖，冰窖的正中央摆着一张盖白布的长条桌，白布之下就是王后的遗体。

侍卫队队长走过去，掀起白布，退到一边，朝王子做出请便的手势。

王子走近一看，眼前的场面让他不禁后退了半步。

虽然被整理过遗容，但王后脸上依然残留着恐惧的表情，不仅如此，王后的头颅和躯干并没有紧贴着摆放，二者之间空着三指间距，看起来尤为诡异。

王子听到身后传来侍卫队队长轻轻的嗤笑声，他镇静了片刻，再次上前。他仔细端详一番，再用手抚了一下王后的脸颊后，就赶紧转身离开了。

再次察看侧殿之后，王子回到了国王的寝宫。

"你看看还需要什么，我安排大臣和侍卫全力配合你。"国王指了指侍卫队队长说道。

"目前没有其他需要了。"

"辛苦你了，那接下来就拜托你一定要帮我查出凶手来。"国王声音悲戚地说着。

"国王陛下，我想我已经明白整个案件的经过了。"王子颔首说道。

当天晚上，王后悄然下葬，王子离开了王国，继续上路。

次日，国王昭告五日后将举行婚礼，迎接他的第三位新娘——王后的妹妹，这个国家也将迎来新的王后。

第三章

王宫的角落，侧殿之中，石柱之间，一个黑色身影正在抚摸着她熟悉的镜子。

"总之，把白雪公主引到森林中，找一个荒凉之处，杀死她，再把她的心脏带给我。"黑色身影朝着台下之人说道。

台下之人半跪在地，犹豫地说："可是她……"

"闭嘴！如果你办不到的话，你知道是什么后果。"黑色身影厉声打断，"你不会希望你的妻儿死在白雪公主之前吧。"

台下之人沉默了。

"别想着耍花招，看不到她的心脏，你就再也见不到你的妻儿。"

过了半晌，台下之人才回应道："是，殿下。"

听到矮围墙里传出的美妙歌声越来越近，猎人重新戴上了手套，他知道，马上可以出发了。

院门吱呀一声打开，一只雪白的精灵从里面灵动跃出，是白雪公主。

猎人摘帽行礼，同时下意识地摸了摸腰间的弯刀。

弯刀是父亲留给猎人的遗物，也是他最顺手的猎具。今天猎人只带了它，是为白雪公主准备的。

"久等了猎人大叔，咱们出发吧！"白雪公主朝猎人露出明媚的笑容，然后心情愉悦地迈开步伐。

趁着白雪公主转过身，猎人无奈地苦笑了一下，默默跟上去。

两人这么一前一后走着，没过多久，他们就出了城门，来到野外。

一路哼着歌谣的白雪公主，一到野外就立刻被大自然的种种景观吸引住了，不管是寻常的一草一木，还是鲜艳的飞鸟花朵，都惹得她驻足观望，她仿佛小鹿一般，对这个世界充满好奇。

对于白雪公主来说，野外世界是危险地带，没有猎人的陪伴，她一个人是绝对不会到这里来的。只有赶上猎人外出打猎，又碰巧记得提前告知一声，而且白雪公主自己也方便出门时才能成行，这样的机会一年也难碰上一次，所以每次到野外来，她都会格外珍惜。

"猎人大叔，今天打算猎什么呀？"白雪公主转身问道，言外之意是在问今天的目的地。

"王宫里最近需要鹿皮，我打算猎几头小鹿。"猎人目视远方，眼神里闪出一丝犹豫，接着说道，"到森林深处去。"

在王国的西南方向，是一片无尽的森林，那里面树木繁茂、物种丰富，对猎人们而言，那里是充满着机遇与危险的完美猎场。之所以说危险，除了里面遍地是猛兽之外，还因为据说在森林的最深处生活着很多神秘的魔法生物，像是半人马、独角兽、精灵和矮人之类的，他们掌控森林的核心区域，决不允许人类涉足，一旦发现就会将闯入者杀死或奴役。不管怎么说，老练的猎人们绝不会涉入过深，且不说精灵、矮人真不真实，高山猛虎是绝对存在的。

但是今天,猎人打算比以往走得更深一些。他不能在森林边缘动手,否则会有被其他猎人或村民目击的危险。

随着越来越深入森林,猎人的心情也越来越沉重,他知道,距离他朝着白雪公主挥下弯刀的时刻越来越近了。猎人沉重的心情一方面来自白雪公主,他虽然捕杀过大大小小的无数猎物,但从来没杀过人,尤其是这么一位美人儿,这给他带来沉重的负罪感;另一方面则来自国王,猎人当初是一个浪迹天涯的旅人,风餐露宿不说,经常几天都吃不上一顿正经饭,有次晕厥在路边几乎要饿死,多亏国王路过好心施舍,才保住性命,后来又把他收作专为王官服务的猎人,这才有了他今天的美满家庭。而自己非但没有报恩,今天反而要杀死国王的女儿,这让他深感愧疚。

是白雪公主……还是妻儿……

猎人跟在白雪公主身后,盯着她白皙的脖颈和脖颈上的几根绒发,看得出神。

这么娇嫩细长的脖子,应该一刀就能砍断吧……鲜血洒在她雪白的肌肤上,一定很美吧……挖出心脏后,剩下的部分要怎么处理更好呢……妻子的脖子也是这样娇嫩细长吗……

不知不觉间,疯狂、病态的想法占据了猎人的头脑。他有些偏头疼。

森林似乎有一种压迫力,压得猎人喘不过气。

猎人环顾四周,树枝们睁开了眼睛、变成了魔爪,灌木丛露出了狞笑、长出了毛发,溪流潭水正传出尖叫、漫到脚边……

猎人只觉得头皮发麻,好像天色都昏暗下来,有那么几秒钟,白雪公主的背影和妻儿的面容在眼前交叉闪烁。

远处有窸窣声响。

爸爸……

儿子?

是谁在呼唤我吗?

有人在呼唤我。

"大叔……"恍惚中,猎人听到前方有声音传来。

他用力甩了甩头,想把那些画面、声音、想法都甩出去。

但是甩不出去……

"大叔。"猎人勉强看清了眼前的景象,仍然是白雪公主的背影,她蹲在地上,似乎在采花。有那么一瞬间,猎人觉得那声音都不是来自白雪公主之口。"到地方了吗,你要猎鹿的地方?"

"哦……快了。"

"猎人大叔。"

"嗯。"

"根本没有所谓猎鹿的地方吧。"

猎人觉得好像被闪电击中,脑子一下就清醒了:"嗯?"

"你说今天要来猎鹿,"白雪公主站起身,回过头来,眼神冷漠地看着猎人,"但却只带了一把弯刀,弯刀是无法捕猎鹿的吧?"

白雪公主转过身,说:"从刚刚你等我开始,手就没离开过刀把。这弯刀看上去威力十足,但是长度却十分有限,只能用于近距离杀伤。今天你要捕猎的对象,要么赶不上你的速度,要么你可以轻而易举地靠近。

"而这里,除了我,没有第三个人。"白雪公主直视着猎人,眼神里射出寒光,"这把刀,是为我准备的吧?"

猎人的额头瞬间冒出汗来。他觉得心跳加速、气血上涌，耳朵里嗡嗡作响。

好像哪里有落叶被踩碎的声音。

猎人右手攥着刀把，想要抽出刀来，但面对着白雪公主的眼神，他却无论如何都动弹不得。

爸爸……

儿子在呼唤……

这里距离城里只有一个多小时的脚程，虽然不是预设的地点，但也不能再等了。动手吧。

猎人用左手抓下刀鞘，右手好像也解除了禁锢，他把刀尖伸向白雪公主。

"但是你不想这样做吧。"白雪公主边后退边说，"我有更好的办法。"

白雪公主似乎对当下的境遇早有准备，但她却忽略了一个重要的问题——猎人已经听不进她在说什么了。或者说，猎人虽然能看到白雪公主的嘴巴在开合，但根本听不清她在说什么，他的脑子里好像钻进了无数的苍蝇，在不停地嗡嗡响。

猎人紧逼上几步，瞪着眼睛，抬起刀来。白雪公主在他的眼中已不再是恩人的女儿，而仅仅是一个虚幻的目标，一个可以救回妻儿的目标。

他朝着目标砍了下去。

白雪公主这时才意识到事态并没有按照她的预期发展，她急退两步，试图躲过猎人这失神的一刀。然而，横在白雪公主身后的巨大树根直接把她绊倒在地。

猎人一刀砍空。

但这已经不重要，白雪公主根本没有再站起身的空间和机会了。

猎人又迈上一步，再次抬起刀来。

"啊！"白雪公主双手护头，再也忍不住大声尖叫起来。

铛！

在猎人和白雪公主之间，发出了清脆的金属碰撞声。

这是幻觉吗？从刚刚开始，猎人就紧张得忘记了眨眼，眼睛干涩无比，现在眼前的景象让他不得不这么想。

在刀尖指向之处，站着一个硕头侏儒，他穿着一身脏破的衣裳，手里拿着一把短铲，正抵着猎人的刀刃。

这就是……传说中的……矮人吗？

不远处又传来树叶的窸窣声。猎人望去，从树木间陆续又走出了三个装扮样貌都很相似的矮人。

"糊涂蛋，我还说你又犯什么傻呢，跑得那么快，原来你眼神这么好啊。"打头那个戴着眼镜、蓄着白胡的矮人围过来说。

"万事通，今天你不灵啊，他奔着谁来的你没发现吗？看到地上这位美丽的姑娘了吗？糊涂蛋可不糊涂。"另一个满脸怨气的矮人肩扛一把长铲，鼻腔里还时不时地发出哼哼声。

猎人面前的这个矮人呼哧呼哧地喘气，似乎不会说话，但从他的表情可以看出来，他对猎人十分愤怒。

"这样可不好，糊涂蛋，把他赶出森林不就行了，他这么大个子要是死在这里，还不埋起来的话，非得把秃鹫撑死不可。反正我肯定是不会费那个劲去埋他啊。"后排那个一直乐呵的矮人把铲子藏到身后说道。

死在这里？

猎人恐慌起来，他朝着矮人们胡乱挥舞了几下弯刀，趁着矮人们后退的时机，转身就要往回逃。但没想到的是，他身后竟然还站着两个矮人,一个打着哈欠,一个流着鼻涕,一人一边用铲子拍向猎人的小腿,让猎人直接俯面摔在地上。猎人挣扎着踢开了两人,正要起身,抬头就看到从不远处的巨树后面跑出一个矮人,挥着铲子,朝他头上拍来。

晕厥,黑暗……

当猎人再次睁开眼时,自己已经被五花大绑,脑袋疼痛欲裂,面前站着白雪公主。

"冷静些了吗,猎人大叔?"白雪公主再次露出那明媚的笑容。

"我迫不得已,我的妻儿在她手里。"猎人说到这儿,低下了头,"妻子发现我招嫖之后,就带着孩子回了娘家,我已经半年没见过他们俩了,要是带不回去你的心脏……我不能失去他们。"

"心脏吗?真是歹毒。"白雪公主这么说着,表情却没有丝毫变化。

一旁的糊涂蛋又呼哧呼哧喘起气来。

万事通用铲子当拐杖倚着,看热闹似的帮忙翻译:"白雪公主,这家伙在问,什么时候动手。"

"哦,对,可爱的勇士们,我差点儿忘记感谢你们刚刚英勇的行为,也感谢你们对我的关心,但我并不打算处决猎人大叔,我有更好的办法。"

"什么办法?"猎人又仰起头看向白雪公主。

"让你不必杀死我也能回去交差,而我也能更加安全的办法。"

"怎么可能还有这种办法?"爱生气不屑地说。

白雪公主笑了笑说:"猎人大叔,你不是要捕鹿吗,带一颗鹿心回去不就行了？至于能不能拿弯刀捕到鹿，就看你自己的本事了。"

"哼，别人都是傻子吗？用鹿心就能假装人心？"爱生气又说道。

"当然不仅如此……"白雪公主边说边环顾着七个小矮人。

望着猎人远去的背影，白雪公主转过身来，对矮人们歪着头，露出可爱的表情说："第一次见面，刚刚又承蒙各位恩惠，虽然很不好意思再麻烦你们，但在这森林里除了你们我别无依靠……"

"你不会是要住到我们那里去吧？"爱生气把头扭到另一边。

"你没听到刚才那个大个子说什么吗？她回去就会有生命危险！"开心果手势夸张地说着。

"可我们那里怎么才能住得下她这么高的个子呢？"万事通皱起眉头，其他人也纷纷效仿着皱起眉来。

看到他们可爱的模样，白雪公主扑哧一声笑了出来。

翌日，猎人把妻儿领回了家，这是他们半年以来的首次团聚。

三日后，猎人一家搬到了乡下去生活，再也没回过城里。

第四章

王宫的一角。

"那卑鄙的猎人,我一定要把他的血抽干、骨头啃烂!"

黑色身影在桌边忙碌着。

桌子上,绿色的烟雾从一个满是污垢的古怪瓶子中冒出来,黑色身影从古怪瓶子中倒出一杯黏稠的液体,一饮而尽。没过多久,黑色袍子下的身体剧烈抽搐起来,她的身形逐渐佝偻,房间里回荡着隐忍的惨叫声。

惨叫声罢,黑色身影看了看自己的双手,再用手去抚摸脸颊,发出了满意的笑声。

她又从桌子另一头拿起那颗苹果,苹果颜色鲜艳、形状饱满,散发出可口诱人的气息。接着,她把苹果浸泡到那个古怪瓶子中,瓶中液体仿佛有生命一般,瞬间就钻进苹果内里。然后,苹果也发生了变化,变得萎缩、干瘪。

当把苹果再次取出,放进篮子里的苹果堆中时,她自言自语道:"只要她咬上一口……不,只要她舔上一口……"

这天是喷嚏虫的休息日,其他小矮人都去矿洞采矿,留下他在家陪着白雪公主。这是自白雪公主来的那天定下的规则,每天轮流安排一个兄弟留守,这样既能解决工具不足的问题,又能保护白雪公主。

喷嚏虫坐在角落里,反复用食指肚摩擦着鼻尖,这样才能缓解鼻子里的痒劲,他可不想把鼻涕喷到被白雪公主打扫得干干净净的地面上。从小时候起,喷嚏虫就有这怪毛病,鼻子一个劲儿地犯痒,如果不加以控制,一天下来少说得打上三十个喷嚏。

但是今天他必须得控制,平常混在那帮脏兄弟中间倒不显眼,但现在单独跟白雪公主共处一室,他可不想给她留下一个肮脏的坏印象。看着白雪公主忙碌的身影,他既觉得美好,又想能帮上忙,可是无奈一旦分心止痒,喷嚏就会一个接一个地来,到时候不管帮了什么忙都功亏一篑了。

打扫告一段落,白雪公主拿着扫帚,抱着双臂环顾屋子,检查还有没有卫生死角。

见白雪公主如此辛苦,喷嚏虫殷勤地倒了杯水给她。

喷嚏虫一边欣赏白雪公主喝水的姿态,一边夸奖起来:"你可真厉害,我活了这么多年都没见过被打扫得这么干净的房子。"

"喷嚏虫,你这样拍马屁就太夸张了,你应该有四十多岁吧,难道四十多年里就没人打扫过这里吗?"白雪公主边笑边冲喷嚏虫摇了摇头。

喷嚏虫掰着手指头算着:"唔,我们这里应该有六十多年没打扫过了,上次打扫的时候妈妈还在世,我们应该还是婴儿。"

"天哪,你们已经六十多岁了吗?看着完全不像……"

"我们一族寿命很长,活到一百岁的随处可见。"

"可我就只见过你们几个。"

"好多族人都被闯入者杀害了。"

"哦……真抱歉……"

"不用抱歉，死去的族人们也开心地在森林里生活着哦。"喷嚏虫指着森林的更深处，"在死去的当晚，我们就会把他们运到森林中心，那里有一棵神树。把他们放在树下，就会有蝴蝶、蜜蜂、蚂蚁把神树的树汁衔到他们身上，等到树汁包裹全身，他们就会得到永生，从此快乐地生活在森林里。"

"得到永生是指？"

"消失了。"

"消失了？"

"过了一夜后再去神树那里，就会发现他们消失得无影无踪了，可能是变成了什么精灵之类的吧，精灵可不是我们能够看到的。"

"唔……你陪我一起去看看吧？"白雪公主朝喷嚏虫眨着大眼睛。

喷嚏虫看到白雪公主拜托的表情，几乎就要立刻出发了，但理性还是让他没有这么做。"那……那可不行，只有永生的那晚才能进去，而且也不能久留，遗体放下就得立刻离开，这是族规。"

"真无趣。"

白雪公主扭过头去，望向窗外。远远的，有个通身黑色的人影正慢慢走过来。

走近一些后，她发现来人是一个穿着厚重袍子、满脸皱纹的老人。老人的手上挎着一个竹篮，从她整个身体都向竹篮这边倾斜着，可以看出那里面装的东西不轻。

"老婆婆，来歇歇脚吧。"白雪公主走出屋外，招呼道。

听到招呼，老人在原地驻足，喘着粗气，把竹篮放到地上，才抬起头朝这边看过来。

"谢谢你，好心的姑娘。"老人再次拎起竹篮，跟跄着走上前，在白雪公主的搀扶下进了屋子，"不知道能不能再给我一杯水。"

"当然没问题。"

就在白雪公主转身去倒水的空当，老人注意到角落里坐着喷嚏虫，她皱起眉头来。

喷嚏虫十分想在白雪公主面前表现得礼貌，跟客人打个招呼，但他感觉鼻腔里的痒劲越来越厉害，他的忍耐快到极限了，一旦张口，可能就会喷嚏不停，这可太不礼貌了。

尽管如此，喷嚏虫还是注意到了客人的表情，他心里犯起了嘀咕。他们住在森林深处，倒不是说没有过闯入者，但此前基本都是年富力强的猎人或迷路者，还从没见过这样上了年纪的老人。她是怎么进来的呢？

老人喝完水，朝白雪公主露出了慈祥的笑容："真是谢谢你，我在森林的最东边种了一片苹果树，今天早上正在摘苹果的时候，树林里突然出现了一头豺狼，为了躲开那残忍的畜生，我不得不往森林更深处走，没想到走着走着就迷路了，到刚刚为止我是一步也不敢歇息，更是米水未进，生怕那畜生闻着味道追来。要不是碰到了你，我这把老骨头恐怕很快就要扛不住，交代在这里了。

"真不知道该怎么谢谢你，我身上一分钱都没带，"说着，老人打开了竹篮的盖子，里面装满了鲜艳、饱满的苹果，但唯独最上面的那一颗青苹果看着皱皱巴巴，好像放坏了一样。"为了感谢你，美丽的姑娘，我决定告诉你一个秘密。"

"我的苹果树在种下的时候，曾找巫师来施过魔法，有概率长出具有魔力的苹果，只要吃下这种苹果并许下心愿，愿望就一定能够实现。"老人指了指篮子里的苹果，"而这些，就是我从成千上万颗苹果中找出来的具有魔力的苹果。"

听老人这么说，角落里的喷嚏虫发觉事态有些不对劲，虽然喷嚏劲丝毫没有衰减，但他还是忍着痒走过来，说道："这么神奇的苹果在迷路的时候为什么你自己不吃一颗呢？或者你现在也可以吃一颗给我展示一下它的魔力。"

老人正要回应，就被白雪公主的温声呵斥打断了："喷嚏虫！不能这么没有礼貌。"

见白雪公主皱着眉头认真的样子，喷嚏虫听话地闭上了嘴。他用手捏着鼻子，以免打出喷嚏来。

老人根本没有正眼看喷嚏虫，她自顾自地拿起那颗皱巴的苹果，伸向白雪公主："美丽的姑娘，你要不要试试看。"

"真的能达成心愿吗？"说着，白雪公主伸出手去接。

"白雪公主！如果要试不如试试这一颗。"喷嚏虫见状还是忍不住了，他一只手捏着鼻子，另一只手指着篮子里的其他苹果，赶忙阻拦道。

"要是你这么说……"老人刚开口，又被白雪公主打断了："喷嚏虫！不能随便拿别人没有给你的东西。"白雪公主看着喷嚏虫摇摇头，示意他放回去，像是在教训孩子。

"许什么愿望呢……"白雪公主说着，手再次伸向青苹果。

就在这时，喷嚏虫知道自己不得不这么做了，于是他放开了捏着鼻子的那只手，痒劲一下充满鼻腔，一股力量从身体涌上整个口腔内。

阿嚏！阿嚏！阿嚏！阿嚏！阿嚏！

一连五发喷嚏在瞬间喷涌而出，那气势简直像是五个气巴掌打在老人身上，让她几乎跌坐到地上。老人手里的青苹果也因为她身体趔趄的缘故，掉到了地上。紧接着，喷嚏水从空中落下来，屋子里好像下起小雨一般。

"哦！实在不好意思！我们真是太失礼了。"白雪公主慌忙把老人扶着坐下，用手帕擦拭老人的衣服，又把苹果捡起，重新冲洗干净。

"没关系没关系，这苹果……"

"公主，这苹果不能吃了，换一个怎么样？"喷嚏虫说着就要替换掉白雪公主手里的那颗苹果。

没想到，白雪公主像是没听到一般，她欢快地回应着老人："我现在就来许愿好了。"

说完，白雪公主一口咬在苹果上。

咔哧……

这一声响像是按下了暂停键，让时间停止了流逝，老人和喷嚏虫都愣在原地，谁都忘记了动作，只顾盯着白雪公主。

几秒钟后，就在两人的注视之下，白雪公主重重摔倒在地。

"公主……公主？"

喷嚏虫冲到白雪公主身前，轻轻晃了晃她的头，见对方毫无反应，他知道大事不妙。

喷嚏虫一回头，才发现老人不知道什么时候已经溜之大吉了。

喷嚏虫把白雪公主安顿好后，朝着老人逃跑的方向追了出去。

当喷嚏虫回来时，门口站着一个陌生的英俊青年。那个青年一身蓝袍，牵着一匹白马，言行举止间显露出高贵的气质。

见青年朝屋里张望,根本没有注意到自己,喷嚏虫故意大声呵斥:"你在干什么!"

青年吓了一跳,转过身来,赶紧摘帽行礼:"实在冒昧,我是王子,是白雪的朋友。自从听说她在森林里失踪后,我已经寻找她很久了。

"我打听到,曾有猎人在森林深处的一座小木屋附近看到过她,于是我就往森林更深处找过来,虽然我从来没听说过森林里还有什么小木屋。就在刚刚,我正打算打道回府的时候,从那棵巨大的红枫树后转出来,就看到了这个木屋,所以……我绝对不是坏人。如果白雪在的话,她能证明我说的话是真是假。"王子一脸诚恳地说道。

喷嚏虫见过不少闯入者,有的凶神恶煞,有的笑里藏刀,也有确实为人和善的,但这样的少之又少。经历了刚刚的惨案,本来喷嚏虫对青年十分警惕,但一听说他是白雪公主的朋友,看上去也很是礼貌谦逊,这才对他缓和了态度。

喷嚏虫招呼王子进屋:"你来的真不是时候,就在半个钟头之前,可怜的白雪公主刚刚遭遇了不幸。"

"不幸……"王子似乎在思量这两个字的含义,"她怎么了,受了什么伤吗?"

"她死了。"喷嚏虫悲伤地说。

"什么?"

听喷嚏虫讲述完前因后果,王子怔了一下,随后问道:"白雪她只吃了一口苹果就倒在地上了?"

"是的。"

"流血了吗?脸上有发红发紫吗?或者身上有其他什么变化吗?"王子焦急地问道。

"唔……当时并没有,现在就……"

"她在哪,快带我去看看。"

两个人上到二楼,来到白雪公主身边。喷嚏虫追出去前把白雪公主放在二楼寝居的床上,他可不能让白雪公主的遗体就那样被扔在地上。

白雪公主表情平静地躺在那里,好像睡着了一样,王子刚刚所说的流血、发紫等现象都没有。这么一看,喷嚏虫反而觉得白雪公主现在的模样比她活着时更加白皙、美丽,就像一件完美的艺术品。

王子发出一声轻轻的惊呼,半跪到床边,抓起白雪公主的手。

"白雪……"

就在这时,喷嚏虫看到白雪公主的眼球好像在眼皮之下转了一下。

王子显然也注意到了,他回过头来跟喷嚏虫眼神确认,喷嚏虫点点头回应。

"我知道这是怎么一回事了。"王子跟喷嚏虫回到楼下后说道,"是巫术,巫婆应该是把巫术施在苹果上,只要白雪咬一口,就会陷入昏迷状态,直至最终死亡。"

"你是说白雪现在还没死?"

"好像还有呼吸。"王子转而问道,"那个巫婆呢,得把她找回来解除巫术。"

"啊……"喷嚏虫挠了挠头,"那个巫婆已经死了,应该不仅仅是昏迷的那种。"

喷嚏虫接着说:"我追了她一路,最终把她逼上了悬崖,那里前一天晚上刚下过雨,悬崖上的青苔滑得站不住人。根本不用我出手,她自己就摔到山谷里去了,想来豺狼现在肯定正在饱餐一顿吧。"

"天哪,"王子一巴掌拍在自己的脑门上,"如果现在去找城里的巫师不知道来不来得及。"

突然,王子问道:"那个苹果呢,白雪公主咬过的那个?"

"刚刚好像滚到哪里去了……"喷嚏虫一边说着,一边俯下身子往桌子下找去。

这时,王子注意到了角落里的那篮苹果。他从中拿起一颗颠来倒去地仔细端详。

"找到了!"喷嚏虫灰头土脸地从桌子底下爬出来,手里还拿着一个丑陋、干瘪、被咬了一口的青苹果。

王子接过来,两相对比,口中喃喃自语,像是在怜惜地埋怨着白雪公主:"怎么能这么傻呢……"

"我得把这两颗苹果带到城里的巫师那里,研制出解除巫术的药水来,在我回来之前,请你务必小心照顾好白雪。"

喷嚏虫像是接受了神圣的使命一般郑重地点点头。

说完,王子转身就要出门上马离去,刚走到门口,他突然转回身来:"离开之前,我有个小小的私心,如果此行不顺利,我担心再也无法见到白雪。在见到白雪的第一天,我就无比希望能够得到白雪的一枚香吻,所以能不能……"

喷嚏虫十分理解王子的心愿,他没有说话,自觉地让出路来。

王子再次来到二楼,依然半跪在床边,温柔地看着白雪公主,双手捧着她那如雪的脸颊,然后俯身吻了一下。

喷嚏虫不好意思地背过脸去,正因如此,他没有看到白雪公主的眼珠又在转动。

王子在跟喷嚏虫道别后，就朝着走出森林的方向驾马而去。

翌日，白雪公主没能等到王子的归来，最终还是停止了呼吸。矮人们按照族规，把她安置到了神树之下。

第三日，白雪公主消失了。

"怎么样？"看到李见白翻过最后一页，我急切地问道。

"什么怎么样？"李见白把书稿放在桌上，懒洋洋地躺下。

"当然是这篇小说了！"

"不能说是引人入胜吧，只能说是通篇流水账，文笔还有很大的提升空间啊。"虽然已经喝了我三瓶啤酒，但李见白一点都没有口下留情。

虽然很不甘心，但我也没有信心反驳，别说是小说了，就连作文我都已经有十年没写过了。"被你这么一说，简直是一无是处……那么，三个谜案都解开了吗？"

"三个谜案？"李见白眨眨眼。

这家伙真的看了吗，不会只是翻翻纸页做做样子吧？

"第一，杀死王后的凶手是谁，用了什么手法？第二，猎人通过什么方式救回妻儿的？第三，杀死白雪公主的凶手是谁，用了什么手法？"我一一说道。

"你刚刚是说能够同时解决这三个谜案的，只有唯一解是吗？"李见白果然还是听进了我之前说的那句话。

"当然。"我自信地说道。

"那你尽到一个推理小说作者的义务了吗？"

"你是说公平地向读者展现每一条线索吗？虽然我是第一次写推理小说，但我认为自己也尽力地做到了这一点。"

"王后是被有刃的细铁链绞下头颅的。"李见白突然说道。

"什……什么？"我被他突如其来的解答吓了一跳。

"一种特殊的工具，把细铁链两侧打磨锋利，拧成类似绞绳的形状，但不要系死，保持可以拧动的状态。把铁链套在王后脖子上，然后不停拧动，让铁链勒得越来越紧，铁链的刃面勒进皮肤、血管、骨头，直到把头颅都割下来。"李见白风轻云淡地说，"这些操作只需要爬上阳台就可以，无须进入房间。"

"你是说利用物理诡计吗，那是谁布置的机关，又是怎么把铁链套上王后的脖子呢？"

"不是有个老侍女会进去打扫吗？买通老侍女就行了，再说一般侍女对主人都会有各种各样的怨气吧，或者说是仇恨也不为过。"李见白说着起身又去拿了一瓶啤酒。

"你不会打算今天喝多了就睡在我这儿吧？"

"有什么关系，反正你也是一个人住。"李见白摆摆手，回归正题，"侍女先找到合适的高度把细铁链粘在层层幔布中，再把幔布束起，那种幔布束起后不是会在柱子的高处形成一个八字吗，此时细铁链随着幔布一起位于高处，从外观上根本看不出来，更不会影响王后进出。细铁链的另一头沿着柱子、地面，或者是更隐蔽的天花板，一直延伸到阳台上。

"当王后站到柱子之间，放下幔布，细铁链也被随之放下，正处在王后脖子的高度。接着，凶手只需要用力拽下铁链，套上王后的脖子，再快速拧紧，直到把王后的头颅绞下来即可。当头颅被绞下后，再收回细铁链，这样就留下了幔布上的利器划痕。"

"这……这样的话，王后脖子上的切口不就会很奇怪吗？"

"你并没有在小说中描写王后脖子的切口是什么样子的。"李见白斩钉截铁地说。

"那……这样的手法任谁都能完成啊,凶手不就有无数的可能性了?"

"正是如此,可能就是侍女,也可能是国王、国王的侍从、王后的妹妹,甚至是王子。"

听到他这么说,我为自己的不严谨而悔恨,但仍勉强振奋精神追问道:"那猎人是怎么救回妻儿的呢?"

"这就更简单了,如果鹿的心脏不能蒙混过关,只要交出一颗真正的人的心脏就行了。"

"那是谁的心脏呢,小说中可没有提及过被挖走心脏的尸体啊,正如我刚刚承诺的,如果有这种信息我肯定会公平地展现给读者的。"

"从猎人离开后,小说里可就再也没有出现过七个小矮人全体出现的场面了哦。"

"你的意思是……"

我翻看自己写下的书稿。在"白雪公主边说边环顾着七个小矮人"之后,竟然真的再也没出现过七个小矮人的群像,甚至没有过任何关于矮人数量的描述。

"猎人交出的心脏,正属于七个小矮人之中的一个。"李见白毫无感情地说。

再想起白雪公主当时说的那句"当然不仅如此",我惊出一身冷汗,仿佛我写下的文字拥有了自己的意识,已经不再受我控制,自行发展出了完全不同的故事形态。

"也正因如此,喷嚏虫有杀死白雪公主的动机。"李见白接着说,"只需要用最简单的手法就行了,在递给白雪公主的水里下毒。"

李见白简单几句话就让我构建的故事世界崩塌了。

"怎么样，这样的解答似乎也能说得通呢。"李见白挑着眉毛看着我，"但从你的表情来看，好像跟你所设想的'唯一解'并不一样。"

李见白一边喝酒，一边装出一副潇洒的样子说："所以说啊，所谓推理只不过是建立在已知信息下形成的一套逻辑自洽的推导和猜想集合罢了。推理小说是假想的产物，而非事实，严格来说，所有的推理小说都不存在唯一解，只存在解答的精彩与否。"

要在平常，对他这番说教，我肯定要讽刺一番。但此刻，我丧气得无话可说。

"要不就下周？"李见白自顾自说着。

"什么下周？"

"向荣美表白啊，发出约会邀请。"

"啊……"我顿时语塞，也不知道他是开玩笑还是认真的。

"如果你求我帮你带动一下表白时的氛围，我也会勉为其难地答应。"

我尴尬得不知道该如何应对。

"等等，"突然，我想起了什么，"等等，咱们说好的，你必须做到百分百的解答，也就是做到对案件里的所有疑问全部予以解答，但是你仅仅说了杀人手法、动机，可是还有很多问题没有解释清楚，比如为什么王后会被悄然下葬，白雪公主为什么被追杀，王子最终为什么没有回来，以及如果按照你的说法，矮人们为什么会自愿献出心脏，如果不是自愿献出的，又为什么能跟白雪公主和平共处呢？"

"哈哈哈哈哈，你居然这么快反应过来了啊。"李见白大笑起来，好像整蛊成功了一般。

"这样可不算是百分百说通！"我一下来了精神。

"嗯，现在的精神不错哦，跟现在比起来，你最开始的态度可有点太自负了。作为一个推理小说的创作者，永远不应该小瞧读者，读者远比作者想象的要厉害得多。"李见白正经地说着。

原来如此，我明白了他的用意。

"好，既然如此，那接下来就让你见识一下读者的厉害。"李见白眉飞色舞起来。

"这……难道你这样的态度就没问题吗？"我吐槽道。

"别废话了，"李见白满不在乎地说，"下面开始正式解答。"

听他这么说，我也不禁正襟危坐。

"如你刚刚所问的，其实这三个案件中的疑点众多，远远不止你最初提出的三个问题，甚至是各个案件中都分别有诸多疑问之处。但是要解决全部问题，就必须要找到其中那个核心的关键问题。"

"关键问题？"

"如果把案件比喻成密室，那这个关键问题就像是逃离密室之门，只要找到门，对比着门锁的形状去寻找钥匙就行了。问题是门，答案是钥匙，一旦你找到这两者，整个密室就将瓦解。"

"哦？还有这种说法？"听到他这么说，我虽为原作者也不禁要挠挠头。

"当然有，我现在演示给你看。"

李见白摸着他两颊的胡楂，眼睛注视着前方，仿佛那里有一副棋盘，而他正思忖这盘棋应当怎么开局。没过两秒，他的眼神亮起，感觉像是想到了绝妙的一步："那么我们首先从三个案件中最简单的第三案开始讨论好了。"

原来他只不过是拱了一步卒子而已。

李见白像是看透了我的心思："我这可是充分考虑到了你的自尊心和虚荣心啊。"

"好了好了，别做出那副好像在施舍的嘴脸，快开始吧。"

"第三案的疑点很多，包括巫婆为什么制作那颗丑苹果；白雪公主究竟是被谁杀死的，又是如何杀死的；王子为什么没有回来；白雪公主为什么会消失，等等。"

"那你所说的关键问题是？"

"关键问题，并不在上述之列。这个关键的问题，第三个案件的门，其实是这个故事中最不合理的一处……"

不合理之处……

"那就是，白雪公主为什么愿意吃下那颗丑苹果。"李见白跷起了二郎腿。他这种轻松惬意的模样，之前在那趟绿皮火车上见到过，看来他进入所谓"推理"的状态了。

"明明是一颗那么丑陋、干瘪的苹果，连邋遢的喷嚏虫都觉得无法下口，并察觉到了异样，但是敏锐、聪明到一眼识破猎人谎言的白雪公主却愿意甚至是迫切地想吃下那颗苹果，这是为什么呢？"

这家伙是在问谁呢？

"一定是白雪公主又识破了吧。"李见白说道，"那是一颗虽然丑陋但是无毒的苹果。"

李见白也发现了……

"其实在最后一章的开头，你就已经交代得明明白白，装在那个古怪瓶子里的药剂，在被巫婆用来泡苹果之前，可是先被她倒了一杯出来，并一饮而尽。如果说浸泡那颗苹果的是致命毒药的话，那先死的应该是巫婆本人才对。

"所以，那并非致命的毒药，而只是一种能够让苹果变得丑陋、干瘪的药剂，比如无水乙醇。

"无水乙醇也就是接近纯浓度的乙醇，具有强烈的吸水性，可以吸取苹果的水分，令其干瘪。极少剂量的无水乙醇即便喝下，也不会绝对致死，但是会带来强烈的刺激，破坏人的中枢神经，让人兴奋、麻痹，正如巫婆当时的症状。"

这明明是我查找了无数资料，经过无数咨询才找到的完美药剂，但他竟然说得这么随意，好像是众所周知的常识一般，这家伙脑袋里天天装的都是些什么东西啊……

"而被无水乙醇浸泡过的苹果，自然也算不上致命的毒物，尤其是相比于篮子里的其他苹果而言。"

"连这都发现了吗……"我脱口而出。

"只要知道丑苹果无毒，剩下的就是顺理成章、显而易见的。"

"显而易见？"

"当你想给一个富有洞察力的对手下毒时，应该充分考虑到被她识破的可能性，并会想方设法地寻找让她放松警惕的机会。当她自以为躲过了危机时，才是这最佳时机。

"先准备一颗看上去十分可疑但实际无毒的苹果，利用它来佯装第一次危机。当对手自以为识破并躲过这次假危机后，无论对手选择篮中剩下的哪一颗苹果，都必定会中毒。

"至于为什么不把这颗苹果也涂上毒，那是因为当全部苹果都有毒时，在面对例如喷嚏虫那种'为什么你自己不吃一颗'的反驳时，将无法做出回应，反而会将自己置于危险中。

"但是，以上这一切，早在最开始，就被白雪公主洞悉了。

白雪公主面对一个奇怪到访者递来的奇怪食物，居然毫不怀疑地吃下去，这样的剧情只会发生在童话故事里。而在现实中，如果白雪公主愿意吃下这种东西，那只可能是她自愿的。没有人会自愿吃下毒苹果，所以那必定是颗无毒的苹果，而白雪公主早就发现了这一事实。

"所以她从头到尾都坚持只要那颗丑苹果，并无视喷嚏虫的百般阻止。虽然巫婆也多次想顺应喷嚏虫的意思，但都还没开口就被白雪公主打断了。可以说，除了喷嚏虫被蒙在鼓里之外，白雪公主和巫婆都在演一场各自心知肚明的戏码。"

"既然如此，那你知道白雪公主是怎么死的吗？"

"很简单的排除法。白雪公主当天一共摄入了三样东西，其中丑苹果是无毒的，喷嚏虫给的水也肯定是无毒的，否则那样太过拙劣，且违背你公平给予信息的承诺。因此，只剩下唯一的可能，就是白雪公主所摄入的第三样东西。"李见白笑了笑，"王子的吻。"

"你是说王子的吻有毒吗？"我的音调不受控制地提高了一些。

"哈哈哈，当然不是，从你这么激动的状态就知道这个答案是错的。如果王子的唇上有毒的话，那我想王子无论如何也活不过跟白雪公主接吻之后，也没道理白雪公主已经中毒，而王子安然无恙。

"毒物并不在王子的吻上，但白雪公主又只可能是在那个时间点中毒，所以只剩下一种可能，那就是白雪公主在被迫接受那枚吻时，还被迫接受了另一个东西，"李见白双手合起，做出手捧的姿势，"大拇指。"

"巫婆曾说过，那些毒苹果只要舔上一口就会中毒，也就是说苹果表面有毒，而王子曾用手把篮子里的毒苹果把玩过一番。当他双手捧着白雪公主的脸颊，轻吻她的嘴唇时，他把拇指伸到了她的嘴里……"

没想到被这家伙一语道破了。

"老甫，没想到你还是这么恶趣味，亏得当事人都夸你老实忠厚，我真想告诉他们，你是人不可貌相。"李见白嘲笑道。

我赶紧岔开话题："那白雪公主消失之谜呢？"

"在解释白雪公主消失之谜前，需要先解释另一个问题，那就是白雪公主吃下苹果后，明明没有中毒，为什么会昏倒呢？

"容我再赘述一次，在白雪公主被王子下毒前，并没有摄入任何毒物，所以不存在任何外界因素导致她昏倒。那么出现这一结果，只有可能是内部因素导致，换言之，昏倒只可能是她装出来的。"李见白写论文一般地说着，"想必是听了喷嚏虫关于神树的讲述后，她产生了不该有的想法，但矮人不会同意主动带她去族群禁地，所以她试图以装死的方式来接近神树，探究永生的真相。也正因此，她才给了王子下毒的机会。"

李见白瞥向我。

"然后就是白雪公主的消失之谜，或者说在神树下消失并取得永生的真相到底是什么？

"永生的真相。所谓'永生'，其本质应该是物质循环，而如果仅从生命的浅显角度来理解，'永生'只不过是被森林消化掉罢了。在猎人章节有过描述，森林里危险遍地，野兽横行。喷嚏虫也说过，巫婆的尸体可能被豺狼啃噬掉。森林中有无数的食肉、食腐动物，并不是所有动物每天都能有所捕获，大把的动物在饥肠辘辘地渴望着食物。因此，对于偌大的森林而言，要消化一个人的尸体简直易如反掌，而神树那里，显然就是矮人一族与森林约定好的交接地点。

"矮人是森林里古老的侏儒一族，并非什么魔法生物，无法依靠魔法生存，要在森林里生存下去，必须要依靠森林。作为森林的一分子，从他们的祖辈开始，就建立起了与森林和谐共处的方式。

"当同伴变成尸体，如果都采取掩埋的方式，那么久而久之能利用的土地就会越来越少，而让尸体分解回归森林，即能让森林更加繁茂，又能解决土地的问题。因此，矮人的祖先用一个美好的故事给他们处理尸体的行为提供了合理性。而祖训中要求他们放下尸体立刻离开，则是为了避免被前来消化尸体的野兽误伤。最终白雪公主尸体的消失，就是这样的道理。"

李见白大段大段地讲完后，扬扬得意地看着我。我虽然不爽，却不得不承认他确实做到了近乎"百分百"的解答。但没关系，好戏才刚刚开始……

我追问道："那王子的动机呢？"

李见白笑了笑，又露出了那副推理上瘾的表情："至于王子的动机，那就得说回第一个案件了。"

李见白把书稿翻到第一章，接着说道："第一个案件中，王后的尸体在一间门口有守卫、窗户又被封上的密室内被发现，这是推理小说中传统的密室杀人的模式。如果仅以推理小说的标准来要求，也即不探讨可行性，只探讨可能性，那么我刚才所说的那个物理诡计其实也足够，但我想以你严谨的性格和推理入门者的心态，恐怕还无法接受自己设计出这种解答。所以，这个密室另有解法。"

"那么你找到了解法吗，王后究竟是怎样被杀死的呢？"

"她是被人斩首致死。"

"这我当然知道……那凶手是怎么进入密室的呢？"

"哈哈哈，老甫你休想误导我。凶手并非进入密室再杀死王后的，或者说，王后根本就不是死在密室之中。密室之谜的真相其实是，王后并非死在密室里，但尸体却出现在密室中。"李见白伸出两根手指，"而要完成这一切，需要两个凶手，利用两个诡计。"

我咽了口吐沫。

"第一个诡计，双胞胎诡计。只要是读过几本推理小说的读者就能够一眼识破这个诡计，王后与她样貌相似的妹妹，当这一对组合出现时，就意味着必然会出现利用样貌互换身份的诡计，这样的因果规律就像是推理小说世界中的'契诃夫的枪'，而作为凶手之一的妹妹，正是这个持枪者。

"虽然你在文中反复强调，她们的样貌存在着只要仔细观察就能区分的差异，但是，凶手显然用了某种手法规避了这个差异，也正因此，才让证人们对于彼时眼前所见之人的身份如此笃定。总而言之，这个诡计的结果是，当天格林所见到的进入到侧殿的人，并非王后，而是她妹妹；而妹妹周围的邻居所见到的回家的人，其实是王后，而非妹妹。

"而要实现这个诡计，只有两种途径。第一种途径，王后自愿与妹妹合作，但是王后无论如何也不可能为了杀死自己而与人合作，因此只剩下第二种途径——制造出王后不得不如此行动的理由。

"从格林的讲述中可以看出，王后在王国中过得并不如意。这种失意源于两个对她影响至深的东西，一个是她王后的身份，一个是投奔她的亲族。对亲族的牵绊让她无法彻底成为民众心目中的王后，而出于对王后身份的保护又让她不得不对亲族都防范几分。凶手正是利用了这两样东西——象征王后身份的宫装和皇冠，象征亲族关系的亲妹妹身份。

"想来妹妹事先通过某种方式控制住了王后，比如把王后约到隐蔽之处，趁其不备把她迷晕。然后扒下王后的宫装和皇冠，再给她换上自己的简朴衣裤。

"当王后醒来后，发现自己的宫装和皇冠失踪，又回想起把自己迷晕的妹妹。此时的她有两种选择，要么大张旗鼓、召集侍卫、逮捕妹妹，要么低调行事、索回衣服、私下问责。彼时的王后几乎不可能选择第一种方式，她甚至不会召唤侍女，因为那意味着让所有人知道她妹妹的强盗行为。

"如果这样，那民众对于跟强盗妹妹一起长大的她会是什么看法呢，对于把亲妹妹投入大牢的她又会是什么看法呢？亲族的形象，就是她的形象，那是她的面子、她的死穴。妹妹正是吃准了这一点。

"因此，当妹妹做出王后的姿态，走到格林面前时，王后则独自走上了去往妹妹家的路。但她并不知道，等在那里的并非妹妹，而是另一个凶手，国王的侍从。

"接下来就是凶手的第二个诡计——无头尸诡计，或者说斩首诡计。当侍从把王后制服后，他并不会立刻实施斩首，而要等待与妹妹约定好的时间到来。"李见白越说越忘乎所以，"没错，妹妹跟侍从事先约定好了时间，他们会在那个时间点同时进行斩首。这样就能确保侧殿现场的血液凝固情况和尸体情况相匹配……"

"等等……"我赶紧打断他。

"怎么了？"

"你刚才是说了'同时进行斩首'吧？"

"嗯。"

"侍从斩首王后可以理解,那妹妹斩首的是谁呢?"说这话时,我的心突突直跳,就像是面临决胜时刻。但其实我知道,当他说出那几个字时,就意味着他已经破解答案了。

李见白像是看出了我的紧张,哈哈大笑起来:"是啊,妹妹斩首的是谁呢,这个问题恐怕是你的王牌吧?这个问题,正是第一个案件的门,只要找到这扇门的钥匙,妹妹和凶手的诡计,就将不攻自破。"

来了……一时之间,我陷入了一边期盼着李见白说出那个答案,一边又希望他错答的矛盾心理。

"妹妹斩首的那个人,在你的小说中出现过,却又不算真实存在过。"

"怎么能这么说……"我心虚地说。

"首先,我对于你能给予我完全公平的信息致以敬意,但如果作为小说,要以文字的形式面对广大读者时,你要怎么做到公平给予呢?"

听到他这么说,我不禁咽了咽口水,开始为自己下的赌注而感到后悔。

不会真的要跟荣美表白吧……

"之所以这么说,是因为这个关键的信息,并不出现在小说之中,而是在小说之外。"李见白露出邪魅的笑容看向我,"就是你的那句'这是以那个经典童话故事为蓝本创作的本格推理小说'。"

"这……这又怎么了?"

"所谓'本格推理小说'是指正统推理小说,是从爱伦·坡、柯南·道尔、黄金时代一路发展而来的,推理小说原本的模样。相较于在现实可能性上跳跃甚至完全脱离现实的新本格而言，本格推理始终都是建立在现实背景之下进行科学论证和逻辑推导的游戏。现实是基础，'赛先生'和'罗先生'是本质，这才是本格推理。很多人认为不管故事是不是现实的、科学的、逻辑的，只要其中有谜团、推理、解决的结构，就可以叫作本格推理，这种观点是完全错误的。如果推理故事中任由科幻、魔幻、妖怪等内容乱入，那就不再是正统的推理小说，若不如此认定，那么久而久之就将无法再区分推理小说与其他同样存在谜团的类型小说。

"我并不排斥多种元素与推理小说的结合，更不反对多种文化类型相互融合，一本完美容纳各种类型、具有各种元素的小说绝对会是读者的狂欢。但我认为在经典类型小说与融合型小说之间应当有中间地带，对于推理小说而言，新本格就是这个中间地带。

"不管是丧尸也好、死而复生也好、络新妇也好，都可以投入到推理小说的世界之中，但一旦投入其中，单纯的推理世界就会被改变，也就无论如何不能再称之为经典的、正统的、本格的推理小说。这就好比在倩女幽魂中出现外星人入侵，让令狐冲带上魔戒来对抗哥斯拉，并非不能这么做，但一旦这么做就意味着你放弃了它原本的类型，进入到了新的领域。如果将本格推理对比现实主义小说的话，那么新本格就是推理小说中的魔幻现实主义。

"其实我并不赞同对各种小说都进行锱铢必较的划分，但当有人声称并强调一本推理小说属于本格推理的话，那就有必要审视其是否符合本格推理的特点，否则就是虚假宣传。

"既然是本格推理，是推理小说的源头，那就应当坚守其基础和本质，在现实世界中，利用科学和逻辑破解匪夷所思的谜案，这才是专属于本格推理的魅力。也正因此，当你说这是一篇'本格推理小说'时，就意味着它是符合现实逻辑、能够科学论证的。所以，在第三案的解答中，我才会试图寻找出魔法生物'矮人'和神秘毒药的现实真相。

"可是，明明声称是'本格推理小说'，却为什么在开篇就描写了一个超常识、超自然、超越逻辑性与现实性，能够全知全晓，甚至预言未来的'魔镜'呢？"说着，李见白把手稿翻到第一页。

"那只有一种可能，所谓'魔镜'其实是披着魔法外衣的现实，是伪装成魔幻的科学。真相就是，镜子中那张脸来自一个活生生的人。"

我故意控制着呼吸频率，佯装不动声色道："要是我对于'本格推理'的定义跟你不一样呢，要是我根本就不知道什么是本格推理呢，这个解答可不可以算是百分百的正确哦。"

"当然当然，我的推导当然不仅如此，严谨如你当然也不会仅凭那一句话就让读者来推理答案。其实，有两种方式可以验证这个猜想，或者说得出这个结论。

"第一种方式，一套简单的逻辑推理。王后死亡的时间是在尸体被发现前的一个小时，而在那个时间点，门口有侍卫，窗户有格栅，其间只有一个人进入密室，最后却又发现了一具被斩首的尸体。只要想明白了进去的那个人没有必要也很难在密室中以斩首的方式自杀，那么，在侍卫的看管下，这具尸体——不是头颅而是尸体，没有在此后被运入的可能，那就只剩下尸体在此前即已存在这唯一的答案。只不过，在此之前尸体是以活着的形态存在的。

"第二种方式,有三个直接证据。这也是确定结论的现实依据——房间里的床铺,专门安排老侍女每天早晚的打扫,通向阳台的窗户所装的格栅。

"王后明明每次只在侧殿短暂停留,既不会过夜,更没必要非在那个陋室午睡,那么那张床是留给谁呢?如果侧殿中没有藏着秘密,那又有什么理由不让老侍女之外的人的进入呢?如果侧殿里只藏着魔镜,为了防范甚至装上格栅,那为什么不干脆放到自己的寝宫,反而单独放置在偏僻之所呢?

"当试图为这些问题寻找一个统一的答案时,就会发现这三个证据指向的其实是三个需求——休息、食物和囚禁——人的需求。在此情况下,只能得出一个结论,那就是:出于某种原因,王后将一个活生生的人,要么是王后的情人,要么是国王的仇人,总之是一个不应该出现在王宫的人,软禁其中。

"而在那个空荡荡的房间里,唯一可能供人藏匿的地方,只有魔镜的背后。"

李见白话锋回转:"当妹妹进入侧殿后,利用自己的伪装,把藏匿者从魔镜后引出来,再故技重施迷倒藏匿者,这就是格林听到的那声'砰'的由来。约定时间一到,她跟侍从就会同时实施斩首。"

是不是线索给得太明显了……听到李见白这么说,我自省着。

"斩首之后,一里一外两个凶手都开始各自行动。侧殿里,妹妹给藏匿者的躯体换上王后的套装,自己抱着藏匿者的头颅藏到了魔镜之后;侧殿外,杀手则带着王后的头颅来到了侧殿门口。

"你在文中反复强调,侍从步履缓慢,而且时刻注意着不把背后暴露给格林,那恐怕是因为当时王后的头颅正装在他身后的布袋里,侍从利用他的身高、身材,就在格林的眼皮子底下制造了一个盲区。"李见白接着说,"进入到侧殿之后,侍从把头颅解下,放在离藏匿者躯体不远的地方,然后假装呼喊,寻求格林的见证。当格林见证完毕,去向守卫队报告时,侍从则跟妹妹一起把藏在外面的王后躯体替换回藏匿者的躯体,再把藏匿者的躯体和头颅都搬出侧殿。至此,整个密室杀人诡计就全部完成了。"

啊……

李见白这滔滔不绝地拆解,即便是我,作为作者本人,也不得不觉得震撼。我花了两个星期构思出来的诡计,居然被他在读完后的半个小时内就拆解得一干二净了。

这家伙真可恶……或者说……可怕……

不对,还没有一干二净,还没有百分百,还有一个谜案,还有一个谜案……

就在我思绪万千之时,李见白却丝毫没有喘息,马不停蹄地继续说道:"接下来,就是最后一个谜案。如我刚刚所说,每一个案件都有一个关键的问题,这个问题是指引读者走出案件的门,只有找到门,才能找到钥匙。"

李见白眼睛盯着地板的某处出了神,口中却一刻也不停息地说着:"第三案中的门是白雪公主为什么愿意吃下丑苹果,第一案中的门是被妹妹斩首的人是谁。而最后这个谜案的门则是……"

我的心快提到了嗓子眼。

"在说出答案之前,不如先跟你分享一下我是怎么找到的吧。"李见白故意话锋一转,我都分不清楚他是不是在戏弄我,

"在读完全部书稿时,我的脑中出现了一扇门,在门前,放着一个装满钥匙的盒子,似乎要找到那把正确的钥匙,唯有一把一把地尝试。我透过钥匙孔往里看,才发现门的后面又是一扇门,那时我意识到原来我所面临的并非只有一扇门,而是一扇之后又一扇的数不清的门。难道每开一扇门我都要把钥匙全部试一遍才行吗?在这样的困惑中,我开始研究起第一扇门,第一扇门上写的问题是:小说的名字《白雪公主和三个谜案》究竟是什么意思?"

啪!

听到李见白这么说,我不由自主地一巴掌拍在了书稿上。

不该让他读的……

完了……

对人贸然表白肯定会被拒绝的……

"哈哈哈老甫,你的应激反应未免太大了。"李见白笑着把我的手挪开,拿起了我的书稿,翻到封面。

"《白雪公主和七个小矮人》与《白雪公主和三个谜案》,这两个名字中,后者完全是对前者结构和模式的拙劣模仿。而你之所以这么做,一方面是因为你的起名技巧实在令人堪忧,另一方面也肯定有非这么起不可的理由,那就是——为了让读者陷入思维的惯性。

"你是为了让人误以为本作无非是在前作的故事框架下加入了三个谜案罢了,是为了掩盖其实这篇推理小说和那个经典童话故事的世界观完全不同这一真相。"李见白语速加快,"明白了这一点后,我发现第一扇门被打开了些许。从门缝里,我又看到了第二扇门,第二扇门上的问题是猎人用了什么方法救回的妻儿?于是,我又开始研究第二扇门。猎人究竟用了什么方法呢……要救回妻儿，只要让人相信他杀死了白雪公主就行，而要做到这一点，比心脏更有说服力的是……"

说到这里，李见白戛然而止。

我疑惑地看向他，才发现他正直勾勾地看着我。李见白眼神锋利，让我觉得无处遁藏。

"怎……怎么了？"过了半晌，我才鼓起勇气问道。

李见白缓缓开口："当我打开第二扇门时，第三扇门的问题又出现在眼前，接着是第四扇门、第五扇门，每一扇门上都写着一个问题。当看着那些问题时，我想明白了答案。

"我一度以为必须不停地尝试、排除，才能为每扇门都找到正确的钥匙。但当看到那些门上的问题时，我才醒悟过来，原来要解开这些问题，打开这些门，其实并不需要那么麻烦。因为在这些钥匙中，隐藏着一把钥匙，这把钥匙是可以打开所有门的万能钥匙。当我手持着万能钥匙去对每一扇门都一一验证之后，所有门都被打开了。这时我发现，真相就赤裸裸地被扔在了门后的地上。"李见白语速再次加快，"也就是在这时，我才终于发现了你的诡计。"

"我的……诡计？"

"你，作为小说作者的诡计——叙述性诡计。"李见白撩起了眼前的散发，"猎人带回去那个东西，比起心脏更能证明白雪公主死亡的证据，是什么呢？"

是那个……

"当然是白雪公主的，"李见白拿起书稿，"头颅啊……"

李见白话锋再转："《白雪公主和七个小矮人》讲述的是主角碰到奇遇的故事，白雪公主是主角，七个小矮人是奇遇，主角和奇遇放在一起就组成了故事的名称。那么《白雪公主和三个谜案》呢,这个名字是否也意味着白雪公主是主角,三个谜案是奇遇呢?或者说,如果三个谜案是奇遇,那么白雪公主算是主角吗?仔细回想一下,在第二案猎人篇章中,白雪公主是被追杀者,在第三案巫婆篇章中,白雪公主是被害者,虽然叙述视角不同,但不得不承认白雪公主都是这两个故事的核心,是其中毋庸置疑的主角。

"但是,在第一案中呢,白雪公主是主角吗?如果不是主角,还能叫作《白雪公主和三个谜案》吗?如果是主角的话,作为主角的白雪公主与作为奇遇的王后之死案又有什么关系呢?难道白雪公主的故事真的是在邂逅王子之后才开始的吗?

"王后和妹妹的样貌差异究竟是什么?为什么两人明明存在明显的样貌差异,格林却还是被骗过去了?王子为什么当晚就要离开?白雪公主为什么会被追杀?王子出于什么动机毒死白雪公主?猎人带回去的是白雪公主的头颅,可是这样的头颅从何而来呢?小说的名字《白雪公主和三个谜案》究竟是什么意思?"李见白语速飞快,也把书稿翻得飞快。说话间我觉得李见白的身形变得巨大无比,他巨人般身体的阴影完全把我笼罩在内。"这些写在门上的问题,统统都只需要一把钥匙就能解开。那就是……

"所谓王后的妹妹,其实就是白雪公主吧。"

在那一瞬间,我感觉自己似乎心脏骤停了。

败了……彻底地……

"这就是你的叙述性诡计。这个叙述性诡计之所以能够成立,原因在于这个故事背景中不止有一个王国,也不止有一个国王。小说的名称、小说的背景、小说的人物,都是为了让读者误以为整个故事是建立在《白雪公主和七个小矮人》的世界观之下，也是为了让读者陷入对人物关系的惯性思维当中。但殊不知你早在暗中修改了故事的世界观，修改了人物关系。白雪公主与王后不是继母和继女的关系，而是同父异母的姐妹，白雪公主的称号也并非来自故事发生的王国，而是来自没落的邻国。甚至故事本身，也根本不是公主被王后迫害的童话故事，而是妹妹为了抢夺后位杀死姐姐的斗争阴谋。"

李见白说完后，大概有那么三十秒的时间，房间里一片寂静，我跟李见白相坐无言。我是因为陷入了患得患失的懊悔和彻底被击败的崩溃情绪，而李见白则似乎是在欣赏我的崩溃。

半晌，李见白再次开口："行啦老甫，还不到你沮丧的时候呢，等我百分百解答之后你再沮丧也不迟，或者你躲起来哭都行。"

这家伙……

于是，李见白自言自语一般，接着说道："你在文中反复强调，王后与妹妹在长相上十分相似，但却又有着能让人一眼区分的明显差异。这个差异是痣吗，是眼睛的大小吗，是鼻梁的高低吗？当然不是。如果仅仅是这些差异，你没有理由反复提及却又不明说，因此这个样貌差异一定至关重要。

"还记得我最开始问你的问题吗，有没有做到一个推理小说作者的义务，你明确答复说你尽可能地公平地展示每一条线索。而全篇中，你所描写的样貌只有两处，一处是白雪公主或者说王后的妹妹，那雪白的肌肤、乌亮的秀发和玫红的嘴唇，而另一处就是王后那棕色的头发和烈火红唇。如果你真的在文中展示了样貌上的差异，那就只可能是在这里。

"除了长相相似外，王后和妹妹的肌肤、头发、嘴唇的颜色都不一样，这就是他们相似却又能够区分的原因。"李见白语调铿锵,"这也是妹妹在迷晕王后之后,能够让包括格林在内的人们错认身份的原因——她通过化妆的手段,互换了两人的肤色、发色和唇色。

"当我们要区分一对仅有细微差异的真正的双胞胎时,会观察入微,仔细辨别他们的眼睛、鼻子、嘴巴,甚至是每一处皮肤上的瑕疵、每一处发型上的不同。但是当我们要区分两个差异巨大,连整体颜色都不一样的个体时,在远远看到那标识性颜色的时候,对她们的身份判断就已经做出了。

"也正因如此,王子才会在早有心理准备的情况下,仍被王后的尸体吓了一跳。虽然是曾经斩杀过劫匪救下国王的勇者,但在偶遇白雪公主之后,竟在王宫冰窖里又见到了跟白雪公主样貌惊人相似的王后,想必无论是谁都会惊讶吧。所以,当王子在王后脸上摸到了并未被清除干净的用来增白肤色的粉末时,他才发觉了诡计的真相以及凶手的身份。

"可是,当白雪公主被带到了国王面前时,贪恋美色的国王竟被这杀死王后的凶手所吸引,毕竟那张脸简直就是更加年轻、更加貌美的王后。所以国王下令,当晚低调安葬了王后,并宣布迎接新的王后。至此,王子再也没有继续停留的理由,当晚就离开了王国。

"以上才是第一个案件的全貌。"

太煎熬了……

李见白演说得激情四溢,我却听得如坐针毡。更为可怕的是,李见白似乎并没有停下的打算。

"如果说以上的一切都是白雪公主计划之中的,那么接下来的发展就远超她的预料了——她从未想过自己会因此被王后的老侍女所复仇追杀。"这时,李见白的语气突然变得玩味起来,"关于老侍女复仇的原因,一开始我认为是显而易见的:由于王后被杀,但随着故事深入,我发现似乎还存在第二种可能,那就是魔镜后的藏匿者。老侍女不仅愿意每天两次给藏匿者送饭,还在猎人篇章开头'抚摸着她熟悉的镜子'。如果要利用推理中的'猜测',那我猜测或许她跟藏匿者之间是母子关系,这样才能解释她为何如此心甘情愿地做这一切。"

果然,连这都被他发现了……

"老侍女和白雪公主的较量先后有两次。第一次较量是在老侍女得知国王的昭告后。了解内情的老侍女立刻就明白了事情的前因后果,于是她逼迫猎人杀死白雪公主。

"猎人曾被邻国的国王救下,并成为御用猎人,但是随着邻国没落,他也跟着邻国的王室亲族一起来投奔王后。王后、白雪公主、老侍女之间的矛盾,他不想掺和进去,更不想杀死白雪公主,但他没有办法。"李见白接着说,"好在,白雪公主给了他一个两全的方案。"

头颅……

"如果只有鹿的心脏不具有说服力,那就再加上白雪公主的头颅,或者说,看起来像是白雪公主的头颅。"李见白再次开始翻动书稿,"也就是王后的头颅。"

"猎人向白雪公主下手的地方,距离城里只有一个多小时的脚程,但却在第二天才返回交差;初遇矮人时,他们人手一把铲子,却在白雪公主加入后工具不足。这都是因为矮人的铲子被猎人借去,用来刨出王后的头颅。

"王后的头颅虽然此前一直被放置在冰窖里,但显然并不是刚刚被斩下的状态。猎人不可能在当天就带着一颗已经开始腐烂的头颅回去交差。只有在当晚挖出头颅再放到冰窖,并在第二天交差，才能够解释头颅腐烂的原因，也只有已经腐烂的头颅才能够骗过老侍女的眼睛。如此，第一次的较量以白雪公主的胜利结束。

"以上就是第二个案件的全貌。

"而老侍女和白雪公主的第二次较量，则是在老侍女发现了猎人的诡计后，她决心亲自动手。这次虽然她付出了生命的代价，但最终却完成了复仇。这个结果，除了她自己外，主要得力于她的帮手，也是另一个复仇者——王子。

"至此，我们终于可以回到开始的那个问题，也是最后一个问题，王子杀死白雪公主的动机是什么？"

最后一个问题……

听到李见白这么说，不知为何，我有一种铡刀即将落下的感觉，李见白则是那个站在我身后的刽子手。

此时，刽子手又说道："那就是为王后报仇。"

铡刀落下。

"王后嫁给国王十几年，生下了一个男孩。王后被杀后，这个少年从老侍女那里听说了王后死亡的真相，两个复仇之人决定联手。于是，一个由老侍女下毒，再由王子确认白雪公主是否死亡的计划就形成了。而当王子前来时，却发现老侍女行动失败，但此时又出现了另一个亲手复仇的机会。因此，王子动手了。"

李见白把书稿摊开，分别翻到第二章和最后一章："最后一章中杀死白雪公主的王子，与第二章中最东方之国的王子，并非同一个王子。这就是你的第二处叙述性诡计。"

李见白把书稿全部合上，像是尘埃落定了："以上就是百分百的解答。"

听李见白这么说，我的思绪已经飘远，满脑子都是被荣美拒绝的尴尬场景。

为了让李见白看我的小说而把表白作为赌注……即便荣美脑子错乱同意了我的表白，在听到我如此说明原因后，恐怕也会立刻反悔扭头就走吧……

看来这家伙每天挂在嘴边的那些关于推理的理论、技巧并非掉书袋啊……

懊悔、挫败、忐忑……

这些复杂的情绪让我垂头丧气地呆坐在原地，不愿动弹。

但李见白却一副胜利者的姿态，起身又去开了今天的第五瓶啤酒。

接着就传来他畅饮的声音。

不知道过了多久，李见白重新坐回到我的面前，弯腰瞄了我一眼，似乎在确认我有没有崩溃到陷入疯狂的地步。

大概是见我表情痴呆如同往常，他又开口问道："怎么样，小说家，我的解答算是'百分百'吗？"

"唔……还有些许细节……不能算作'百分百'，只能勉强算作'百分之九十七'左右吧……"我依然垂丧着头，嘴巴仿佛已经不受大脑控制，信口开河地说着。当我猛然意识到自己在说什么时，不由得心虚地抬起头来看他的反应。

他正微笑地看着我，那副微笑似乎在说"你认真的吗"。

我再次溃败，再也抵赖不得："好吧好吧，虽然确实遗漏了某些细节，但就勉强算是'百分百'吧……"

本以为他会就此追问赌注一事，没想到他又接着问道："那么符合你所预设的'唯一解'吗？"

虽然我确实输了赌局，但没想到这家伙居然如此嚣张，还要反复逼问，这让我有些不耐烦："你到底想问什么，我不都说了算是'百分百'吗……符合，符合'唯一解'，行了吧？"

这时，他突然仰起头，转过身去，大声说道："推理的常见模式有两种，借用计算机的概念，第一种我把它称为单调推理，或者干脆叫它经典推理模式，在给出全部信息的情况下，推导出结论。推理小说理论中一直强调的公平性，我认为其实就是指是否'给出全部信息'。但这种推理模式只可能存在于理想模式下，或者说只可能出现在一本理论上绝对公平的推理小说中。"

这家伙在说些什么……

李见白这突如其来的讲演让我摸不着头脑。

"但是，现实生活中我们不可能掌握一件事情的全部信息，即便在一本作者自认为公平的推理小说中，也总有许多就连作者本人都可能考虑不到的方面。在没有全部信息的情况下，我们依然需要以推理得出结论，那么此时，就要用到第二种推理模式，我姑且称之为非单调推理。"李见白似乎不打算给我任何解释，仍然滔滔不绝地说着，"没有全部信息，却依然要得出结论。对于信息的空白之处，就需要用一些合理猜想和模糊判断来填补。而随着猜想内容的选择变化、模糊信息的逐渐准确以及时效信息的不断更迭，推理的结论也会随之改变。"

等等……他在说什么啊……别再说下去了……

隐隐地，我似乎猜到了他的意图。

"在刚刚的推理中，我也用到了猜想、模糊判断的方法。在每一个分岔路口，我都从几种可能性中选择了最可能的那一个，并据此最终推导出结论。很幸运地，这个结论与你所预设的结果一致。但是'几种可能性'的意思是指，其他可能性依然存在,如果实际上发生的是这些被排除的可能性,那么整个事件将会变成怎样呢?"

我突然觉得刚刚身上的燥热一下子冷却了。

"在全部的推理中有两处地方,我着重使用了非单调推理。其中一处,在判断老侍女与藏匿者的关系时,我基于老侍女的行为模式,猜测老侍女与藏匿者可能是母子。但是,这样的判断却忽略了一点,在猎人章节的开头,在回应老侍女的命令时,为什么猎人要尊称她'殿下'呢?如果老侍女并不是藏匿者的母亲呢?"

"那……那又怎么样,这无非只会改变老侍女的动机罢了。而且在我的设计中,侍女在陪嫁过来之前也是贵族,所以被称为'殿下',这又有什么影响?"

"如果你觉得这个问题无关紧要,那么下一个问题是无法回避的。"李见白笑了笑,"我使用的第二处非单调推理,是在密室之中。密室里,王后的妹妹利用样貌欺骗了藏匿者,把他引出并对其斩首。对于这样的情节发展,你我都觉得是理所应当的。因为王后的妹妹就是白雪公主,而白雪公主在后续故事中仍然存活着,所以当时死的必然是藏匿者。但是,有没有可能,当时密室中死亡的其实是王后的妹妹呢?"

"你说王后的妹妹死在密室里,在第一章就死了?"

"对,王后的妹妹走进密室,在密室大门紧闭时,谁也不知道里面究竟发生了什么。而当密室被打开时,出现了被斩下的头颅。那么其实,最有可能的答案,难道不应该是,那就是妹妹的头颅吗?"

"怎么可能呢?这样的话整个故事不都乱套了!"

"让我们再使用一次非单调推理,如果我们假设,在妹妹准备实施计划之前，王后早已知晓了一切，并且买通了她的帮手，国王的侍从，但妹妹对此却毫不知情。这样的话，故事会如何发展呢？

"那么当妹妹打扮成王后走向侧殿，王后打扮成妹妹走向城外，这就不仅是妹妹的计划，更是王后的计划。妹妹走进侧殿，却没想到等候在那里的是早就准备妥当的藏匿者。

"如此一来，王后既可以将计就计除掉美貌近于自己的妹妹，又能借此契机宣告死亡，再以新王后的身份重新回归，也重获了在民众心中塑造形象的机会。一次行动，就能让王后消除她的双重顾虑——亲族和民心。"

"那故事后续的白雪公主……你的意思是叙述性诡计并不存在，白雪公主就只是白雪公主，她不是什么王后的妹妹，而仅仅是一个与这场斗争无关的第三方。"

"王后与妹妹样貌的区别在于肤色、发色、唇色，但是这些区别究竟具体是什么呢，为什么化装成王后模样的妹妹在格林眼中会是面容惨白的呢？这时就存在另一种可能。"

"另一种可能？""也就是……"李见白那恶魔般的低语声再次向我袭来，"王后才是白雪公主。"

"什……什么！"我吃惊到站起身来。

"王后在成为王后之前的十几年里，也曾拥有属于她的公主称号。当她在借助妹妹的尸体进行假死之后，面对陌生英俊男子询问时，她当然不会告白自己是已逝的王后，又绝不甘心自称是庶民，于是下意识地选择说出那个她曾经最常被称呼，却又在本国鲜为人知的称谓——白雪公主。她的肤色其实比妹妹要白得多啊。"

我的大脑一时之间无法运转，不，大脑里只有一片空白。

我已经完全无法理解他对于我所写下故事的解释了。

"所以回到第一处非单调推理。为什么一个侍女会被猎人尊称为'殿下'呢？"李见白并不打算考虑我是否能够理解，依然说着，"王后的妹妹之所以在王室中身份卑微，是因为她的母亲，她的母亲是仆人。虽然是仆人，但却生下了公主，因此也是王室的一员。是仆人也是王室，是老侍女也是殿下。"

"如果按照你这么说，那猎人所交给老侍女的那颗头颅……"

"就是她的女儿——王后妹妹的头颅。"

"那最终杀死白雪公主，啊不，王后的是……"

"是王子，只不过是那个充满着正义感又早早破解了全部谜题的最东方之国的王子。"

"这……这……"我顿感腿上一软，瘫坐下来。

没想到李见白话音仍未落："又或者说，白雪公主真的死了吗？在你的故事里，她不仅仅是消失了而已吗？"

"什么意思……你是说她还活着？可她去哪儿了？"

"王子真的把那根手指伸进了白雪公主的嘴巴里吗？白雪公主真的能控制国王的侍从吗？白雪公主真的能狠心杀死自己的妹妹吗？白雪公主为什么从来不想办法回到王国呢？她到底在躲避谁？真正害怕失去民心的人究竟是谁？"

"你的意思是……真正在背后操纵这一切的始作俑者其实是……国王？"我发觉自己的声音在颤抖。

李见白微微颔首道："所以我才说，所谓推理只不过是建立在已知信息下的一套逻辑自洽的推导和猜想集合罢了，严格来说，所有的推理小说都不存在唯一解。"

忽然之间，我觉得自己似乎正处在故事的城堡之中，而城堡正在崩塌，大理石块就在我身边不断落下……

突然，身后传来一声巨响，吓得我猛地扭过头去，差点儿闪到脖子——原来是李见白又开了一瓶啤酒。

虚惊一场。

等等，冰箱里只有六瓶啤酒吧……

算了，随他喝吧，最好喝醉到忘记赌注的事情……

过了一会儿，李见白的声音又从客厅另一头传来："老甫，虽然叙述性诡计在黄金时代就有了，但严格来说它其实是新本格的特点之一啊，你小子把这样的作品称之为本格推理可就有欺骗嫌疑了哦！"

会不会他真的忘记赌注了……

我赶忙把手稿收起来说道："什么啊，根本听不明白，有必要区分得这么清楚吗……晚上在我家吃饭吧，想不想吃清蒸鲫鱼，我亲自下厨？"

"还是红烧的更好吃吧……"李见白自然地接过话。

"话说回来，老甫你确实出乎我的意料啊，在几乎没看过推理小说的情况下，居然还写得出密室杀人和叙述性诡计，看来那天在绿皮火车上我说你是天才，还真的被我说中了。"李见白边喝着啤酒，边回味似的说，"但就是故事实在有些无聊，而且文笔也有必要练习一下，毕竟写小说可不是写起诉状啊。"

一边信誓旦旦地说是天才，一边又说故事无趣，这到底是什么评价……那这篇小说还有没有写下去的必要呢……如果要写下去到底应该怎么写才好呢？

无所谓了，还是李见白忘记赌注的事情更值得庆幸……

这么想着，我前往厨房，开始备菜。

不知道过了多久，我突然发觉客厅里变得十分安静，那个聒噪的家伙没声音了。

怎么了……

就在这时,李见白气愤的声音响起:"你小子刚才是在装傻吧!你不可能在一窍不通的情况下自创出叙述性诡计,你以为你自己是阿加莎·克里斯蒂还是绫辻行人啊?你是想把打赌的事情混过去吧……"

紧接着他带着坏笑的声音传来:"那你想好了什么时候跟荣美表白了吗?如果表白要用到酒的话,我建议是波尔多红酒……"

这家伙……

一把雨伞的梦

范讽

1

天空是铅色的,空气很冷冽。

雨滴如子弹般射向地面,绽放出无数朵繁茂的水花。学生们撑着伞在急急忙忙地赶路。上午的课程刚结束,本来以为会很快结束的细雨却成长为了如今的滂沱大雨,想必他们的心情并不会太好。

早晨时我就预见了可能会有这样的情况,所以就算已经走出宿舍楼,也还是回过头去将自己那把廉价的铅笔伞给带上,以备不时之需。看着门外人群中那些两手空空、无奈只能用书包挡在头顶,或是被迫与身边人共打一把伞的同学,我的心中竟隐约浮出一丝幸灾乐祸的情绪。

"想到什么了,看起来这么开心?"坐在对面的朝暮向我问道。

我回过神来,朝暮正用好奇的眼神望着我。看着她那精致可爱的脸庞和纯真的目光,再联想到自己刚才的失态,我不禁感到一阵脸红,默默地摇了摇头。

朝暮和我都是开明大学的一年级学生,且是同班同学。起初,我们并不相熟,仅仅是知道对方名字的关系。学年上半学期时,在一次课上,因为一次偶然的迟到,我与她曾被迫坐到相邻的位置。

在那时的相处中,我发现她总是能找出许多我所不曾注意过的问题,同时也列出相应的解决方案,我不由得被她那敏捷的思维所吸引。自那以后,我们便时常一起聊天,之后的几次课也都坐在了一起,渐渐地熟络起来。

此时的朝暮正斜靠在椅背上,眼睛有些涣散地盯着某个地方,我也悠闲地用手撑着脑袋,时不时扫一眼窗外的风景。

我们所处的位置是食堂。

两分钟前,我们就已经吃完了午餐,但她说外面的雨太大,想要晚些再走。反正下午已经没有课了,大不了就是睡午觉的时间往后推一推,我这么想着,同意了朝暮的提议。

"说起来,我昨天在网上看到一篇文章,是关于鲁迅的。"也许是怕我觉得无聊,她主动挑起话头,"作者大概是想要论述鲁迅的教育方针,里面举了很多例子,比如萧红的《回忆鲁迅先生》里对海婴吃鱼丸子的描述,还有鲁迅写的那首小诗,叫什么'小红象'的。"

"哦,那个前阵子在网上很火。"

"是吗?我不太清楚。"朝暮心不在焉地回应,"我想说的是,这其实是我第一次知道'海婴'这个人,在此之前我甚至连鲁迅是否有孩子都不清楚。我感到很好奇,于是就去网络上搜索了这个人的名字,想要找到他的百科词条,但不知为何就是找不到。我甚至都有些怀疑那篇文章是胡编乱造的了。"

鲁迅的孩子吗?我虽然了解得不是很详细,但姑且还是知道"海婴"这个人的存在的,朝暮为什么会找不到他的百科词条呢?

朝暮嘿嘿一笑说道:"我思前想后,花了好长时间才发现问题所在。"

她忽然不说话了,期待的眼神直勾勾地盯着我,惹得我内心一阵燥热。是想要考考我吧,真是的,这种级别的问题我还是能够轻易找出答案的。

"你是把'周海婴'错认为'鲁海婴'了吧。"

"没错!"朝暮显得很兴奋,"因为平时一直都是称呼笔名,导致我竟然下意识地以为鲁迅姓鲁,却忘了他原本姓周。连检索的关键词都不正确,怎么可能找到对应的词条!"

或许是意识到自己的情绪过于激动了,她用小手轻轻掩住嘴,继续说道:"我觉得,当一个作家被提及时,人们首先想到的是他的笔名而不是原名,这真的是一件很值得自豪的事情,不是吗?"

无论是毫无逻辑的话语还是手舞足蹈的肢体行动,朝暮的开心都溢于言表。虽然我理解不了其中的含义,但终归还是能够做到微笑着回应几句的。

"毕竟这也可以说是他们'作家'这个身份的代名词了嘛。"

朝暮使劲地点头表示赞同,紧接着她猛地站了起来。

"差不多了,我们走吧。"

"欸?可是外面还在下雨……"我茫然地看向窗外。

"其实,我突然想起来英语老师布置的作文我还一个字没动呢,再不赶紧做可就来不及了。"朝暮显得很着急。

我记得交那个作业的截止时间是今天下午,这样看来确实挺急的。不过,朝暮居然是那种会把作业留到最后一天才做的人吗?我有些惊讶。

我们把餐盘放到回收处,然后去大门附近的伞架上寻找各自的雨伞。其实不只是伞架,地上也到处摆着湿漉漉的雨伞,因为我和朝暮来得比较早,这才有机会把伞挂到伞架上。

找到了,第二排的第三把。我的这把伞通体蓝色,伞柄很细,伞面软软的,明明主要功能是挡雨,可淋过雨后的它就像是一个萎靡不振的醉酒大叔,让人完全不想触碰。

要是能和朝暮共打一把伞就好了。我正这么想着,却见身旁的朝暮紧蹙着眉头,在伞架上翻找了好久都没有抽出自己的雨伞。

"怎么了,找不到吗?"

"嗯……"她又将伞架仔仔细细地查看了一番,最后失望地叹了口气。

"看来是被别人拿走了。"

"要去找食堂的工作人员吗?"虽然嘴上这么说,但我心里很清楚这根本没用。

食堂每天的人流量极大,光是准备菜品就已经够他们忙的了,况且在雨天里弄丢雨伞的肯定不止朝暮一个人。若是让每个学生都详细地交代雨伞丢失的前因后果,并特地调取监控录像分别寻找那个拿走他们雨伞的人,这对学校来说必定会是一个很大的负担。

所以就算去反映了情况,得到的结果也往往是受到冷淡处理,最后在朋友圈或者学校论坛上痛骂几句后便不了了之。与其为了不可能被找回来的雨伞浪费时间,还不如尽早去重新买一把来得划算。

"还是算了吧。"看来朝暮与我想法一致。

"总之先出去吧。"我从伞架上抽出那把蓝色雨伞,与朝暮一起走出大门。

从食堂出来后,朝暮就再没说过话。因为靠得很近,所以即使只是默默低着头走路，我也还是察觉出了她与平时的不同。

她好像很在意那把伞。

可是为什么呢？按理说，弄丢雨伞是一件再平常不过的事，朝暮并不是会对这些小事斤斤计较的人。而且，我很明显地感受到了她并不伤心，她对于"丢失雨伞"这件事情本身并不介意，那她真正在意的又是什么呢？

"去买一把新的吧？"我试探着说道。

她摆摆手："不用了，啊，我的意思是，暂时还不用。"

暂时？我反复玩味着这个字眼，难道朝暮以为雨很快就会停吗？

我继续说道："我查过天气预报，最近会连着下好几天的雨，没有伞的话会很不方便吧。"

"我知道。"她微笑着回应。

那为什么还不去买雨伞呢？我正准备这么询问，她却停下了脚步。

"到了，谢谢你送我回来。"

"啊，"我这才发现原来我们已经走到宿舍楼了，"没事，不用谢。"

男女生的宿舍离得很近，最多也就两三分钟的路程。我对朝暮说了声再见后，转身朝着自己的宿舍走去。

罢了，与其去想这些有的没的，还不如赶紧回寝室睡午觉，拖了这么长时间，我现在可是已经困得不得了了。

2

人们总说，电影情节的推动需要"麦高芬"的帮助。

有的人便借此提出假设：在现实生活中，是否同样存在着这么一件物品，引导我们不断朝着终将到来的结局前进呢？

我才疏学浅，不敢对这个问题妄下结论，但可以确定的是，任何一件事情的发生与发展都一定会有某种力量在暗中推动，它也许是一件物品，也许是一种氛围，也有可能仅仅是一个想法。

清晨的图书馆没有什么人，这也是我能坐在这里随意发散想象的原因，其他同学现在要么在上早课，要么还在寝室里呼呼大睡。我来到这里并没有什么特别的理由，只是想要独自一人看看书，顺便发发呆而已。

"嘿。"我的肩膀被人拍打了一下，熟悉的声音传入耳中。

我扭过头，朝暮正笑盈盈地站在我身后。

"你怎么会在这里？"我有些惊讶。

朝暮今天穿了一件黑色外衣，里面搭配白T恤，下身的蓝色牛仔裤让她看起来干练却又不失休闲感。她在我身旁坐下说："我问了你的室友，他们说你早上一般都会来这里。"

"怎么不直接打电话给我？"

朝暮叹了口气："我倒是给你打了电话，可是你一直不接，没办法，我就只有去问他们了。"

我掏出手机查看，果然有好几通未接电话。

"抱歉啊，平时上课设置成静音模式，忘记调回来了。"

"没事。"朝暮清了清嗓子，"其实我来找你，是有件事想要请你帮忙。"

朝暮要我帮忙？这可真是件稀罕事，我示意她继续说下去。她停顿了一下子，像是在组织语言，随后坚定地说道："我想要请你和我一起找伞。"

伞？我被这突然出现的名词搞得有点蒙。

"你指的是，昨天你在食堂里弄丢的那把雨伞？"

"没错。"朝暮重重地点头，听到她的回答后，我不动声色地咂了咂嘴。"那你想好要怎么找了吗？先说一句，去找校方可是行不通的哦。"

"这我知道，你放心，我已经拟好了计划，我们只需要去特定的几个地点就行了。"她说着站起身来，"总之先去食堂吧，光顾着找你了，我还没吃早饭呢。"

朝暮自说自话地向门口走去，我也只好无奈地跟上。真是的，我可还没答应要帮忙呢，自与她认识起，她便总是这般我行我素。

我才刚拿起放在门口的雨伞，朝暮就已经跑出去好几米了。她把外套脱下来盖在头顶，裤脚高高卷起，露出了细腻光滑的小腿。

"喂，你不打伞吗？"我大声喊道。

朝暮仿佛是没有听到我说的话，她一个劲地往前跑，直到冲出十多米才回过头来，对我喊道："于川，你也快点过来呀！"

我连忙追了上去。到了食堂后,我看着她那明明全身都被打湿了却还是一脸兴奋的样子,气就不打一处来,我有些生气地把伞甩到一边。"你到底在干什么?下这么大的雨,伞也不知道打一把,雨伞丢了也不知道去找人借一把,我就在你身后,你说一声和我打同一把伞不就行了吗,吃个早饭而已,这么着急干什么?"

"抱歉抱歉。"

朝暮说完后飞快地跑到了早餐点,眨眼间就已经点好要吃的餐品。

这家伙……明显是在敷衍我吧。

我上前接过她手里的湿衣服,塞给她几张纸叫她擦擦身上的雨水,然后找了个比较暖和的位置坐下。不一会儿,朝暮端着两份早餐回来了。

"我知道你现在肯定很疑惑,放心,等吃完早饭以后我就给你详细说明我的计划。"朝暮得意地扬起眉头,撕下一块面包扔进嘴里。

我长叹一口气。算了,既然朝暮都这么说了,那就这么着吧,经过这么一闹,连我都对她这所谓的"计划"有点兴趣了。

吃过早餐后,我们先是将餐盘放到了回收处,然后又去食堂门口把我之前随手甩到地上的雨伞捡了起来。犹豫片刻,我决定还是把它带在身上,毕竟要是连它也被人偷了的话,那我们两个可就真得冒着大雨去找伞了。

回到座位后,朝暮还是没有要开口的意思,我说道:"讲讲你那所谓的计划吧!"她这才端正坐姿,开始说明。

"首先,我们要明确这次行动的目的。"朝暮伸出一根手指在额头处点了点,这是她在发言时的常用姿势,"我们需要找到昨天中午在食堂门口丢失的雨伞，雨伞的款式为长柄直杆伞，所有者是我，而要找到这把伞，最重要的一步便是搞清楚它是如何'丢失'的。"

看朝暮这么认真的样子，我也提出了自己的意见："有两种可能：其一，雨伞一直在伞架上，只不过昨天你没有找到，所以就误以为它丢失了。"

"如果是这样的话，那它现在要么还在那上面挂着，要么就是被工作人员收走了。"朝暮深吸一口气，"但那是不可能的，我可以肯定，昨天我已经把伞架的每一个角落都找遍了，我的雨伞不在那里。"

朝暮的发言总是充满自信，而这份自信来源于她本人做事时的一丝不苟。其他人听到这样的发言可能多多少少会抱有怀疑，可对于我来说这却是最具有说服力的话语。

"那么，还有另外一种可能性：有人拿走了你的雨伞。"

朝暮点头表示赞同："在此基础上，我们又可以列出两种不同的情况，分别是犯人蓄意偷伞，以及犯人不小心拿错了雨伞。"

"嗯……"我对朝暮如此自然地使用"犯人"来称呼那个偷走雨伞的人有些抵触，"我们虽然知道了雨伞是如何丢失的，可不还是无从找起吗？"

"并非如此。"朝暮的嘴角咧开，微笑道，"这两种情况分别对应了不同的动机，而根据这两种动机，犯人便会在偷走雨伞之后采取不同的措施。"

"你的意思是？"

"举个例子，如果犯人是蓄意偷伞，那么他'蓄意'的理由无非有两个：自己没带伞，所以想要拿走我的伞来代替；还有就是，自己虽然带了伞，但是却被别人拿走了，所以想要拿走我的伞来代替。"

我恍然大悟："在这种情况下，如果那个人对自己的行为产生了羞愧心理，那他就有可能想把雨伞还给失主，我们只需要在食堂等着他把东西送上门来就行了。相反，如果那个人是一个无比自私的家伙，完全不认为自己的行为是错误的，那他就会毫不顾忌地把你的伞当作自己的所有物来使用，这样的话我们找起来就有些麻烦了，毕竟学校里的学生有这么多，而且你也无法保证整个学校就只有你一个人有那种款式的雨伞，到时候要是找错了人可就尴尬了。"

朝暮摇了摇头说道："关于怎么寻找那把伞，我自有办法。但在这之前，我想要纠正你刚才的发言，我并不认为一个'蓄意'偷伞的人会好心到主动把伞送回来。就算如你所说，犯人产生了羞愧心理，但一个会因为自己的伞被人拿走了就去报复式地拿走别人的雨伞的人，真的能够放下他的自尊，满怀歉意地把雨伞送还到我手里吗？"

朝暮这话说得太过绝对，我不禁皱起了眉头。"没必要把话说得这么死吧？每个人在面对事情时的处理方式都不尽相同，谁知道他是不是真的在认真反省，最后会不会把伞送回来呢？"

"所以我才列出了另一种情况嘛。"朝暮又在轻敲额头，"如果对方只是不小心拿错了雨伞，那么当他回到宿舍，发现自己手中握着的并不是自己的雨伞时，你认为他会怎么做？"

把伞送回来。

这句话差点儿就脱口而出了，我连忙咳嗽一声转移注意力，随后展开了思考。因为刚才朝暮毫不留情地驳斥了我的观点，所以我也想要反驳她一下，还好，她的推理并不是毫无破绽。

"你是想说他一定会回来归还雨伞是吗？我看未必。你刚才也说了，蓄意拿走伞的那个人会出于他的自尊心而不愿意把雨伞送回来，那这个拿错伞的人不也完全有可能出于同样的理由而不愿意送还雨伞吗？"

"自尊心的确有可能让他不想把雨伞送回来，但是于川，你忽略了一个重要因素。"朝暮缓缓说道，"既然他拿走的是我的那把伞，那不就意味着他本人的雨伞还留在食堂里吗？心理上那点微不足道的自尊与现实中自己花钱买来的雨伞相比哪个更重要，这不是一目了然吗？"

"可是……"我还想说些反驳她的话，她却举起手来打断了我。

"不讨论这些了，再争下去也没有意义。总之，最终得出的结论就是，犯人会采取以下两种行动，一种是把伞还回来，另一种是自己继续使用对吧？"

这不就和我一开始说的一样嘛。

"关于前者，犯人会把雨伞亲自送到我手里的可能性其实不大，因为他根本就不知道是谁的伞，自然也不清楚主人长什么样子，所以最有可能的情况是他会直接把雨伞摆到伞架上，这样既还了伞，又不会因为与我见面而感到尴尬，一举两得。"

我点头表示赞同。

"雨伞是昨天中午丢失的，距现在已经过去十几个小时，这几天又都是雨天，他想要出门的话就必定会打伞。从他发现雨伞不对劲到把伞还回来，再怎么说一天的时间也足够了，所以我们只需要不时地去伞架那边找找，总能找到的。

"而如果那个人选择了后者，也就是把伞留下来继续使用的话，我同样有办法拿回雨伞。"朝暮又一次露出了自信的笑容。

"要怎么做？"我好奇地问道。

"很简单。你想，今天又不是周末，作为一个学生，不可能一整天连一节课都没有吧？我们这个园区的学生都集中在九号教学楼上课，也就是说，只要我们时刻监视着九教里所有可以放伞的地方，就一定能够找到我的那把雨伞。"

听着朝暮那充满自信的发言，我感到稍微有些无语："不是我故意要挑你的刺，只是，虽然你说着好像很轻松，但那可是整栋教学楼啊，里面的空间这么大，你怎么可能看得过来？况且我们下午也要上课，根本就没有办法监视他们啊。"

"所以我这不是来找你了嘛。"朝暮满是期待地看着我，"你想想，校规明确规定了不许把雨伞带进教室，那犯人就只能把伞放在教室外边的走廊上。上午的时候我们可以趁着上课时间把所有楼层反复搜索，只要他来上课了，那就总能找到！"

"那下午呢？我们总不可能上课时间还在走廊上闲逛。"

"下午的时间的确比较紧张，但也不是完全没有办法。因为我们学校的每个科目都至少会连着上两节课，有的甚至要上三节，所以中间的这十分钟下课时间犯人是一定会继续待在教学楼的。既然人会待在这里，那雨伞自然也会待在这里，我们可以趁着这段时间进行搜索。"

我低头思考后说："你的意思是，我们要在十分钟以内把整个九教都给跑一遍，而且还要留意着走廊，避免错过你的那把伞？"

"是的。"朝暮微笑着点头。

这乍一听好像是个可行的方案，但实际上却很难做到。十分钟不要说是找完一整栋教学楼了，就是完成其中的三分之一都够呛。毕竟按照朝暮的说法，我们可是要把所有能放雨伞的地方都找一遍，时间根本不够用。

我把身子往后倾了一点："我直说吧，这不可能做到，你太强人所难了。"

"怎么会！"朝暮猛地拍了一下桌子，吓得我立刻把身子缩了回来，"我昨天想到这个办法之后做过实验，就算采用搜索式奔跑，一个人在十分钟以内跑完三层楼也是绝对没有问题的。九教只有六层楼，到时候我们一人负责其中三层，找到之后就马上回教室，不会耽误上课时间的。"

你是在哪里做的这种实验啊……我在心里默默吐槽了一句。突然，灵光乍现，对呀，如果是要找完所有楼层的话，不是还有一个更简便的方法吗？

"既然这样，多叫几个人来帮忙不是更好？把你的室友们都叫上，我们一个人负责一层楼，这样还能找得更仔细……"

我这话说着说着就没了声音，因为我发现此时的朝暮正用极其哀怨的眼神看着我。她抿着嘴，就像在赌气似的一言不发，但那双眼睛却死死地盯着我，惹得我坐立难安。

"怎、怎么了，我说得不对吗？"

朝暮移开视线，呕着嘴说："对，你说得对。"

尴尬的颗粒溶解在空气中，化作一根根尖刺冲击着我的意志。正当我在思考是否该说些什么话来缓解气氛时，忽然间，我意识到了一件事情，同时，对于朝暮做出这种表现的理由也隐约有了猜测。

我抬眼偷偷瞄了她一下，她依旧保持着刚才的动作与姿势，只是会时不时地抬起手来碰一下鼻子，那是她害羞时的表现，我更加确信了自己的判断。

"我想了想，还是一个人陪你去吧。"我轻轻说道。

朝暮虽然表面上是一副无所谓的模样，但其实嘴角已经隐隐露出了笑意："真的吗？我可没有强求你哦。"

真是的，我明明提出了更加有效的方案，却还要被那种眼神注视，虽然稍微有些生气，但不知为何，此刻心中不禁感到阵阵暖意。

我向她询问具体的行动时间，她告诉我说："上午的行动从第二节课开始，在那之前就先随便找间空教室待着，中午的时候回食堂看看有没有人把伞还回来。下午的行动除了最初的两节课需要抓紧时间以外，其余就和上午一样。晚上也是同理。"

核对好一些细节后，我们便朝着教学楼进发了。我打开手机确认朝暮刚发过来的雨伞照片，伞柄很长、伞面很大，雨伞内侧是鲜艳的红色，外侧是纯黑色，看起来并不像是女生会用的伞。

那看来犯人很有可能是男生了。

来到教学楼，路过大厅里的公告栏，里面贴着诸如学生行为守则、社团海报、活动通知、征兵公告一类的东西，我没有太过留意，直接就走了过去。

把雨伞撑在走廊上，我随便走进一间空教室，朝暮说她想去买点喝的，问我要什么，我随口说了一种饮料的名字后，她便一步一跳地跑开了。

树叶被雨点击中，发出啪嗒啪嗒的声响，柔软的枝丫垂下身子，仿佛陷入了沉睡。我坐在离门口很近的位置，看着朝暮离去的背影，渐渐皱起了眉头。

我闭上眼睛趴在桌子上，回忆着这两天发生的事情，思路显得异常混乱。我使劲摇摇头，心中的疑惑终于不断放大，最后归结为了一句话：

朝暮的表现很反常。

在我的印象里，朝暮向来是一个思维敏捷的人，遇到什么问题时，她会迅速找到突破口并不断尝试，而在现实生活中，她也是一个决定好行动方向后就绝不轻易更改的人。

但在寻找雨伞这件事情上，她的行为太过前后矛盾。

昨天发现雨伞丢失后，我立刻就询问她要不要寻求食堂工作人员的帮助，虽然不一定有用，但至少会多一条解决问题的路，她当时很直接地拒绝了我。而在那之后，我告知她最近几天都会下雨的事实，然后提议去超市买一把新的雨伞，以备不时之需，可是她又拒绝了我，并且意味深长地说出了"暂时"不用购买新的雨伞这句话。到了今天，正当我以为这件事情已经过去的时候，她却一大早就跑到图书馆来找我，态度非常坚决地邀请我和她一起寻找这把已经丢失了一整天的雨伞，甚至还为此列出了详细的行动计划。

按理说，既然她已经决定了不去管那把丢失的雨伞，那在昨天离开食堂之后，她就应该顺理成章地接受我的提议去购买新的雨伞才对，到底是什么原因导致她在第二天态度一百八十度大转弯，又想要去寻找雨伞了呢？

如果这一系列行为发生在别人身上，那我并不会起疑心，可这个人偏偏是朝暮，而朝暮正是那个最不可能随意更改自己想法的人。

思前想后，唯一有可能的解释便是：她从一开始就没有放弃过寻找雨伞。

可是这又带来一个新的问题，那就是：她为什么不在昨天就告诉我这一点呢？换句话说，她为什么不在昨天寻找雨伞，而偏偏要在今天才开始行动呢？要知道，时间过去越久，找到雨伞的可能性就越低。

　　我想了又想，既然"寻找雨伞"这件事情可以被拖一整天，那有没有可能她的目的本来就不是什么"寻找雨伞"，也就是说，"雨伞"其实并不是朝暮真正想要寻找的东西，她所做的这一切都是另有所图。可是这样一来，她想要的究竟是什么呢？

　　也许是在桌子上趴得久了，我的意识忽然变得有些模糊，在这种状态下思考问题总是容易漏掉一些细节，但即便这样，在排除掉所有错误选项后，那唯一的正确答案此刻也已经在我脑中形成。

　　我缓缓开口，不出声地说出一句话。

　　"她是想要找到那个偷走她雨伞的人吧。"

3

　　我早该预料到的。

　　乌云密密麻麻地铺满了天空，雨倾泻而下，将世界笼罩在一片灰暗之中。看着朝暮手中捏着的雨伞和她狰狞的笑容，我再次发出感叹。

　　我早该预料到会发生这种事情的。

　　三十分钟前，第二节课的上课铃声蓦然响起，我们终于开始了行动。我跟随着朝暮在走廊上乱窜，四周花花绿绿的雨伞不停掠过眼角，令我有些神情恍惚。

　　就在刚才，我已经推理出了朝暮的真正目的，她根本就不想找什么所谓的雨伞，她真正想要找到的是那个拿走她雨伞的人，至于她找到那个人之后会做些什么，我不得而知，所有的可能性都必须建立在她能够找到那个人的前提下。

　　在踏上去往三楼的楼梯时，窗外的雨声忽然变得无比清晰。我能清楚听到雨滴落在石头上发出的咚咚声，也能察觉到鸟儿拍打着翅膀时的啪啪声，甚至连草丛中的花儿歪斜着身子时的簌簌声、树下蚂蚁们活动时的沙沙声都变得一清二楚。

　　我的脑袋一团乱麻，或许是因为雨势逐渐变大，那滴滴答答的声响不断干扰着我的思考，我多么希望现在能发生点什么来改变这一现状。

"轰隆隆!"

伴随着一声雷鸣,我那停滞的思维终于恢复流动,我抬头看向前方,朝暮停下了脚步,她呆立在一间教室门前,眼中满是激动的神色。

"伞找到了?"我问她。

这声音不像是从我嘴里发出的,而是整个空间都在为这句话做出共鸣,有一种奇怪的朦胧感。

朝暮没有回应我的话语,她只是默默弯下腰,拾起了撑在地上的一把雨伞。长长的伞柄与朝暮娇小的身躯极不相称,大黑和大红的颜色搭配也让整把伞看起来很不协调。看着朝暮逐渐上翘的嘴角,我立刻意识到这或许正是她丢失的那把雨伞。

"你打算怎么办?"我凑近了问她。但我的声音就像是沉入了水中,从说出的那一瞬间起便自动散开,消失不见。别说是朝暮了,连我自己都听不清。

朝暮没有理会我,而是径直走向教室门口,双手用力一推,木门撞到墙壁的声音响彻整个走廊,教室里的老师和学生纷纷朝她投来疑惑的目光。

"抱歉老师,打扰您上课了。"朝暮一边微笑着一边说话,右手将雨伞举到了身前,"我只是想询问一下,这把雨伞是哪位同学的呢?"

教室陷入一片骚动,很久都没人站起身认领,质疑的目光充斥在这片环境里,仿佛一个个尖锐的雨点模糊了我的视线。等到老师发话询问后,角落里一个畏畏缩缩的男生才缓缓站了起来,他没有说话,但是大家都不约而同地在心里默认了他就是那把雨伞的主人。

朝暮一时没有说话,但我发现她的眼神逐渐疯狂,她似乎正准备做些什么不太妙的事情,我连忙走上前去对那个男生说道:"这位同学,麻烦你过来一下,关于这把伞我们有些事要问你。"

我的想法是和那个男生进行私下交涉,因为这样做不至于把事情闹大,如果这把伞的确是他偷来的,那作为所有者的朝暮完全有权利要求他归还。

一道闪电划过天边,强烈的轰鸣让整个地面都为之颤抖,突然,一个想法从我脑海中划过——朝暮想要做的事情该不会是……

"这把雨伞真的是你的吗!"她突然大声发问,脸上丝毫没有了笑意。

男生抬头看了一眼,又赶忙把目光缩了回去:"……好像是我的。"

"什么好像,你早上不就是撑着这把伞来上课的吗?"

"对啊对啊,我们也看见了。"

坐在他旁边的一个学生开口说话后,教室里不断出现应和的人。

见朝暮迟迟不说出自己的目的,老师也有些不耐烦了,她语气严肃地叫那个男生赶紧出去,有什么事在教室外面说,不要打扰她上课。

我打心底里赞同老师的做法,转头看向朝暮,她却丝毫没有离开的意思。

"可是这把伞根本就不是你的!"她终于露出狰狞的笑容,说出了她早就准备好的台词。

"这把伞的所有者是我!为了将它和其他雨伞区分开,我特地在伞柄上刻下了三道明显的刻痕,这是我专属的防伪标志。"她把伞撑开展示在人们面前以证实她说的话。

"而你根本就不知道这一点!昨天中午,你趁我吃饭的时候偷走了这把雨伞,我不知道你这样做的理由,我只知道你将一个不属于你的东西占为己有!我曾经对你抱有希望,希望你能在今天之前把它交还到我手里,我一次又一次地去食堂寻找,可是根本就找不到!"

朝暮的声音很大,在其他人看来她应该是在生气,可是在我看来不是这样。与其说生气,不如说她现在很愉悦,她在享受拆穿谎言的感觉。那个男生现在浑身发抖,脸色难看,他的反应让周围的同学意识到朝暮刚才说的话全都是事实。

他们纷纷向那个男生投去厌恶的目光。

"我真的很失望……"朝暮还没有停下讲述,"所以当我碰巧在走廊上发现这把雨伞,在已经笃定了你们中有人是偷走我雨伞的犯人时仍旧好心询问,你却依旧不愿意承认时,才会这么生气!"

我用手扶住额头,陷入深深的悲伤情绪中。是啊,这就是朝暮的目的,她从一开始就没有放弃过寻找雨伞,她只是在给犯人时间,给他一个承认错误并改过自新的机会。

如果犯人真的在昨天就把雨伞还给了朝暮,那她想必会用那和蔼可亲的笑容对他说一句原谅的话语,第二天再将这件事作为一份谈资说给我听,这件事情便会就此落幕。但犯人没有这样做,他采取的措施是把雨伞占为己有,而朝暮对此做出的反应便是无论如何也要把雨伞找到,因为只有找到了雨伞,偷走雨伞的犯人才会现出原形,朝暮这样做的目的不是别的,正是为了能够在大庭广众之下揭露他的罪行,羞辱他,并从中获得快感。

这是她对犯人的报复,她不一定有多喜欢那把雨伞,但她一定不能容忍自己的东西被人悄无声息地偷走。

"唉……"

我叹了一口气,这是我不曾见过的朝暮,这是她不曾在人前显露的一面,可以说这本是独属于她一个人的秘密,而现在,她几乎是非常主动地把秘密摆在了我的面前,如果不是她来找我帮忙,我根本就不会参与到这起事件里,也根本就不会看到这样的朝暮。

正是因为朝暮对我的信任,我才得以窥见它的全貌,这既是一份信任,也是一种负担,我不禁思考,我真的能够承受住这沉重的真相吗?我真的能够接受这样的朝暮吗?

我低下了头,脸部如同泡在水里般感到一阵湿润。如果我猜得不错,朝暮的陈述应该还没有结束,在揭露犯人的罪行后,她还有最后一件,同时也是最重要的事情要做——原谅他。

朝暮自然不可能真的原谅他,所以这份"原谅"也是有它特殊的作用的。在众人面前对有罪者表示原谅,既能够显示出自己的宽宏大量、圣洁无私,也能够加深众人对有罪者的厌恶,使他彻底坠入深渊。也就是说,"原谅"非但不是化解人类罪行的解药,反而是最能使罪行彻底烙印在有罪者身上的致命毒药。

没错,"原谅"的话说得越无私、越大度,它的毒性就越强烈、越深刻。

凭借着我对朝暮的了解,我完全能猜到,她的下一句话是……

"起床啦!已经上课了!"

她的下一句话是……欸?

我猛地睁开眼睛，眼前是灰白色的课桌，朝暮正一脸坏笑地看着我，这状况让我一脸蒙。就在这时，逐渐恢复的知觉让我感受到脸部的一阵冰凉，我猛地从座位上站起身，一滴凉水从我的脸颊流了下来，最终落到地面。

这是？我抬头看向朝暮，只见她举起手里握着的一瓶果汁递给我。

"我就去买个饮料的时间，你居然趴在桌子上睡着了，你昨晚是睡得有多迟啊。"

我使劲摇头，想要厘清思绪。

"不对……"

这到底怎么回事？我和朝暮不是正在三楼的教室里和偷走雨伞的犯人对峙吗，怎么突然回到一楼来了？还有这瓶果汁……我想起来了，朝暮好像的确说过要去买饮料之类的话，可那不是半个小时前的事情吗，怎么现在又发生了一遍？

看着我一脸严肃的样子，朝暮小心翼翼地问了我一句："你生气了？"

我没有回答，我也无法回答，因为我就连朝暮为什么会问出这句话都搞不明白，我怎么回答？

我看了看窗外密密麻麻的雨滴，又看了看教室里稀稀疏疏坐着的人，我抬头看了看墙上的时钟，上面显示的时间是——九点整。

最后，我看向面前的朝暮，她现在是一脸的不知所措，因为我没有回应她刚才的提问，她似乎已经确信了我现在很生气。她赶紧从包里拿出一张纸，上前为我擦拭脸颊上的水珠。

"对不起嘛，我只是看你睡得很香，就想着捉弄一下你，我不是故意把这些水弄到你脸上的……不，我应该就是故意把这些水弄到你脸上的……但我没有恶意！我只是觉得这样有趣……总之真的对不起。"

听着她道歉的话语，看着她愧疚的表情，我终于搞清楚了状况。

原来，这只是一场梦。

我拿起朝暮先前递过来的果汁，果汁是冻过的。一般的饮料被人从贩卖机里拿出来以后，瓶身都会不断浮现出细小的水珠，但如果仔细观察就会发现，我手上的这瓶果汁并没有那些水珠，反倒是我的脸颊现在都还湿漉漉的，不时会流个一两滴水下来。

"所以，你是趁我睡着的时候把冻过的饮料放在我脸上了？"

朝暮眼神躲闪，但终究还是"嗯"了一声。我笑了笑："这有什么好生气的，如果是你在我面前睡着了，我也会这样捉弄你的。"

我抬手示意朝暮停下她手上的动作，轻声说道："我只是因为刚睡醒脑子有些混乱，抱歉让你误会了。"

朝暮轻咬嘴唇，偷偷抬头看了我好几眼，随后释然一笑。

"那我们赶紧去找雨伞吧，现在已经上课十分钟了，再不赶快的话犯人可就要跑了。"她恢复了以往的活力，这令我很高兴，但她说出的话却让我心里咯噔一下。

"犯人？"我回忆起了梦里的种种，又想到了睡着前所做出的那一段推理，"你果然还是想要找到那个犯人吗？"

"啊？当然，不找到犯人的话，怎么把伞要回来呢？"朝暮扭头这样对我说，眼神清澈而纯粹。

"那你找到犯人以后会怎么做，是要在众目睽睽之下揭穿他吗？"我的情绪有些激动，声音也变得尖锐，"你是要让所有人都知道他是个小偷,让大家都去厌恶他、疏远他,借此来羞辱他、报复他吗?"

听到我说的这些话,朝暮皱起了眉头。

"我当然不会这样做,找到雨伞以后和他私下交涉不就行了?我的目的是拿回雨伞又不是报复犯人,干吗要让其他人知道他是个小偷?这对我来说又没有好处,我完全没有必要这么做。"

朝暮坚定的话语让我从梦的阴影中走了出来,我意识到自己的失态,再次回到了座位上。我用手捂住脸,不停地在心里责问自己为什么要说出那样的话,为什么要将一场梦中发生的事与现实扯到一起,去怀疑本没有那种想法的朝暮。

朝暮是个很机敏的人,她一眼就看出了我心中的疑惑,于是在我旁边坐了下来:"你是对我为什么这么积极找伞这件事抱有疑问吧?也是,我基本都没好好给你解释过这方面的理由,不过现在再说这个也已经有些来不及了……不如这样,你先把你觉得最不能理解的几个问题说出来,我会一一回答你的,其他的咱们就等以后有时间再说。"

朝暮说这话的时候满脸热心,看起来是真的想要帮我解决问题,搞得我反倒觉得自己的怀疑是不是有些小题大做了。但既然她已经提出了这个建议,我也就不好再拒绝,我在心里算了算,距离第二节课下课还有半个多小时,时间比较充裕,再加上有些事情不弄明白我心里总是会觉得硌硬,也就同意了她的提议。

我稍微在心里整理了一下语言,随后开口道:"首先是第一个问题,你找到雨伞后会怎么办?"这其实并不是最重要的问题,但确确实实是我目前最关心的问题,毕竟在我的梦里,朝暮可是对犯人做出了那样侮辱人格的事。

"当然是把伞拿回来了。"朝暮一脸的理所当然，她继续说道，"不过你真正关心的应该是怎么把伞拿回来吧，我早就想好了，如果我在走廊上找到了我的雨伞，我会一直守在它旁边，因为下课时犯人肯定会想要过来拿走雨伞，到那时我再留住他，并和他进行交涉，请他把雨伞还给我。"

我正想说话，朝暮又补充了一句："当然，是等到没人的时候私下交涉。"这句话正好解决了我的疑惑，我逐渐放下心来。

"那么接下来是第二个问题，你会原谅那个拿走你雨伞的人吗？"

朝暮思考了一下后说："原谅谈不上吧，毕竟我的目的只是找到丢失的雨伞，对于究竟是谁将它偷走这件事情并没有太大兴趣。"

"真的只是为了找伞吗？"我对她的回答抱有怀疑，毕竟之前在食堂的时候朝暮做出过很多对犯人性格的揣测，那些话语甚至可以称得上言辞激烈了，这也可以说是导致我做出"她的目的是找到犯人"这种推理很重要的一个因素了。

"倒也不全是为了找伞啦。"朝暮把脑袋撑在桌子上，抬头瞄了我一眼，"虽然也有其他原因，但反正和犯人没太大关系。"

真的是这样吗？我总觉得朝暮的神情好像有些紧张。

朝暮似乎从我的眼神中看出了怀疑，连忙补充道："再、再说，不过就是一时鬼迷心窍拿走了雨伞，这有什么不值得原谅的。"

难得看到朝暮慌张的模样，我的心情竟不自觉地由最初的沉重逐渐变得愉悦起来，但因为接下来的这个问题比较严肃，我还是先端正了坐姿。

"那么接下来是第三个问题——你为什么要找伞？虽然我一直没问，但是从你今天早上来请我帮忙开始，这个问题就一直在我的脑子里回响，我实在是想不明白你这样做的理由，希望你能给我一个准确的回答。"

也许是我正襟危坐的样子太过滑稽，朝暮不由得笑出了声："总觉得我们现在的关系就像是警察和犯人呢，你是正义的警察，而我就是那个犯下重罪的犯人，你现在正因为弄不明白我的作案动机而烦恼，所以只能强装威严，想要逼我招供。"

这个比喻太过形象，让我不由得感到一阵羞愧，我强撑着脸皮继续说道："先不管这些。总之，在人多的地方丢失的东西本来就很难找回。这不过就是一把雨伞而已，你这么大费周章地去到处找，既浪费时间又浪费精力，而且最后的结果很有可能是一无所获，还不如重新去买一把来得划算。你这么机灵，不可能不明白这些，可是即便如此，你却依旧要去找它，这是我最不理解的地方。我希望你能给我解释一下这样做的理由。"

室外忽然吹起了风，稀稀疏疏的雨点从窗户飘进来，打湿了桌子。我感受到阵阵凉意，正准备起身去关窗户，朝暮却抓住我的手不让我离开，我有些惊讶，她沉默片刻后缓缓开口："你知道吗？我其实还蛮喜欢雨天的。"

"啊？"朝暮这突然的话语使我愣了一下神。"我确实不知道，但是这和我们现在说的话题有关系吗？"

"当然有关系。"她拉着我的手走到了窗边，微风飘进教室，带来一颗颗细小的雨珠，雨水和空气一起拂在脸上，清新又凉快。"很舒服吧？"朝暮扭过头来看向我，眼中满是温柔，嘴角也很放松地微微翘起。

我重新看向窗外，细长的枝丫上长着许多翠绿的叶，翠绿的树叶簇拥着一朵朵粉嫩的花，树荫底下还有几只小鸟在避雨，它们不时蹦蹦跳跳，不时啄一啄地下的草。感受着这里的阵阵清风，我不由得产生了想要闭上眼睛默默享受这一时刻的想法。

"这样的小雨会给人轻松惬意的感觉，会令万物复苏，会让人变得慵懒。"朝暮注视着窗外的天空，开始自顾自地说了起来，"若是再大一些，小雨就会转为中雨。中雨已经不适合出门，但是它极富欣赏价值，无论是看着它如同一道道雨帘般模糊我们的视线，还是听着它落在地上啪嗒啪嗒的具有节奏感的声响，抑或是在下雨结束后走入这如同被清洗了一遍的世界，大口大口呼吸着纯净的空气，我们都能够强烈地感受到它的美丽。

"若是再大，中雨就会变为大雨，更有甚者会直接变成暴雨。这样的天气通常是在接连好几天的沉闷后忽然爆发，试问谁不想在压抑好几天后得到一个发泄情绪的机会，谁不想肆无忌惮地在狂风骤雨中奔跑呢？怕什么打湿衣裳，怕什么感冒发烧，我们就是想要在这美妙的天气里放纵自己一番。现实生活中的一切苦恼在这一刻都将不复存在，我们都希望自己是个自由的、不被束缚的人。"

朝暮一边说着一边低下了头："然后调整心情，回到现实。"

"你可能听不懂我在说些什么。"她自嘲地笑了笑，"也是，我说的这些话简直就像是一个狂热粉丝在表达对偶像的爱慕时不可理喻的发言，但我这么做的目的只有一个——我希望你能够明白，我真的很喜欢雨天。"

朝暮在说话时一直用手撑着窗沿，眼睛也始终盯着地面。

听着朝暮的话语，我想说些什么却什么也说不出来。也许在我看来，雨天只是偶然间发现的一刻美好，可是在她看来，雨天却是包含了诸如轻松、愉悦、痛苦、烦恼等世间一切情绪在内的，如同她自己一样的复杂的混合物。也许正因为无论是怎样的自己都能从雨天中找到共鸣，她才会如此喜爱雨天吧。

"我明白。"我紧紧反握住她牵着我的那只手以表示自己的坚定，"我虽然不一定能理解你说的所有话，但我想我能明白你的感受。"

朝暮正打算向我传达一些她对于世界的认知、她对于世界的态度，这些思想我无论如何也要完好地接收过来，并存放到我的心里。

"所以不要再低着头了。"我轻声说道，目光看向窗外，"你真的愿意让这么美丽的景色随着时间的流逝而消失，甚至不去抬头欣赏吗？"

朝暮缓缓抬头，眼神中既有惊讶也有欣喜，她看了看我们互相握着的手，轻轻咬着嘴唇竟一时说不出话来。

我以为是这样做让她觉得不舒服了，于是连忙松开了握着的那只手，感受着手上残留的余温，心里总觉得有些意犹未尽。

"有什么关系……"朝暮小声说了些什么，但我没有听清楚。我正准备发问时，她忽然转过身来盯着我，恢复了往常的那副样子。

"既然你已经明白了，那接下来就好办了。"她再次用手轻敲额头，看样子是准备发表一番言论了。

我连忙打断她。

"我明白什么了？什么接下来就好办了？"

"啊？你不是问我为什么这么想找到雨伞吗？我接下来就要给你解释原因了啊。"朝暮歪着头，眼睛澄澈而透亮。

"哦，这么说起来确实是这样，我都差点儿忘记了。"我终于想起最初的目的，乖乖闭上了嘴巴。

"是这样的，虽然我现在很喜欢雨天，但其实小的时候并不这样。我有一个大我两岁的哥哥，他从小就很喜欢下雨天。我起初还不理解，如果下雨的话不是就不能出去玩了吗？下雨天可真是讨厌。可是后来有一次下大雨，哥哥拿起伞就要往外面走，问他去干什么他也不说，我以为他是要去做什么见不得人的事，就硬缠着和他一起出了门，结果谁知道他就只是撑着伞在雨里到处走而已。

"我感到很无趣，吵着闹着就要回家里去，哥哥却说，在雨中漫步这件事他已经期待很久了，说什么也不肯送我回家。我拗不过他，没办法只好和他一起待在同一把雨伞下，就这么度过了一整个下午。"

"你就是从那时开始爱上雨天的吗？"我询问道。

"是的。"朝暮点点头，"起初只是觉得好奇，就也试着去雨里走了走，当作是消磨时间了；然后是心情不好的时候，看着雨点一滴滴落下，心中的郁结竟然一点点消散了，这让我觉得很奇妙；再然后……我就逐渐变成如今这副无论是开心还是难过，都会不自觉地期待雨天的模样了。"

"可是这和你想要找到雨伞有什么关系呢？"

"我哥哥高中毕业之后就去参了军，一年也休不了几天假，那把伞是他临行前送给我的礼物。"朝暮无奈地笑了笑，"所以其实也没有什么特别的理由，我就只是想要找回亲人留给我的一个念想而已。"

"因为是哥哥送的，所以才会是男士伞啊……"我自言自语道，随后又想起了大厅公告栏上贴着的征兵公告，如果是去参军了的话，那朝暮恐怕已经很久没有见过自己的哥哥了，怪不得她会那么想要找回雨伞。

"可是，既然你这么想要拿回雨伞，为什么不在昨天就展开行动呢，时间拖得越久，成功找回雨伞的机会就越渺小不是吗？"在朝暮的叙述中，雨伞明明是这么重要的事物，可是她依旧是隔了一天才去寻找，这一点我觉得很不合理。

"那个呀……"朝暮理所当然地说道："昨天是真的没时间，我也和你说过的，那时我的英语作文还一个字都没写。"

她昨天好像确实说过作文没写完之类的话。"所以你昨天是去写作文了？"我忽然觉得有些好笑，这理由还真有朝暮的风格。

"作文自然是没有雨伞重要，可是寻找雨伞不会设置截止日期，英语作文却有提交时间。雨伞随时都可以找，作文要是超时，那可就想写都写不了了！"

这话竟然出奇的有道理，我完全找不到反驳的理由。

我不禁苦笑。

"写完作文之后的时间呢？"

"我就知道你会这么问。"朝暮微微一笑，"早上在食堂的时候不是跟你说过'一个人可以在十分钟以内跑完三层楼'的事吗？那其实是我昨天晚上的亲身经历。正是因为觉得一个人找起来有些力不从心，所以我今天才会来找你帮忙的。"

"原来……是这样吗……"

现在看来，我之前那样追问她似乎是过于苛刻了。

"我当然明白人越多找起东西来越方便，可是我并不想和太多的人谈论起自己的内心与过去，所以……"朝暮说着逐渐没了声音。剩下的言语我倒也能够猜个七七八八，确实并没有挑明的必要。

漫长的沉默后，我想着要把话题重新拉回到寻找雨伞这件事上来，再次询问道："你今天提前去食堂看过吗？说不定已经有人把雨伞还回来了。"

"还没有，我起床后想的第一件事情就是去找你。"

"这样啊。"

我们盯着稀稀疏疏的小雨看了好一会儿。

"时间也不早了，你还有什么问题就快问吧。"朝暮扭头对我说。

"其实该问的都问得差不多了。"我心中的疑惑也差不多都得到了解答，之前关于朝暮为何执着于寻找雨伞的那个推理已经被彻底推翻，要说还有什么想问的……

"伞柄上有三道刻痕吗？"我没来由地冒出这么一句话，朝暮肯定会觉得莫名其妙。虽然我刚说出口就已经后悔了，但是我也不打算撤回。

这是我梦中的朝暮给自己的雨伞做的防伪标志，把它拿到现实中来说本就滑稽可笑，但这可能也算是我的一种不必要的坚持吧，我无论如何都想得到朝暮关于它的回答。

听到我说这话，朝暮先是愣了一下，然后撑着脑袋说道："如果是在说我的那把雨伞的话——没有，我的雨伞还是保存得很完好的，别说是三道刻痕了，就连一处破损也是没有的。"

果然啊，得到这么笃定的回答，我也只能接受了。

"你怎么会突然想到问这个，还问得那么具体？"

"倒也没什么理由。"

我摇着头苦笑几声。

"本来只是想要确认一下梦境与现实到底有几分相似，不过现在看来……可真是一点也不相似。"

4

雨下了一整天,四周充斥着草木与泥土的味道,空气很黏稠,仿佛吸进肺里的是流动的液体一般。现在已经是晚上,我们在教学楼兜兜转转了一整天,结果是一无所获。

看着熙熙攘攘的人群从大门里涌出,朝暮轻轻叹了一口气:"所有能放东西的地方都找过了,按理说不该找不到的。"

雨水湿润了道路,道路变得能够反光,灯光落在雨水上,反射到朝暮的脸庞。人群走过,灯光被遮挡,我们只能在一旁驻足,心里满是彷徨。

"还没有结束,我们还没有去过食堂。"我安慰道。

"是啊。"朝暮有气无力地回应,"说不定犯人已经把雨伞放回去了,我们赶紧去找吧。谢谢你,于川,陪我胡闹了一整天也没有说过抱怨的话。"

"这怎么能叫胡闹。"我边走边说,"既然是对你来说很重要的东西,那自然要上心。"我其实并不在意这把雨伞对朝暮来说有什么具体的特殊含义,我在意的是朝暮是否是真心想要找到它,只要她的目的确确实实是想要找到这把伞,那我是无论如何也愿意帮忙的。

我们顺着人群的洪流来到食堂,尽管已经很晚了,这里依旧有不少学生在用餐。伞架有两个，前门后门各一个，我们分头寻找，但结果就像是今天我们已经经历了无数次的那样——一无所获。

朝暮瘫坐在椅子上，精神萎靡，看起来是真的累了。我向食堂阿姨要来了一杯水递给她，她一边道谢一边接了过去。

"难道是我的推理出了问题？除了食堂和教学楼，犯人还有可能把雨伞带到其他地方吗？"朝暮皱着眉头开始思考。

我沉默片刻，突然想到一种可能："宿舍楼？"

这三个字成功引起了朝暮的注意，她偏过头来看着我："你是想说犯人根本就没有把雨伞带出宿舍，而是悄悄藏了起来？"

"嗯。"我自以为找到了迄今为止所有推理的盲区，可朝暮接下来的一番话却再次让我跌入谷底，她摇摇头。

"很可惜，我昨天就想到了这种可能性，已经把整个宿舍楼都翻找过一遍了，那里没有我的雨伞。"

我思考片刻，又问道："你是怎么找的？"

如果朝暮说的"翻找"就和今天的行动一样仅仅是将走廊之类的地方转悠了一遍，那这个"翻找"就并不严谨。寝室和教室不一样，校规没有规定不许把雨伞带入寝室。事实上，出于恐惧心理，偷走雨伞的犯人会肆无忌惮地把雨伞撑在走廊上的可能性很小，正相反，他完全有可能将雨伞带进寝室里偷偷藏起来。这可不是简单看一眼就能确认的事情，必须要仔细调查才行。

"不要小瞧我的行动力。"朝暮开口了，"我昨天可是拿着照片挨个寝室询问，并且在征得同意后，是把寝室内所有我能想到的可以藏东西的地方都给找了一遍。即使这样，你也还是觉得可能会有疏漏吗？"

朝暮语出惊人，我直接愣在原地："真的假的？"

"当然是真的，前前后后花了大概有两三个小时吧。"朝暮突然就露出了痛苦的表情，"有几个寝室的同学态度不怎么好，我也是顶着她们的抱怨硬着头皮上的。"

"突然就被怀疑是拿走别人东西的小偷，是个人都会觉得不舒服吧，你没有被她们赶出来就已经谢天谢地了。"我心里对朝暮愈发钦佩，语气也多了几分敬重，"但如果是这样的话，那岂不是万策尽了？我们已经把所有雨伞可能的去处都找过了，这下还能怎么办……"

朝暮在脸上挤出一个生硬的笑容："没事，说不定今天只是那个犯人碰巧生病请假了，或者说我们看漏了。明天再来一次吧，总之一定要把雨伞拿回来。"朝暮强装乐观的样子令人心疼，但我也不知道该说些什么话语来安慰她，只能默默地点头。

约定好明天见面的时间后，我们准备回宿舍休息。朝暮谢绝了我送她回去的提议，独自走入雨中。雨虽然不大，但淋在人的身上还是会有些凉。广场上人来人往，我很快便看不见她的身影。

凄冷的风吹过，我紧了紧衣服，无奈独自向宿舍走去。

今天难得一整天都和朝暮待在一起，我和她聊了很多，也产生了不少误会。从最初的认为她行为反常，到后来的梦里对她过分的想象，再到醒来后她与我分享自己的过去以及对雨天的喜爱。朝暮在我心中的形象已经从一个单纯有共同话题的聊天对象，逐渐变成一个我对她的事情感到好奇，迫切地想要了解更多，期待能与她分享情感，同时也期待她与我分享情感的、真真正正想要长久交往的朋友。

我对朋友没有什么特殊的定义，能让我交心的便是朋友，但朝暮有些不同，我是既希望能与她交心，同时也渴求她能与我交心。这种感觉很奇妙，是我以前不曾体会过的，我竟然对于她是否愿意与我交心这件事感到害怕。

我摸了摸胸口，心正跳得厉害。

无论如何，现在朝暮遭遇了一起事件——她的雨伞被偷了。这起事件很平凡，随处可见，但因为朝暮对这把雨伞的执念，以及她不断寻找这把雨伞的行为，让这起事件对于我来说，不再平凡。

我自认是一个平凡的人，做不出什么不平凡的事，朝暮也是一个平凡的人，但她却创造出了一起不平凡事件。面对这起不平凡事件，朝暮这个平凡的人正打算用不平凡的方式解决它，今天虽然失败了，但不见得以后就不会成功。

我时常在想，如果我也创造了一起不平凡事件，我又会用什么方式解决。

"不对……"

我抬头看向撑在我头顶的那把蓝皮伞，自嘲地笑了笑。

无非就是去找食堂阿姨理论，得不到回应后在朋友圈和学校论坛上痛骂几句，最后乖乖地去超市重新买一把廉价的蓝色铅笔伞罢了，还能怎么办呢？

同样的事发生在我身上，不平凡也会归于平凡。

"可是……"

朝暮正努力想要让这起不平凡事件能够不平凡地结束，我作为目睹了她所有努力的见证者，要做的难道不应该是和她一起努力、一起思考、一起试错、一起找出真相吗？为什么要在这里自怨自艾呢？

我们无法像警察那样通过勘验现场取得线索，也无法像侦探那样凭借缜密的逻辑推理找出真相。我们能做到的，只是列出事件的所有可能性，然后采取最笨拙的方法，花费大量时间和精力一个一个去验证。即使是这样，我们也不一定能顺利解决事件，但作为一个普通人，这就已经是我们对这样一起不平凡事件所做出的最大程度的追求与努力了，不是吗？

我渐渐下定决心。

在探寻真相的过程中，朝暮已经遭遇了挫折，作为与她共同目睹了事件发生发展的伙伴，我现在要做的不应该只是在背后默默支持她，而是也要为这起事件的解决做出应有的贡献才行。

我回到寝室后躺到床上，开始回顾这两天所发生的事情。

朝暮的雨伞在昨天中午丢失，由于下午要完成英语作文无法展开调查，所以她并未向我提起此事，而在当晚翻找宿舍楼无果后，第二天一早，她来到图书馆请我帮忙。朝暮根据犯人拿走雨伞时的心态推理出雨伞仅有的两个去处，一个是食堂，另一个是教学楼。调查期间，我出于对朝暮本人的不信任产生了"她寻找雨伞的目的是为了羞辱犯人"这种错误推理，在朝暮的耐心解释后，我及时纠正错误，并得知"雨伞对她很重要"的事实。经过一整天的搜查后，教学楼与食堂两处均未找到雨伞的踪迹，调查由此陷入僵局。

简单总结一下，在"雨伞是被人偷走了"的前提下，我们对雨伞的去处做出了三种假设，分别是：藏在宿舍、还到食堂和带去教学楼。

第一种假设在昨天晚上已经被朝暮证明不成立，第二种和第三种假设在经过我们一整天的搜查后，成立的可能性也变得微乎其微。尽管朝暮列出了犯人恰好不在教学楼这种可能性试图挽救该假设，但事实胜于雄辩，尽管在理论上依旧可行，但该假设在现实中成立的可能性已经严重不足。

既然三种假设都被否定，那就势必要提出新的假设。

我坐起身，环顾四周。现在已经是晚上十点了，但是整个宿舍里算上我也只有三个人，他们一个在玩游戏，一个在用手机和别人聊天，我又因为思考事情一言不发，导致现在宿舍里竟然出奇的安静。

我向来认为，一个人不能解决的事情靠一堆人总能解决，不同的人有不同的视角，说不定我思考一整天也想不出来的答案别人随口就能说出，既然这样，我为什么不试着去问问别人呢？

"阿蛋，如果你的雨伞在食堂里弄丢了，你会怎么办？"我向那个正在和别人聊天的舍友问道。阿蛋是他的绰号，因为他特别钟爱蛋类食品，一日三餐都要吃蛋，所以我们就直接称呼他为阿蛋了。

"弄丢了？"阿蛋微微抬起头，眼睛依旧停留在手机屏幕上，"重新去买一把呗。怎么，你的雨伞又弄丢了？"

"不是。"我意识到自己的问题太过模糊，让他误会了我的意思，"如果我想要把它找回来，你觉得我应该去哪些地方？"

阿蛋终于停下了手里的动作，眼睛看向天花板，似乎是在思考我刚才的问题："如果是在食堂弄丢的，可以试着去伞架上找找，找不到的话……就去问食堂阿姨吧，让她们调监控。"

这些方案是最早被否决的……我无奈地摇了摇头，想着要不再问问打游戏的那位舍友，但很快阿蛋又补充了一句："也可以去失物招领处碰碰运气，说不定会有好心人帮你把伞送过去。"

"失物招领处？"

刚听到这个名词的时候，我下意识地想要去否定它。毕竟在我看来，朝暮的雨伞是被别人偷走了，顶多叫作"赃物"，怎么会被送到"失物"招领处呢？但又转念一想，根据朝暮的推理，雨伞被偷走后犯人会出于不同的心理对雨伞做出不同的处置，分别是"还回去"和"占为己有"，可事实上，犯人还有可能会采取第三种处置方法——将雨伞丢弃。

无论是出于对雨伞本身的不满，抑或是担心雨伞主人的打击报复，犯人都有可能会在使用过这把雨伞之后将其丢弃，而当丢弃的雨伞被路过的行人再次捡起时，它的命运便已注定——被送到失物招领处。

想明白这一切之后，我顿时感到豁然开朗。

我们学校的失物招领处只有一个，位于综合楼的底楼，由学生会进行管理。虽然失物招领处的所在地并不是人人都知道，但我们可以做出假设：假设捡到雨伞的是一位不知道失物招领处所在地的好心人，如果他是学生，他可以把雨伞交给班长，班长可以交给辅导员，如此依次向上传递，最终雨伞一定会落到一个知道失物招领处位置的人手上，那个人便会把东西送过去；同样的道理，如果捡到雨伞的是学校的工作人员，他也可以把雨伞不断向上传递，最终被一个知道失物招领处位置的人送过去。

这个传递过程所需要的时间最多也就一至两天，而等到明天我们去失物招领处时，雨伞刚好就丢失了两天，我们有极大概率能够在那里找到雨伞！

兴奋的心情溢于言表，由于掩盖不住内心的激动，我甚至开始不自觉地跳了起来，阿蛋见我这副样子，惊讶地说了一句:"你在发什么癫?"但我并没有理睬他。

如果说朝暮在这起事件中扮演的角色是福尔摩斯,那按理说我就应该扮演华生,可事实上,我做到了远超华生能力的事情,我竟然先于福尔摩斯找到了事件的真相!我甚至把福尔摩斯未能解决的事件解决了,这令我大受鼓舞!

接下来只需要等到第二天。我将对朝暮说出我苦思冥想得来的推理,带她去往综合楼的失物招领处,只要将雨伞的照片拿给工作人员看一眼,他立刻就能拿出实物来。只消半天的功夫,这起困扰了我们整整两天的事件就能轻松解决。

我重新躺回床上,满足地闭上眼睛。

窗外的雨声逐渐平静,我的情绪也归于平静。

"最重要的是,我成功地帮到了朝暮。"我在心里默念这句话,"真期待拿回雨伞后,能看到她脸上露出灿烂的笑容。"

5

我恍惚间听到了开门声,那声音沉闷且空灵。是其他舍友回来了吗?我睁开眼想要去看,却只看到一扇敞开的门,一道道柔和的光束照射进来,刺眼却温暖。

"于川,去关下门。"这是阿蛋的声音,他正和其他几位舍友一样蜷缩在被窝里,活像一个即将化蝶的蛹。

"这是,早上了?"我起身走到阳台,太阳初升,微风和煦,楼下有不少学生正抱着教科书向教学楼走去,可能是没有上锁的缘故,寝室门一晃一晃的,阵阵清风吹过,身上还会觉得有些凉。

看样子昨天确实太累了,累到我竟然连自己是什么时候睡着的都不知道。看了看手表,现在是八点半,离和朝暮约好的时间还有一个小时左右,我趁此机会好好洗漱了一番,尽量不让自己看上去太疲惫。做好一切准备工作后便出发去往食堂,我们约好在那里见面。

今天的食堂比往常更加安静,这倒是遂了我的心愿,不用担心在和朝暮谈事情的时候被打扰。我买好早餐后稍微等了一会儿,朝暮便从前门走了进来,我向她挥手示意我的位置,她看到后一路小跑到我面前。

"抱歉让你久等了。"

也许是今天比较暖和,朝暮上身只穿了一件白色短袖,下半身也换成了比较休闲的工装裤,鞋子则是比较常见的淡青色运动鞋。在没有下雨的时候,朝暮一直都是这样的服装搭配,也正因如此,我的心情逐渐变得忧郁。

"没事,我也才刚到。"我指着桌上的馒头和豆浆说道,"先吃饭吧,都是刚买的,应该还没凉。"

朝暮应了一声,坐下开始享用早餐。

雨应该是不久前才停的,路上的积水还没有干透,空气很清新,身体被阳光照拂得很温暖。想必正因如此,赶去教学楼的同学中没有一个人打伞。我悄悄看向朝暮,她这么聪明,不可能不知道这意味着什么,只是尚未将事情挑明而已。我犹豫再三,还是决定率先开口:"雨……停了呢。"

"是啊,寻找雨伞的计划不得不宣告失败了。"朝暮用无奈的语气说道,"毕竟犯人已经丧失了使用雨伞的动力,雨伞便根本不可能出现在教学楼和其他地方了。"

没有下雨就不需要打伞,这是常识,既然犯人已经没有必要再撑着雨伞穿梭于学校里的各个场所,那这些地方自然就不可能出现朝暮的雨伞。

"不过仔细想想也有例外。"朝暮苦笑着开口,"说不定今天犯人会突发奇想决定要把雨伞还回来呢?就像我们之前推测的那样,放到伞架上……还有,说不定犯人很早就去了教学楼,那个时候雨还没停,所以犯人只能把我的雨伞撑到走廊上……说不定我们现在去碰巧就能找到呢……"

朝暮说话时总是一顿一顿的,恐怕就连她自己都觉得这些推测没什么道理,可是出于想要找到雨伞的强烈愿望,她决不能放过任何一种可能性,所以才强装镇定,一个劲地勉强自己说出这些话来。

前几天的朝暮之所以能够保持积极的心态去面对"雨伞丢失"这件事,是因为她有着能够成功将雨伞找回来的自信心,而在经历了连续两天的搜索后,她的所有推理均被证明是错误的。

再这样下去,朝暮一定会因为彻底丢失哥哥送给她的雨伞而陷入深深的自责。我无法忍受这样的事情发生,必须把事件的另一种解法告诉她,那是我苦思冥想得出来的结论,而且是目前唯一有可能成立的一种结论。

"其实我……"

"其实……"

朝暮和我同时开口,我不知道她想说些什么,可是在稍稍惊讶后她便示意我继续说下去,所以想必也不是什么重要的事。

"其实关于雨伞的去向,我又想到另一种可能性。"我开始给朝暮讲解我的推理,包括如何排除其他三种假设,如何从阿蛋那里得到提示等,我将昨晚的心路历程完完整整地告诉了她。

朝暮听过以后,虽然面部表情没有太大的变化,但语气明显兴奋起来,她有些感叹地说:"没想到啊……"

"没想到什么?"我插嘴道,"难道是'没想到你还挺聪明的'?"

"你本来就挺聪明的。"朝暮终于笑了出来,"我的意思是,没想到你居然会对这件事这么上心。明明是被我强拉着参与到这起事件中的,你不仅没有怨言,甚至还这么积极地帮我……真的,非常感谢。"

被这么正式地道谢,我反倒有些不知所措了:"不用这样,我就只是想帮帮你而已，总之我们赶紧去失物招领处吧，我带路。"

朝暮抬手打断了我："感谢归感谢，你刚才的推理中有一个很严重的失误，我必须要指出来。"

"啊？"我已经把这段推理在心里反复确认了无数遍，按理说是没有问题的才对，但听到朝暮说我犯了严重失误，我还是莫名紧张起来。

"我问你，雨伞被送到失物招领处的前提是什么？"

"犯人将雨伞丢弃，好心人将雨伞捡起。"

"犯人为什么要将雨伞丢弃？"

"因为雨伞对他来说已经没有用了。"

"即将被丢弃的没用的东西我们一般称之为什么？"

"垃圾。"

"垃圾应该被丢到哪儿？"

"垃圾桶。"

"那雨伞会被丢到哪儿？"

"……垃圾桶。"

我看着朝暮，朝暮看着我。朝暮露出人畜无害的表情，我露出尴尬的笑容。

这也太快了吧！一针见血啊！

我在心里大叫。

我怎么就没想到这一点呢？谁会把雨伞丢到大街上让别人去捡啊！

"你的猜测也并不能说完全不正确，凡事都有特殊情况嘛，说不定犯人还真就是个喜欢乱丢垃圾的人呢。待会儿咱们还是可以去找找看的。"

"姑且……吗？"

"是啊，在这之前我们还需要去教学楼最后确认一遍……"朝暮停顿了一下后继续说道，"算了，还是直接去综合楼吧，反正也花不了多少时间，等回来以后再去确认也不迟。"

我们吃过早饭后便直接出发。

我自认对学校比较了解，对哪个区域有哪些建筑都是一清二楚，本来想着要给她带带路，没想到她对这段路比我还要熟悉。在她的带领下，我们走过几条小径，转过几个弯后竟然抄近路到了综合楼。

综合楼位于校园西南角，距离校门比较近，可能是因为校领导们需要在这里办公，所以周围没有体育场和宿舍楼这一类比较喧闹的场所，最多也就是有一座教职工食堂在附近，便于老师们用餐。

毕竟是学校的决策中心，综合楼整体看上去还是非常雄伟壮丽的，但可能是因为修建的年代比较久远，算得上是校园里最古老的建筑之一，所以大楼本身是有些矮小的，再加上地处偏僻，很多学生其实都不知道这里还有一座所谓的"行政中心"，就连我也是在散步的时候"误入歧途"才碰巧得知了它的存在。

我看向朝暮，有些好奇她是如何得知这里的位置的，而她就像是看穿了我的心思般解释道："我在学生会里的朋友曾经带我来这附近逛过几次。"

"原来如此。"

我们朝着大楼走去，进入大门，正前方是用大字写着校风校训的红色墙壁，左右两侧各是一条长长的走廊，一楼的走廊上并没有什么房间，只是在墙面上挂几幅名人字画而已。走廊尽头是楼梯间，但楼梯间旁边通常还配有一个较大的空间，学校决定把它们利用起来，于是右侧走廊成了学生咨询室，而左侧走廊则是我们此行的目的地——失物招领处。

穿过走廊，迎面是一个类似银行柜台一样的房间，正前方配有座位，座位对面是一扇玻璃窗，玻璃窗内一个学生正百无聊赖地玩着手机，在他的身后是一堆诸如水杯、书本、钥匙的杂物。

座位左侧有一扇木质门，门牌上写着"失物招领处"几个字，一旁还写有开门和关门的时间："8:00—12:00，14:00—17:00"。里面应该是工作人员休息的地方，和那个学生所在的房间同样以门连接，从外部看不见里面的布置。

就是这里了。

我掏出手机翻找雨伞的照片。接下来才是关键，我们需要得到那个学生明确的回答，他的回答不仅决定了我的推理是否正确，更关系到朝暮的雨伞能否被找回来，无论如何，成败都在此一举。

我正准备将照片拿给那个学生看，朝暮却突然走上前敲了两下玻璃窗，对里面的人大喊："江秋学长！"

里面的人缓缓抬起头，看到朝暮后惊讶地张开了嘴，一副想要说话却说不出口的样子。朝暮赶紧继续说道："我是朝暮，上周和赵木木一起来帮过你的忙，你还记得吗？"

那个叫江秋的学生恍然大悟："是木木的室友啊，上次真是多亏有你帮忙，不然活动可能就无法如期举行了。"

"没事没事，我也就是个打杂的，真正起关键作用的还是学长们。"

江秋笑而不语，他看向愣在一旁的我，问道："这位是？"

"他是我朋友，今天我们来这里是想找一样东西。"

"这样啊，"江秋一副已经理解了状况的表情，他对我说道，"是你弄丢了什么东西吗？如果可以的话，请尽量多描述一些失物的特征，我会尝试帮你在物品栏上寻找的。"他指的应该是身后放了很多杂物的那张桌子。

我还处于刚得知朝暮和这个名叫江秋的学长互相认识的惊讶之中，一时没能理解他的意思，朝暮拍拍我的肩膀提醒我过后才反应过来。

"多谢你的好意，但弄丢东西的不是我。"我把手机递给江秋，指着上面的照片说道，"这把伞是两天前在食堂丢失的，学长你有印象吗？"

也许是和自己预想的情况不一样，江秋握着手机的手明显颤抖了一下，朝暮补充道："抱歉啊学长，这把雨伞其实是我弄丢的。我和于川昨天在附近找了一整天也没找到，不得已才想着来失物招领处碰碰运气，没想到学长正好在这里值班，给你添麻烦了，真是不好意思。"

"啊，没事的。"江秋不自然地笑了笑，"没想到朝暮同学明明看起来这么可靠，居然也会有冒失的时候。"

"我本来就是一个很冒失的人啊，让学长见笑了。"笑着说完这句话后，朝暮便陷入了沉默，江秋也没再继续没话找话，而是专心观察照片上的雨伞。

综合楼并不像教学楼那样人来人往，校领导们基本上都是待在各自的办公室里专心做自己的事，偶尔碰面也只是简单打个招呼。整栋大楼非常安静，就连衣服的摩擦声都能听得一清二楚。江秋站起身又弯下腰，仔细盯着照片看了好久都没说话。随着时间流逝，我逐渐紧张起来，开始担心是不是捡到雨伞的人还没来得及把雨伞送过来，又或者就像朝暮说的那样，犯人早就把雨伞丢到垃圾桶里去了，根本就不可能被其他人捡到。

总觉得时间过得好慢……无奈之下我只好注视着江秋的眼睛，希望他能快些抬起头告诉我们最后的结果。我数了数，他大概每隔两到三秒就会眨一次眼，这个频率要比常人快一些，在总共眨了十五次眼后他终于挺起身子，微笑着告诉我们："我想起来了。"

他说着回过头，穿过门走到另一侧的房间，仅仅数秒之后便捧着一把红底黑皮的长柄直杆伞走了出来。他把雨伞摆到我们面前："这把伞是两天前被送到这里的，那天不是我值班，所以我也不清楚具体情况，不过据说那个人好像是一个女生。朝暮同学，你看看这把伞是你丢失的那把吗？"

朝暮没有说话，她紧蹙着眉头似乎是在思考什么问题。我接过雨伞，伞面似乎有些湿润。我上下打量了一下，情绪逐渐激动起来，在我看来，这把雨伞完完全全就是朝暮曾经使用过的那一把。伞柄很长、伞面很大，外侧是纯黑色、内侧是鲜艳的大红色，我把它递到朝暮身前："就是这把伞吧？"

朝暮缓缓抬起头，扫视一眼后轻轻"嗯"了一声。

太好了！两天的努力没有白费，在经历了无数次试错后我们终于成功找回了雨伞。虽然雨伞的所有者不是我，虽然我提出的假设并不完美，但在长时间的努力后成功达成目标，竟然是这么令人开心的一件事。

"终于找到了啊。"我笑着对朝暮说。

想必她也很开心吧，无比珍视的事物终于重新回到自己手里，不用再为寻找不知流落到何处的雨伞奔波劳累，不用再为丢失了亲人留给自己的念想而后悔自责，这起事件终于在今天画上一个完满的句号。

"是啊,终于找到了。"朝暮虽然是笑着回应我,但让我感到奇怪的是,为什么她的眼神中会有一丝坚定?那是一种经过激烈的心理斗争后终于下定决心的顽强意志,我不禁后背发凉,她接下来似乎要说出一些远超我承受能力的话。

"江秋学长,今天真是谢谢你了。"朝暮对站在玻璃窗内微笑着注视我们的江秋说道。他摆了摆手:"不用谢,能够帮助到你我也很开心,这就当作是上次你来帮忙的回礼吧。"

朝暮叹了一口气。

"江秋学长,虽然我很不愿意承认,但偷走雨伞的犯人就是你吧。"

什么?

我不禁怀疑自己是不是听错了。朝暮说了些什么?江秋是犯人?这怎么可能,他和这起事件有什么关系吗,他不是刚才还在积极帮我们寻找雨伞吗?

"你在说什么呀,朝暮同学,我怎么听不太懂?"江秋的笑容僵住了。

"没听懂吗?那我就说得清楚一些,江秋学长,你就是——两天前——在食堂——偷走我雨伞的犯人。"

"不,我不是这个意思,朝暮同学。如果你是在开玩笑的话,我还可以当作什么都没发生,但如果你执意要说我是偷走你雨伞的什么犯人,那这可是赤裸裸的诬陷,是造谣,这之间的关系你清楚吗?"

我的视线不断在朝暮与江秋之间转动,看着他们互不相让的样子,我竟有些不知所措。我自然是愿意无条件相信朝暮说的每一句话,但就像是作案需要动机、抓人需要证据,如果这只是朝暮凭直觉做出的判断，那么即使它是对的，也终究难以令他人信服。

"我非常清楚，江秋学长，我不会说毫无根据的话。"

江秋的嘴角略微有些抽搐："那你倒是说说，你凭什么认定我是犯人。"

"很简单，"朝暮面无表情地说，"我的雨伞被人偷了，我的雨伞在你手上，所以你是偷走我雨伞的犯人。"

"朝暮同学，你究竟是怎么想的？"江秋冷笑一声，"雨伞确实在我手上，但那是因为碰巧有人捡到了这把雨伞并送到了失物招领处，而我碰巧今天在这里值班，所以这把伞才会碰巧在我手上而已。如果按照你的逻辑，那岂不是所有接触过这把雨伞的人都是犯人了？你这样可是会让好心帮你把伞送回来的那位同学寒心的。"

"不，江秋学长，你误会了我的意思。"朝暮语气平静，仿佛她说出的话语都是早就被世界所承认的事实，"我换个说法吧，我的雨伞从被人偷走的那一刻起就一直在你的手上，要做到这一点，你就必须是那个偷走雨伞的犯人。"

"越说越离谱了，什么从一开始雨伞就在我手里，说到底，你根本就没有看到过犯人的脸，不然你也不会拉着你旁边那个人四处寻找，最后走投无路了来我这里碰运气吧？"江秋最后补充了一句："也就是说，你根本就没有是我把你的雨伞拿走的证据。"

"我有。"

江秋露出震惊的表情，就连说话的声调都弱了几分："光耍嘴皮子谁不会，你倒是拿出证据来让我看看啊。"

"我的证据，就在这里。"朝暮用手指了指自己的脑袋，随后又指向江秋，确切来说，是指向了江秋身后的那一堆杂物。

"让我来告诉你迄今为止你露出的破绽吧。"朝暮伸出一根手指在额头处点了点，"首先，你选择返回房间拿出雨伞，这是你露出的第一个破绽。"

"我只是去拿别人放在那里的雨伞而已，这有什么问题？"

"你去'房间'里拿雨伞就是最大的问题。失物明明都摆放在你身后的桌子上，既然我的雨伞也是失物，那你不是应该去那里找才对吗，为什么还要去旁边的房间里？"

"谁告诉你失物全都是摆在桌子上的，就是因为你的雨伞体积太大，桌子摆不下，我才不得已把它放到房间里的。"

我抬眼看向江秋身后，桌子上确实零零散散摆了许多东西，但也并不像他说的那样东西多到连一把雨伞都摆不下。

朝暮笑了笑："那就请学长把门打开，让我们看看房间里是不是像你说的那样还有其他失物。还是说，碰巧今天房间里只放了一把雨伞，所以就算给我们看了也没有意义？"

江秋黑着一张脸，一言不发。

"据我所知，房间里放着的应该是工作人员的私人物品吧，既然你选择把雨伞放在房间里，那是不是意味着你已经将雨伞当作你的私人物品了呢？"

"一派胡言。"江秋低声说道，他已经没了最初与朝暮争论时的底气，"只不过是一不小心把雨伞放到了房间里，这根本不能证明什么。"

"现在变成'一不小心'了啊。"朝暮无奈地摇摇头，"那么接下来我将指出你的第二个破绽，这也是证明你是偷走我雨伞犯人的决定性证据。"

朝暮举起自己的雨伞，将它递到江秋面前："这就是你露出的第二个破绽。"

"怎么,难道你要说这把伞不是你的?"江秋面带嘲讽。

"不,这的的确确就是我的雨伞,但相较于平时,它的状态发生了某些变化。"我和江秋都凑了过去,但左看右看愣是没看出来它与平时有什么不同。

"不要只用看的,你们上手摸一下就知道了。"

"啊。"

江秋仿佛意识到什么似的轻轻叫了一声,没有选择去摸而是默默低下了头。我一头雾水,还是决定伸出手去感受一下,刚接触到雨伞的一瞬间,我立刻懂得了朝暮那句话的含义。

雨伞是湿的。

"看来你们都已经理解了我说的话。"朝暮满意地点点头,"江秋学长,根据你的描述,这把雨伞是在两天前由一位女同学亲自送到这里来的,那么我想请教一下,为什么在48小时后的今天,它依旧是湿的?难道足足两天的时间都还不够把一把雨伞晾干吗?"

"这……其实倒也说不准,毕竟房间里这么潮湿,而且雨伞一直是收拢的状态……"

"那么请学长把两天前的登记表给我们看看,据我所知,每一个来这里上交失物的学生都会被记录在册。而且根据上交失物的质量以及数量,学校甚至有可能给他们发放奖励。既然你说两天前有一位女同学来过这里,那就请告诉我们她的姓名,我要当面感谢她。"

江秋紧咬着嘴唇,眼睛不自然地到处扫视,似乎是在寻找什么可以让他逃离这个地方的秘密通道。

"江秋学长,话已经说到这个份上了,你再怎么狡辩也是没有用的。"

"登记表是个人隐私，我们不方便透露。"

"学长！"

"我怎么知道为什么雨伞没有干，这和我有什么关系？我把它放在房间里后就没有再去看过了……总之我不是犯人。"江秋依旧不愿意承认自己是犯人。

"那好，我来告诉你为什么。"说了这么多话，朝暮好像也有些疲惫了，"昨天晚上我因为一直在思考雨伞的事一宿没睡，所以我很清楚地知道雨是什么时候停的。让我来告诉你，江秋学长，雨是今天上午八点整停的。"

"所以呢，这又能证明什么？"

朝暮指了指一旁挂在门上的牌子，那里写着失物招领处的工作时间。

"这里明确写着，失物招领处的工作时间是从上午八点到下午五点，中午有两个小时的休息时间。既然今天轮到学长值班，那你就必须在八点以前抵达这里，而八点以前这里还在下雨，所以你肯定是撑着雨伞过来的。学长，我想请问，除了我手中的这把雨伞以外，在那个放有你私人物品的房间里是否还有另一把湿漉漉的，正好就是你早上一直撑着从宿舍走到这里的雨伞存在？如果没有，那是否就意味着你是将我的雨伞当作了自己的私人物品使用，所以它现在才会是这副被打湿的状态？江秋学长，请你明确地回答我。"

江秋一言不发，他的沉默意味着这场论战是朝暮胜利了，同时也意味着他终于承认自己就是那个偷走雨伞的犯人。

我花了好长时间才终于理顺这一段推理的逻辑。朝暮说的两点破绽分别是雨伞所在位置以及雨伞当前的状态，她在这两点的基础上结合江秋今天的行动路线，先是做出雨伞曾经被江秋使用过的猜测，随后根据他对待雨伞的方式与态度，顺势推理出他是犯人的事实。仅仅通过这么点信息就成功锁定犯人的身份，这让我大为振奋，心里对朝暮也是越发佩服。

虽然心情无比激动，但现在还有其他更重要的事要做，待到心情稍微平复一些后，我转过身向朝暮问道："你打算怎么办？"我指的是该怎么处置江秋。

现在这件事只有在场的我们三个人知道，但只要有心，我们随时都能将事情透露出去，甚至是上报给学校。就像之前在梦中那样，我们有很多种方法让江秋无法在他人面前立足，而江秋也无法反驳，因为这确实是他亲手犯下的罪行，是无论如何也摆脱不了的事实。

朝暮没有回答我的问题，她重新看向江秋："学长，我不会要求你做什么，更不会在大庭广众之下说你是拿走别人雨伞的小偷。我只有一个问题，你为什么要拿走我的雨伞呢？"

"我……"江秋欲言又止，但终究还是缓缓开口，"我的雨伞被人拿走了，我不知道是谁拿的。我明明把它好好放在伞架上的，可是它不见了，我想它一定是被别人拿走了。我很气愤，我又没有做过什么让人记恨的事，不可能有人出于报复的目的拿走我的伞，所以那个人肯定是不小心拿错了。可是他怎么能拿错呢？伞架上这么多雨伞，他怎么偏偏就拿走了我的雨伞呢？所以我决定也要拿走别人的伞。"

江秋的声音逐渐尖锐。

"我这可不是偷盗！偷盗雨伞的是拿走我的雨伞的那个人。我本来就应该在这里拿走一把雨伞，所以我拿走的就是我的雨伞，而他拿走的既不是他自己的雨伞，也不是我的雨伞……没错,他拿走的一定是你的雨伞!也就是说,他才是那个偷走你雨伞的人,这一切都是他的错,谁叫他拿错了雨伞!对,都是他的错,一切都是他咎由自取,和我没有任何关系……"

听着江秋的自述,我的眉头越皱越紧,但直到最后,我也没有去说什么驳斥他的话。因为我知道,在这起事件中,只有作为当事人的朝暮才有批判他的资格,我只需要在一旁默默看着就好。

朝暮看着江秋那魂不守舍的模样,失望地叹了一口气,扭头对我说道:"我们走吧。"

我们穿过走廊走出一楼大厅,天空再次阴暗下来,原本耀眼的太阳此刻被云层遮挡,失去了它的光彩。

"你打算怎么处理这件事?"在我看来,朝暮或许会选择原谅江秋的行为,但她一定不能容忍江秋那错误的思想观念继续存在,所以她必定会采取措施。

"去告诉他的辅导员吧,在教育人这件事上,作为学生的我是没有发言权的,专业的事就要交给专业的人来做。"朝暮继续说道,"等回去以后我向木木打听一下有关江秋学长辅导员的信息,到时候再和老师私下商量这件事吧。"

我点头对朝暮的处理方式表示赞同。

"不过说起来,你刚才的那一段推理可真是精彩啊,居然仅仅通过一把雨伞就成功找出了犯人,这可比我的那一套猜测厉害多了。说到底我的推理能够找到雨伞也纯粹只是碰运气罢了,和你相比还是差了许多。"

"那说到底也不过是耍小聪明而已。"

"这可不是小聪明,在经历了和你一起寻找雨伞的这两天后,我对你愈加佩服了。无论是昨天提出的那三个假设还是今天做出的推理，它们都是逻辑缜密，而且找不出什么疏漏的。你简直就像是小说里的侦探角色，而我就是在一旁不断提出错误观点的侦探助手……"

"听我说，于川。"朝暮突然停下脚步，打断了我滔滔不绝的讲话，"我有一些话必须要说给你听。"

朝暮的神情好像很认真，我有些不知所措，但也只好强行压抑内心的激动，与她面对面站立。

"你说吧。"我轻轻开口。

乌云越积越多，天空越来越暗。

"对不起。"朝暮微微低下了头，"我思来想去，觉得还是必须得先给你道个歉，因为我接下来要说的话可能会让你感到很不舒服，会让你觉得我们迄今为止做的所有事都是毫无意义的。你听过之后肯定会认为我是一个前后不一致的人，你会认为我的嘴里全是假话，也会认为我是一个任性到极致的人，甚至有可能会因此而讨厌我，从此不愿意再和我来往。但是我认为你必须要知道真相，你帮助了我这么多，对我的事这么上心，还一直毫无怨言地陪着我，无论是出于私心还是人际交往中的基本礼仪，我都不能再瞒着你了。"

看着朝暮如此一本正经地说着如此一本正经的话，我竟一时没忍住笑出声来："看你这架势，简直就像是要说出些什么有关世界的惊天大秘密一样。"

"虽然不至于和世界有什么关系，但对于我来说这确实算得上是一个大秘密，毕竟这直接影响到我们两个以后还能不能继续保持现在这样的关系。"朝暮用手按住自己的胸口，她似乎真的很紧张。

"我们两个的关系吗？"我微微弯下腰，注视着朝暮的脸庞："无论你说出什么样的话，我都不觉得我们的关系会发生什么根本性的变化。"

"不，于川你不明白。"朝暮使劲摇头，"我想，无论是什么事情的发生都得有个理由，理由多种多样，但终究是需要合理的。我其实……是隐瞒了不合理的理由，编造谎言让你去做了一件看似合理的事情。"

"我并不认为这有什么啊。"

"那是因为你还不知道真相！等我告诉你那个秘密时，你也许真的会很愤怒的！我并没有小题大做！"

朝暮比我想象中还要固执，她似乎认定了心中的那件事会令我不快。我叹一口气，轻轻按住她的肩膀。

"这几天你一直都在考虑雨伞的事情，想必你也累了。不如这样，先让我来猜猜你心中那个惊天大秘密究竟是什么，可以吗？"

"欸？"朝暮似乎想不到我会说这样的话，一时找不出话来回应。

"你不说话我就当作是答应了。"我深吸一口气，开始在心里组织语言。

其实我并不知晓朝暮心中那个所谓的秘密究竟是什么，但是在她刚才那一通有关"合理性""谎言"的发言后，我的脑海中忽然浮现出一种猜想。这个猜想确实很惊人，也确实和那些话联系密切，但要说这会对我们两人的关系造成什么影响，那她的确是有点小看我了。

我没有那么脆弱不堪，没有那么一根筋。尤其是在更多地了解朝暮以后，我对她的向往与憧憬也变得比以前更加强烈。如果只是这么一点小难题的话，恐怕还摧毁不了我对朝暮抱有的真切情感。

"你在两天前就已经知道犯人的身份了,对吗?"

就是这么简短的一句话。

朝暮惊讶地看向我,她双手不住地颤抖,嘴里断断续续地发出诸如"啊""嗯"之类的疑问词,过了好久她才终于说出话来。

"你怎么会知道?"

"这种事情稍微想想就知道了。就像你刚才说的,任何一件事的发生都需要理由,我尚且不知道你这样做的理由,那又有什么理由对你生气呢?"

"你不会吗?"

"当然不会。"

"可是为什么呢?"

"那我倒也想问问,为什么你会因为这些莫名其妙的事情过度发散思维,认定我一定会因此和你绝交呢?"

朝暮沉默不语。

我松开握住她肩膀的手,再次弯下腰,注视着她的双眼:"我问你,在这长达两天的冒险中,你是真心想要找到雨伞吗?"

"是的。"

"那你是真心思念哥哥,并且把雨伞当作一个亲人留给你的念想来守护吗?"

"是的。"

"你是真心喜欢雨天吗?"

"是的。"

"你享受推理的过程吗?"

"是的。"

"你对犯人的作案动机,以及对处理赃物的方式抱有强烈的兴趣吗?"

"是的。"

"你做出的那些推理是在冥思苦想过后所得出的,你认为对于这起事件的最优解吗?"

"是的。"

"你真心觉得这几天的经历有趣吗?"

"是的。"

"那不就完了。"

虽然这起事件最初是由于朝暮的一个谎言诞生的,但之后发生的所有事情都饱含了朝暮的真心。无论是做出"雨伞在教学楼"这种推理时的兴奋感,抑或是忙碌了一整天却一无所获时的失落感,又或者是担心戳破谎言会伤害到一直陪伴在自己身边的朋友时的慌乱感,这些都是朝暮这个人显露出的无比真切的情感。能够亲眼见证这些情感流露,我连高兴都还来不及,怎么会生气呢?

听过我的话后,朝暮似乎也稍稍释怀了,在我的要求下,她开始讲述事件发生最初时的情况。

"我其实是亲眼看着江秋学长把雨伞偷走的。但就像刚才说的那样,出于好奇心,我并没有去制止,毕竟小偷是熟人,想要把雨伞要回来也很方便。而且当时的我产生了想要尝试着仅仅通过推理的方式猜测出雨伞所在位置的想法,有些情难自禁。还记得吗?那个时候我故意跟你说了一些关于鲁迅和周海婴的话题,那就是在拖延时间,是为了让江秋能够成功把雨伞偷走。

"再后来的事情你就都知道了,我邀请你和我一起寻找雨伞,我们两个就反复在教学楼与食堂之间游走,结果到最后也没能找到。"突然，朝暮似乎是想起了什么，"啊，说起来，其实昨天晚上我还对你撒过一个谎。"

"什么？"

"我说我在前天晚上花了好几个小时把整个宿舍楼给翻找了一遍，这件事是杜撰的。实际上，那天下午我写完作业之后就忙着去考虑怎么才能找到雨伞的事了，根本就没出过寝室门。而且当时我的陈述中其实有一个很大的漏洞，不过你貌似没有发现。"

"什么漏洞？"

"我当时说的是我把整个宿舍楼给翻找了一遍，可是并没有说我翻找的到底是哪栋楼，我们学校的宿舍楼加起来怕是得有好几十栋了，我怎么可能翻找得过来呢？更何况还有我根本就进不去的男生宿舍，这分明就是一个不可能完成的任务，你当时居然都没有怀疑一下子吗？"

被朝暮这么反问，我简直羞愧到无地自容，因为当时的我真的彻底相信了她说的每一句话。现在看来这根本就不叫信任，而是完全没有自己的思考吧。

"不过现在再纠结这些也没有什么意义了，反正事情已经结束了。"朝暮继续她的讲述，"本来我打算今天早上就向你坦白一切的，但是当时你又拿出了一套自己的推理，这让我产生了一种伙伴正在与我并肩作战，我还不能轻言放弃的想法，所以就又和你一起胡闹了一上午。"

"刚见到江秋学长时，你应该很惊讶吧？"

"超级惊讶！我当时完全不知所措，只能胡乱说几句话蒙混过去。但是我也很快意识到这是拿回雨伞的最佳时机，所以就赶紧思考怎么样才能在不透露我提前知道真相的前提下，一步步推理出他就是犯人这件事。"

"你最后完成得很出色。"我赞叹道。

忽然一阵强风吹过,我们都不自觉地闭上眼睛,待到风停,目光所及之处均覆盖上了厚厚的阳光。

"总觉得,我们这两天经历了好多事呢。"

"是啊,虽然有些辛苦,但终归是有趣和令人开心的。"

朝暮伸了个大大的懒腰,感受着风与太阳的气息。

"今天天气可真好啊。"她说道。

"是啊,"我做出回应,"但可惜还飘着几朵云彩呢。"

6

嘈杂、喧闹，四周全是忙碌的学生。或许天公也觉得他们吵闹，所以才让天气变得如此阴晴不定，明明昨天还是日光柔和、清风微漾的晴朗日子，今天就又成了沉闷无力、丝毫感觉不到生命力存在的小雨天气。

我从未说过我喜欢雨天。按照朝暮的说法，雨天会给人清新之感，会让人的情绪得以释放，会让人能够在其中找到共鸣，所以她喜欢雨天。但在我看来，雨天从诞生之初就已经注定了它必将给人类的利益带来损害——它可是封锁了整个世界啊。

人是爱自由的，要是世界下雨了，我们人类不是就不能在世界上自由活动了吗？正是为了抵御这种禁锢，我们才建造了房屋、发明了雨伞不是吗？我们为什么要去喜欢一个压抑自己、妨碍自己、让自己变得不开心的事物呢？

所以，我不喜欢雨天。

我抬眼看向坐在对面的朝暮，作为"雨天后援团"的头号成员，她要是听到这些话从我嘴里说出来，一定会拿出一万种反驳我的理由把我怼得体无完肤吧。一想到昨天她在面对江秋时所散发出的冷冽气息，我就浑身起鸡皮疙瘩。我赶紧摇摇头，打消了这个不该出现在脑海里的想法，同时也为自己没有不带脑子地胡乱说话感到庆幸。

"想到什么了，看起来这么开心？"朝暮眨着扑闪的大眼睛，好奇地问道。

"不，没什么。"我默默摇了摇头。

我们所处的位置是食堂。

"三天前的我们好像也是坐在这个地方，只不过座位互换了一下。"其实不仅位置相同，就连时间也很接近，同样都是刚结束上午的课程。唯一不同的是今天老师稍微拖了一会儿堂，所以我们其实是刚刚才抵达这里。

"位置虽然相同，但坐在这里的我们已经不同了哦。"朝暮指了指自己身旁，那把黑皮大伞正独自靠在桌边，浑身湿透，"前几天的经历确实很有趣，但这样的游戏只需要玩一次就够了，我可不想再像之前那样劳心费神。"

"你当初看着雨伞被江秋拿走的时候，难道就没有想过有可能会永远拿不回来了吗？"看着朝暮如此在意身边的雨伞，我笑了笑说道，"说到底这本来就是你自作自受嘛。"

朝暮狠狠瞪了我一眼："如果你站在我的立场上，说不定也会做出同样的事。"

"怎么可能！我才不会闲的没事给自己找麻烦。"我的目光扫过食堂大门，我那把如同醉酒大叔一般的蓝皮伞正好好地瘫坐在伞架上。

"那可不一定。"朝暮连着向我提出好几个问题，"这几天你和我在一起的时候，难道就没有一时上头，产生过迫切想要找到雨伞的想法吗？难道你完全没有想过要通过逻辑推理的方式找出事件真相？难道在找到雨伞以后你完全不觉得兴奋激动，完全不为自己推理的成功而感到高兴吗？"

"倒也不能说完全没有……"阿蛋突然出现在我的视野中，他在门口晃悠了好几圈，眼睛死死盯着放置在那里的伞架。

"那就是有咯？"朝暮装出一副过来人的样子，缓缓开口，"这种成就感可不是几句话就能简单概括出来的，它可是满足了存在于人类内心深处的渴望成功的强烈意愿，只有亲身经历过的人才会懂得这种感觉。我相信，只要真切地体验过一次，就不可能会有人不被它吸引，不可能会有人不对它产生向往。"

阿蛋拿起了我的雨伞，他环顾四周，似乎是在确认是否有人注意到了他的可疑行径。确定没有威胁后，他一脸自然地撑起我的雨伞，走了出去。

"你说的倒也不是没有道理……"我的嘴角微微翘起，"成就感确实有种特殊的魔力，甚至会让人做出与平时完全不符的行动。"

比如遇到本应该上前制止的恶劣事件，却出于好奇故意放任它继续发生。

"你很上道嘛！"见我赞同她的观点，朝暮站起身拍拍我的肩膀表示鼓励。

面对她的称赞，我在简单"嗯"了一声之后便没有继续做出更多回应。朝暮很快注意到我的视线似乎不在她身上，她歪了歪脑袋，扭头看向位于身后的食堂大门，那里除了众多不断出入的学生外，没有任何可疑状况。

阿蛋早就在我眼皮子底下溜走了。

"你刚才在看什么？"

"没什么啊，看风景。"

"是吗？"朝暮露出意味深长的表情。

"看来是发生了一些有趣的事件啊，可以和我分享吗？"

我没有对朝暮的话语做出任何回应，只是重新把视线放到她身上。

"说起来，我昨天在网上看到一篇关于鲁迅的文章，你有兴趣吗？"

我的话一说出口，朝暮立刻就愣住了，但很快，灿烂的笑容在她脸上绽放，她别有深意地点点头。

"洗耳恭听。"

归属感 ————

茄子提子

1

二〇一三年六月八日,江东省阅江市北岸区人民检察院。

虽然下着雨,但乔小北还是早早来到了办公室,今天是她从反贪局调到公诉科上班的第一天,即将迎来自己公诉生涯的第一个案子。乔小北并不是阅江人,她从江东省省会西州市的政法学院毕业后,参加公务员考试,进入了北岸区检察院,这才来到阅江市。乔小北的老家在外省的一个海岛上,一个岛就是一个镇,交通不便,每次回家都得坐船,工作后除了过年和国庆长假,她也不怎么回老家。乔小北的父母前年帮她出了首付,加上她的公积金贷款,在北岸区买了一套六十平方米的小房子,让她在阅江市有了自己的家。终于结束了租房子的生活,乔小北在阅江市总算有了点归属感。

北岸区在阅江市属于郊区,撤县改区也没几年,以前一直叫北岸县,是长江边的一座县城。过去跟主城区隔着长江,往来不便,都得坐船才能过江,这直接导致了北岸县与主城区名义上同属于阅江市,可经济水平却落后主城区一大截,甚至连方言、口音都和主城区有明显不同。不过,随着这几年北岸县撤县改区,长江上也修起了大桥,从北岸县城可以直接开车到市区,过江公交也通车了,北岸区的经济水平在短短几年之内飞速发展。县城现在已经跟主城区看起来相差无几,到处都是新建的高楼大厦,外来的企业大量进驻,原本封闭的县城一下子涌入了大批外来人口。乔小北也算外来人口，毕竟她不仅不是阅江市人，甚至都不是江东省人。乔小北刚来北岸区的时候，听到满街的北岸方言，整个人都蒙了，花了一年才完全听懂。但是如今，北岸城区里说普通话的人也明显多了起来。

如今，北岸区的政府机关大多从老办公楼里迁走，搬到了新设立的北岸经济开发区内。只不过北岸区检察院新办公大楼还在建设当中，大概还得两年才能搬走，所以检察院成了留守老办公楼的少数几个单位之一。

北岸县撤县改区后，临近长江大桥的两个乡镇都改成了街道，但是相比北岸县城的快速发展，北岸区下属的另外几个镇相对来说发展就要慢一些。由于距离新建的长江大桥很远，交通依然不便，加上这几个乡镇的地形属于丘陵地带，有绵延的小山，很多村民甚至还住在小山上，所以这几个乡镇的经济水平，自然没能像北岸县城那样有翻天覆地的变化。

二十六岁的乔小北已经在反贪局①侦查员的岗位上工作了四年，可她一直向往毕业后成为在法庭上唇枪舌剑、以一敌多的公诉人。政法大学毕业后她考进检察院，被分配到了反贪局，四年侦查员生涯之后，曾经说话都有些怯生生的乔小北脱胎换骨，成了雷厉风行的女汉子，在这个岗位上干得倒也风生水起。今年由于公诉科②的几位老同志接连退休，急于补充人员的公诉

---

①反贪局全称是：反贪污贿赂局。是检察院的一个内设部门。二〇一八年监察体制改革后，反贪局整体转隶监察委，检察院不再设立该部门。
②公诉科是区县一级检察院内部负责刑事案件审查起诉的部门，对应的市级、省级检察院该部门则称为公诉处，最高人民检察院称为公诉厅。二〇一八年检察院经历反贪局转隶改革后，对原来的公诉等部门均进行了改制，二〇一九年后检察院内部均按照第一检察部、第二检察部、第三检察部这样的数字顺序进行排列。且二〇一八年后检察院对刑事案件实行审查逮捕和审查起诉一体化改革，原先负责审查逮捕的侦查监督科与负责审查起诉的公诉科的界限基本消失，一位检察官往往同时既负责案件审查逮捕，也负责审查起诉。

科科长陈薇跑到检察长办公室软磨硬泡,总算是把乔小北作为新生力量给补充了进来。于是乔小北就这么从万绿丛中一点红的反贪局,到了清一色娘子军的公诉科。

"小北,恭喜来我们公诉第一天开张就来了双黄蛋哈。"乔小北刚迈进办公室还没坐下,内勤小赵就笑嘻嘻地推着装卷宗的小推车到了门口,抽出四本薄的卷宗给了她。

乔小北一看卷宗封皮,涉嫌罪名一栏一个写着"非法捕捞水产品",一个写着"故意伤害"。虽然看起来是不太复杂的小案件,不过乔小北一向秉承大学老师教自己的"案子不分大小,都要一视同仁"的理念,还是认真看完了四本卷宗。一个是因为在长江里电了几条鱼被长航公安给抓了;一个是做生意的兄弟俩因为对公司经营理念不合而吵架,哥哥一怒之下把弟弟的手给砸了。事情倒是都不复杂,且因为情节比较轻微,两名嫌疑人都被取保候审[①]。乔小北便让坐在自己对面、刚刚分配给自己的书记员孟倩倩,开好所有告知文书[②],并电话通知被取保候审的嫌疑人第二天来检察院接受讯问。

2

六月九日一早,第一个嫌疑人走进讯问室的时候,出现在乔小北面前的是一个看起来垂头丧气、畏畏缩缩的中年男子。乔小北和孟倩倩随即开始做讯问笔录。

[①] 取保候审是刑事诉讼法规定的强制措施的一种,被取保候审的嫌疑人在此期间不需要被羁押在看守所,但是未经司法机关同意不得离开所居住的县区。
[②] 检察机关收到公安机关移送审查起诉的卷宗后,需要向犯罪嫌疑人、被害人等告知各项诉讼权利,因此需要开具《犯罪嫌疑人权利义务告知书》《被害人权利义务告知书》等文书。

问：你的自然情况？

答：许遂古，男，1966年3月12日出生，今年47岁，矿工，初中文化，江东省东州市人，现暂住北岸区柠檬镇，身份证号码XXX。

问：有没有前科劣迹？

答：有，2001年因为盗窃罪被判有期徒刑十年。

问：卷宗中你的户籍信息和刑满释放证明显示，2001年你因为盗窃罪被判处有期徒刑十年，2001年到2009年你一直在东州监狱服刑。后来因为减刑，提前出狱。这是否属实？

答：属实。

问：你的基本履历？

答：自幼读书，初中毕业后到处打工，2001年被判刑，2009年因为表现良好获得减刑释放，继续打工。2013年初来到阅江，在现在的矿上做矿工。

问：你的家庭情况？

答：2001年我就跟老婆离婚了。有一个儿子许涛，1992年出生，离婚时他也跟着老婆走了。我父母都已经过世，我没有兄弟姐妹。

问：知道自己涉嫌犯什么罪吗？

答：知道，非法捕捞水产品。

问：说一下自己的犯罪事实。

答：5月9日那天，我正好休班，没什么事，想电一些鱼去卖点钱，就在凌晨四点带着工具到了江边，开始电鱼。可是到了早上六点，我正准备收东西走的时候，被水上巡逻船抓了个正着。我以后再也不敢了。

问：电鱼的工具哪里来的？

答：自己用电瓶改装的。

问：你会改装电瓶？

答：我被判刑前在供电公司打过工，复杂的活不会，这种简单的还是可以。

问：你总共电了多少鱼？

答：当时警察数了一下大概有三十几条吧。

问：（出示证据卷中照片）你看一下这是不是你电的鱼和你的工具？

答：是的。

问：你电鱼的时候正是长江禁渔期，而且长江上不允许使用电鱼、炸鱼工具捕鱼，你可知道？

答：知道，我错了，我再也不干了。

第一次做公诉的笔录，乔小北就感觉确实和反贪不一样。在反贪局做笔录时，都需要刨根问底，反复追问。但是到了公诉，由于大部分犯罪嫌疑人都已经认罪了，所做的笔录只是核实一下犯罪嫌疑人在公安机关已经陈述过的事实。许遂古所说的内容与他在公安机关笔录中说的一模一样，没有任何区别。

第二个嫌疑人则是那个把弟弟的手砸骨折的哥哥，经营铁矿生意的老板李维家。李维家个子不高，看起来不到一米七，皮肤黝黑，双手也很粗糙，乔小北觉得他跟刚才那个矿工倒是很像，一看就是常年做体力劳动的。但是李维家看起来气定神闲，似乎并不把打伤弟弟的事情太放在心上。

李维家的讯问笔录如下。

问：你的自然情况？

答：李维家，男，1978年5月1日出生，今年35岁，矿场企业主，高中文化，阅江本地人，住北岸区柠檬镇，身份证号XXX。

问：有没有前科劣迹？

答：没有。

问：你的家庭情况？

答：我老婆谢小娟，今年也是35岁，家庭妇女。儿子李子轩，今年8岁，在柠檬镇读小学。父亲李强，母亲周芹，今年都是62岁，退休在家。弟弟李正刚，今年32岁，跟我一起经营铁矿。

问：知道自己涉嫌什么罪？

答：知道，故意伤害。

问：说一下自己的犯罪事实？

答：5月8日那天下午，我和我弟弟李正刚吵架了。我当时情绪失控，就抄起一把锤子，把他手给砸了，结果当场就把小手指砸断开了，后来到医院去，医生说接不上了。

问：你们当时为什么吵架？

答：因为矿上经营的事情，我俩想法不同。

问：事情发生的地点？

答：矿上的办公室里。

问：锤子哪里来的？

答：我们办公室里本来就有一些铁锤之类的工具。

问：你知不知道你弟弟受伤的小指断了之后未能接上，导致手指缺失？

答：知道。

问：当时到医院为何没接上断指？

答：医生看了之后说那个手指已经坏死了，接不了。

问：对你弟弟的轻伤鉴定有无异议？

答：没有异议。

问：你是如何到案的？

答：到医院给我弟弟包扎了之后，我自己就报警投案了。之后警察就把我带去派出所做笔录，然后8号下午就取保候审了。

乔小北心里暗忖，这人态度倒是挺好的，怎么脾气那么爆，跟弟弟吵架就要拿铁锤砸弟弟？想到刚才那个许遂古也是矿工，便随口问道："你是在柠檬镇开铁矿的，刚才那个许遂古说他是矿工，是你矿上的工人吗？"李维家点点头："是，今天他还是跟着我的车来的。老许是老实人，那天警察给我们矿上打电话，说老许被抓了，要给他办取保候审手续，让我们单位派个人当保证人，我还以为出了什么大事，搞了半天就是电了几条鱼这种小事！"

被害人李正刚跟李维家差不多高，也只有不到一米七，但是长得白白净净，看起来比李维家要清秀很多。

问：你的自然情况？

答：李正刚，男，1981年1月10日出生，今年32岁，矿场企业主，高中文化，闽江本地人，住北岸区柠檬镇，身份证号XXX。

问：有没有前科劣迹？

答：没有。

问：说一下你是怎么受伤的？

答：5月8日那天下午，我和我哥哥在我们办公室里，因为矿上经营的事情吵了起来。当时我哥情绪就有点失控，抄起一把旁边放着的铁锤就朝我砸过来，那么重的铁锤一下砸到我左手上，当时就把我小手指给砸断开了。砸了之后我哥也吓得不行，就赶紧送我去医院了。

问：既然当时就去医院了，怎么断指没接上呢？

答：当时先到了附近的柠檬镇中心卫生院，但是镇卫生院说他们没这个条件，让我们去市区大医院。我们这些人不懂，当时我还拿了个保温水壶把断指放在里面，心想这样是不是能保住这个指头。谁知道市区医院医生说这样反而加快了坏死。加上我们矿上距离市区大医院很远，等到了市区大医院，医生说指头本来就砸得太狠了，再加上坏死，没法接上了。

问：你对你的伤情鉴定为轻伤有无异议？

答：没有。

问：后来你哥哥怎么到案的？

答：市区大医院医生对我们这种外伤的都要问清楚怎么受伤的，医生说我哥哥这个是违法的，要报警处理。我想还是劝我哥哥自首比较好，好歹还能宽大处理。于是我哥哥就自己打电话报警投案了，后来警察就到医院来把我哥哥带走了。

问：卷宗中显示你已经写了谅解书给你哥哥，这是否是你本人的真实意愿？

答：是的，我们毕竟是亲兄弟，小手指缺了也不太影响生活。

问：鉴于你们是近亲属之间因为琐事偶然发生纠纷导致的轻伤，且有自首、谅解等从轻减轻处罚情节；根据最高人民法院、最高人民检察院相关司法解释规定，对于这种情况，检察机关有可能会根据上述情节对你哥哥做出不起诉决定。如果是这样，你有无意见？

答：没有意见，我也希望不要起诉我哥哥。

做完笔录，孟倩倩笑了："我们公诉做笔录没意思吧？不像你们反贪那么刺激。"乔小北也笑了："干吗要天天刺激，我巴不得以后天天碰到这种老老实实认罪的案子，我得省多少心啊！"

3

六月十日早上，乔小北刚迈进办公室，孟倩倩就扑了过来："小北姐，坏消息，刚给你分了一个八个嫌疑人的聚众斗殴案！"乔小北知道公诉部门的工作节奏就是这样，常年处在上一个案子还没完，下一个案子又来了的情况，一个公诉人手上往往同时有几十个案子，自己刚来，手上没有积压的案子，这种人特别多的案件，当然是给自己。

刚落座，手还没拿起新卷宗，公诉科科长陈薇的电话就打了过来："小乔，你赶紧去一趟长航分局北岸派出所，前天他们发现了一具浮尸，请我们现在就提前介入。你现在手上案子还不像其他人那么多，这个事情就交给你了。"

乔小北一下子从座位上跳了起来，在孟倩倩喊出"要不要跟食堂说帮你留饭"这句话之前就已经冲出了办公室。

长航公安局是"长江航运公安局"的简称。不同于地方公安机关的机构设置，长江航运公安和铁路公安、民航系统的空警一样，由于他们的辖区很特殊，处于移动中，因此是单独设置公安机关的。地方公安遵循的编制是：省厅—市局—区县分局—乡镇街道派出所，而长航公安负责整个长江流域水上治安，在沿江各个城市设置分局，而到了北岸区这样的区县，就只有派出所的编制了。陈薇说的长航分局北岸派出所，就是长江航运公安局阅江分局北岸派出所。

至于提前介入，则是公安和检察机关之间的一种工作制度，通常在发生命案或者重、特大案件的时候，公安机关会请检察机关提前介入，从完善证据角度，提出取证建议。阅江市公安局和阅江市检察院早就达成一致，凡是命案，均由案发地检察机关提前介入。不过由于命案通常是可能判处无期徒刑、死刑的案件，根据法律规定，需要由中级人民法院一审。所以县区一级的检察院真正收到公安机关移送起诉的命案后，通常都会很快移送给市检察院，由市检察院向阅江市中级人民法院起诉。所以对于县区一级的公诉人来说，很难有真正出庭公诉命案的机会，反而是在侦查过程中才有提前介入的可能。

4

长航公安局阅江分局北岸派出所的会议室。

刚坐下不到五分钟，会议室里已经烟雾腾腾，乔小北硬着头皮坐在里面，简直要被二手烟呛得流眼泪。

正站在幻灯前介绍情况的是北岸派出所的民警曹植，他正好是乔小北正在办理的那起非法电鱼案的承办人，也是整个会议室里乔小北唯一认识的人。曹植冲乔小北微微点了个头，开始介绍情况："前天早上七点，北岸码头附近一个早起散步的路人，发现江面上漂着一具尸体，报警后我们和分局刑侦都到场了，尸体已经打捞上来运到了分局法医室。尸体系男性，已经严重腐烂，双手用'一拉紧'给捆住了，尸体的腰带上捆着一块大石头。我们称了一下，这块大石头重达二十斤。死者身上没有任何身份证明。"曹植一边说，一边用幻灯放了现场照片。

照片上是一具已经呈现出巨人观的男性尸体，而且是彩色高清的。乔小北内心默默表扬自己，幸好当年在法学院很明智地在选修课里选了法医学和司法鉴定学，经受住了法医老师在课堂上播放尸体解剖视频的考验，也具备基本的痕迹检验技术知识，而且一向认真的乔小北在这两门课上都取得了全年级第一名。现在看到这种巨人观的尸体照片，还不至于当场呕吐出来。乔小北完全可以想象，如果自己现在被这一张照片吓得吐出来的话，自己会把公诉科甚至整个北岸区检察院的脸丢光。坐在旁边的几个刑警看到年纪轻轻的乔小北居然面不改色，才算是微微收起了对公诉科派了这么一个新人来的不满。

分局刑侦支队一大队的大队长王伟点了点头，让法医介绍一下尸检情况。分局法医张星星接过幻灯放映器，开始讲解道："尸体已经严重腐败，呈现巨人观状态。经我们昨天解剖，确定死者是溺水死亡，死亡时间应该已经有一个月左右。死者的身上没能找到证明他身份的东西，从骨骼情况来看，死者年龄应该在四十岁左右，身高一米七八左右。另外，DNA库里没有找到死者的相关资料，死者没有犯罪前科。"

"肺里的硅藻检验怎么样？"王伟问道。

硅藻检验对于长航公安来说，是他们的独家绝技，长航公安的技术部门保存了整个长江从上游到下游不同江水段的硅藻样本，从检验死者肺里的硅藻，就能大概判断出死者是从长江的哪一段落水的，对于查找尸源有着很重要的作用。

张星星嘴角扯出一个比哭还要难看的笑容："查了，死者肺里几乎没有硅藻。他不是在长江里淹死的。"

"不是在长江里淹死的？死后抛尸长江吗？"王伟把手中的烟掐了。

张星星点点头说："对，死者应该是在其他地方溺死的，死后被抛尸到长江里。但是他究竟是在哪里溺死的，就不是我们能知道的了。可能是在某个不知名地方的小水塘里，可能是浴缸里，可能是井里。他是在其他地方溺死后，被人绑上了大石头，沉尸江中。"张法医停顿了一下，拿过投影仪遥控器，把照片换成了另一张。"而且我们有个意外发现，死者的胃里有不属于他自己的人体组织。"

"你这叫什么话？难道你想说死者吃过人肉？！"王伟瞪了张星星一眼。

"我不敢说他是吃过人肉，但一定是有某种特殊的原因，导致这块小碎骨头渣进入了他的胃里。"张星星站起身来走到幻灯幕布前，指着屏幕上那一小块骨头说道，"这块骨头渣是从死者胃里面发现的，因为太小了，没办法知道这小碎骨头渣到底属于人身上的哪一块，但是我已经让DNA那边做过了，这个骨头渣不是死者的。这个骨头渣的DNA我们也在DNA库里查过了，没有信息，因此这个人也没有前科。"

会议室第一次变得安静了。

安静了一会儿，王伟打破沉默说："死者的衣服鞋子，有没有什么特征？"

负责痕迹检验的技术中队中队长姜元摇了摇头，对王伟说道："王大①，我们已经把死者的衣服鞋子袜子都看了，应该说没有什么特别的痕迹。不过从价值上来看，这些衣服似乎都属于比较高档的，他那套西服内侧的标签还在，虽然很模糊，但还是勉强能看出来是什么牌子，我们查了一下那个牌子的西服，一套差不多得要八千到一万，死者的经济状况可能不错。"

王伟安排刑警们分组去查尸源。一组去查阅江市近一个月以来所有的失踪报案，看有没有和死者特征吻合的；一组去查一个月前左右曾经过阅江的船只，看尸体是不是从船上丢下来的；还有一组去走访江边的居民，看能否找到目击证人。同时，对外发布线索征集公告，看是否有人能提供线索。此外，经长航公安系统将协查尸源信息向阅江上游的所有沿江城市分局通报，看是否能查找到尸源。做完安排，王伟又转头看了一眼乔小北，乔小北摇摇头表示自己没有补充。毕竟公安机关找检察院公诉部门提前介入杀人案件，更多是为了让公诉部门站在将来起诉的立场上，给公安机关提出补充增加哪些证据的建议，而目前连死者是谁都确认不了，还谈不上取证问题。乔小北这次只能是了解案情，也确实没什么能补充。

5

一个月时间很快过去了，乔小北将最先分来的两个小案件移送法院后，又忙于那起八个人的聚众斗殴案，以及先后又分

---

① 司法机关内对有一定职务的人员称呼通常是姓氏加职务的第一个字，比如某科，某庭，大队长通常被称为某大，教导员则是某教。

来的七个案件。一个月之内就分来了十个案件，按照这个进度，一年下来肯定会超过一百件，而整个公诉科有十几个人，算下来一年得有一千多起刑事案件。乔小北不由得暗暗感叹，难怪据说北岸区是整个阅江市治安最不好的一个区，刑事案件的数量这么多。

但出乎乔小北意料的是，一个月过去了，长航分局查找尸源的事居然毫无进展，案发前一个月左右时间阅江市收到的全部失踪报案中，没有一个与死者情况相符的。而这一个月里新增的失踪报案中，也没有人和死者相符。尸体发现前一个月左右经过阅江的船只，经过刑警们艰苦的一一排查，也没有船员失踪的情况。发给阅江所有上游沿江城市的协查通报也没有收到有效的反馈，仅有的几个和死者性别身高相似的失踪报案，经过检验家属的DNA，发现也都和浮尸案死者的DNA以及死者胃里碎骨头的DNA不相符。面对这样一具无身份信息、无失踪报案、肺里也查不出硅藻的尸体，连死者是谁都查不出，更不要说去查凶手是谁了。

乔小北也想不出什么好办法，只能专注于自己手头办理的这些案件，可是这些案件也没有几个像第一天那两个小案件那样让乔小北省心的。那八个人的聚众斗殴案中，由于现场位于柠檬镇的农村，周边也没有摄像头，为了互相推卸责任，八个嫌疑人互相指责对方是主犯，结果每个人说的案件过程都不一样，八个人竟然说出了八个版本的故事，让乔小北哭笑不得。

转眼已经到了七月八日，虽然已经是下班时间，但乔小北并没离开办公室，而是盯着八个聚众斗殴嫌疑人的笔录，决定要做出一个对比表格来，统计他们所说的内容。而写到凶器一栏时，乔小北真是深感无语，这八个人，有人说用的是木棍，有人说是铁棍，有人说是铁锹，还有人说是石头。要不是刑事诉讼法规定讯问嫌疑人必须个别讯问，乔小北真恨不得立刻把他们拉到一起互相对质。看着现场照片，乔小北心想那个说凶器是"石头"的嫌疑人真是在胡说八道，这现场哪有什么大石头？这分明都是沙坑，就算有也只有江边那种小鹅卵石，哪里有他说的那种大石头？

江边的石头？一道亮光突然闪过了乔小北的脑海，思绪立即回到了那起长江浮尸案。阅江的江岸边都是类似沙滩式的滩涂，基本都是泥土，即使有石头也都是很小的鹅卵石，可那起浮尸案的身上，却绑着一块重达二十斤的大石头，这块石头并不像是从阅江的江边找的。可能死者不是从阅江的岸边被扔进江中的，而是从上游顺流而下漂下来的，那么能不能通过鉴定这块石头的产地，而确定抛尸地点呢？

乔小北犹豫了半分钟，还是拿起电话打给了王伟。

6

七月十五日，长航公安局阅江分局北岸派出所会议室。

这次的会议，乔小北的心情完全不同。短短一周时间，案件有了突破性进展，而且是在她那个建议之下取得了进展。这一周里，刑警们将那块大石头送到了江东省地质勘探部门，经过地质部门的分析检测，确认这块石头应该是出自长江中游的华州一带，那里两岸主要是坚硬的石质山体，会出产这种颜色偏深，氧化铁含量比较高的石头。而通过查阅尸体发现前几天的水文记录，也证实尸体发现前几天，由于潮汐作用，阅江地区的江水在几天之内上涨了三米多，将两岸的芦苇滩都给淹没了，尸体很有可能就是顺着长江，从华州漂流到了阅江，由于尸体"巨人观"作用不断腐败膨胀，最终在阅江浮出了水面。

乔小北这次倒是明确提出了取证的建议，去华州调取尸体发现前一个月，也就是死亡时间五月八日前后，所有通往江岸边的监控录像，看有无可疑车辆或者携带可疑的推车、大行李箱经过的人。毕竟带着一具尸体去沉江，没有工具是不可想象的。另外，请省地质部门出一份明确的书面鉴定意见，水文站的资料也需要按照书证正式调取，这些将来都要作为证据使用。

这一次所有人都感到信心百倍，毕竟尸体源头确定了，找出被害人的真实信息是早晚的事，然后围绕被害人的社会关系查找有矛盾的人，案子迟早能破。

7

事实再一次把乔小北和众刑警的乐观给击得粉碎。

去华州的刑警首先传回了消息，当地的治安、交通监控录像只能保存一个半月，从尸体发现前一个月，也就是法医确定的死亡时间五月八日前后，距离他们赶去华州的七月十六日已经过去了快两个半月，所以查监控已经没有任何可能。而华州市及周边两个沿江城市的所有失踪人口报案中，并没有一起符合死者年龄、身高等特征的。

时间转眼就到了八月份，面对再次陷入停顿的案件，王伟提出了一个所有人都不想接受，但却不得不承认的推论。那就是死者可能根本不是来自阅江上游任何一个沿江城市，他只是因为某种原因去了华州，并在当地被杀，然后抛尸江中。甚至有可能他都不是在华州被杀，只是死后被凶手带着尸体赶到了华州的江边抛入江中。

乔小北内心对这样一个推论是十分抗拒的，但是理性又告诉她王伟说的有道理。毕竟在华州及周边两个城市的失踪人口中都找不到死者，那么很有可能死者是来自其他地方。如果是这样的话，那这个案件的案发地点理论上有可能是全国任何一个城市，这样去查找一具无名尸，简直是大海捞针。

最终，众人没有别的选择，只能将这起浮尸案的协查通报通过省公安厅向全国公安机关发送，等待其他地方出现失踪人口特征与死者吻合时，再进行DNA比对。但是所有人都知道，这会变成遥遥无期的等待。

乔小北很沮丧，自己到公诉部门工作后介入的第一起杀人案件，竟然就这么陷入了死胡同。

8

虽然杀人案陷入了死胡同，但是日常的工作还得继续做。自六月八日调到公诉科，四个月里乔小北已经先后将二十多个案件起诉到了法院。十月八日下午两点半，乔小北又带着孟倩倩来到北岸区人民法院开庭，今天是那起八个人聚众斗殴的案件开庭的日子。

一到法院门口，乔小北就皱起了眉头，法院门口怎么聚集了一两百人？要知道北岸区在阅江市属于郊区，面积虽然很大，但是人口却不像市区那么密集，加上区法院大楼是新建的，远在北岸区新设的开发区内，位置可以称得上偏僻，平常很少会在这里看到这么多人。今天是出了什么大事吗？乔小北从人群中挤进法院大门，走进刑庭开庭常用的第二法庭才明白，这些人居然都是来旁听今天这个案件庭审的。

今天的主审法官是刑庭庭长黄爱华,另外两名合议庭法官分别是刑庭的两位女法官苏文宁和于涵。黄爱华站在法庭门口厉声喝道:"我们这个法庭只能坐下五十人,你们这么多人怎么坐得下?每个被告人家里可以进来五个近亲家属,其他人不是近亲家属就别进来了!"

黄爱华已经年过五十,但是身高一米八五,又是转业军人出身,声音洪亮,身着法袍站在法庭门口,显得不怒自威。外面乱哄哄的人群瞬间安静了下来,之后果然按照黄爱华说的,每个被告人进来五名家属,家属们纷纷排起了队,拿出身份证给值庭法警验看,其他人则都留在了法庭外面。

乔小北低声问黄爱华:"黄庭,今天这个案子什么情况,外面怎么来了那么多人旁听?"

黄爱华也皱了皱眉道:"看样子这几个嫌疑人可能同属于一两个大的家族,七大姑八大姨都来撑场子了。"

乔小北这才恍然大悟,这几个打架斗殴的人都是同一个镇的,一个小镇上的居民往往都沾亲带故,来源于那么几个固定的家族,今天来的这些人大概都是这一两个大家族的七大姑八大姨。此时几名辩护律师也满头大汗地挤进了法庭,其中一名律师忍不住吐槽道:"要不是法援中心①指派,我是真不想办这个案件。"

乔小北笑了笑,问:"怎么了,为啥不想办?"

那律师一边擦着汗一边回答道:"法援中心把这个案子的第

---

① 根据《刑事诉讼法》规定,可能做出无期徒刑以上判罚、未成年人犯罪等一些特定类型的案件如果没有辩护人,是必须指派律师辩护的。其他案件如果没有辩护人也可以。不过近年来,我国在一部分地区开展刑事案件辩护全覆盖试点,对各类刑事案件如果没有指派辩护人,都会在法院审判阶段指派律师担任辩护人。

二被告指派给了我，从那开始我的电话就没断过，他们家也不知道哪里来的那么多亲戚朋友，轮番给我打电话。我又不能把案情随便透露给他们，真的是被他家属缠得烦死了。法援中心一个案件也就给一千块钱补贴，这钱还不够我办案花的汽油费、手机费、复印费这些成本的呢，可是法援案件嘛，就是做公益的。但是他家属也不能那样轮番纠缠我，深更半夜、周末也没完没了给我打电话。这谁受得了呀！再说了，他们轮番这样打电话，这个说是被告人的二表叔，那个说是被告人的三表弟，他在电话里说是就是呀，万一要是个骗子呢？我凭什么告诉他们案件进展！"

乔小北一边默默地同情那位律师，一边揣测这个被告人肯定是来自那种人口特别多的大家族，所以才会出现这种情况。可既然这个大家族这么关心被告人，可为什么又不给他请律师，而是等着法援中心指派呢？这到底是关心，还是不关心呢？

那律师像是看出了乔小北的困惑，接着吐槽道："后来我才知道到底为什么这些人连着打电话问情况，却不给这个人请律师。我这个当事人告诉我，其他几个人，都是他们家里的人，所以家里给请了律师。我这个当事人是他母亲跟前夫生的，是二婚的时候带过来的，难怪他们家里人不肯花钱给他请律师，就等着法援中心指派。打电话的那些人才不是真的关心他，不过就是担心牵连到他们自己而已。"

八个人的庭开起来果然无比漫长，从下午两点半一直开到了晚上九点才结束。开完庭乔小北感到自己已经饿得前胸贴后背了，孟倩倩也发牢骚说："法官为啥不先休庭，下次找个时间再接着开庭嘛。"

乔小北摇摇头道："你没发现法院刑庭只有五个法官吗，咱们公诉科却有十个公诉人。这就意味着他们每个法官的工作量是大于我们的,所以他们庭审的时间都是提前就安排好的。这种八个人的庭审,需要同时调动十几名法警去看守所把人提过来。刑庭需要提前跟法警队、看守所都协调好,而且还得提前通知所有律师安排好时间过来。既然这么麻烦,要组织这么多人,法官当然宁可加班,也要一次性把庭开完了。你让他下次再开,意味着他又要重新再麻烦一次安排上面那些事,还是算了吧。"

一只手轻轻从背后拍了拍乔小北的肩膀说:"你真是难得能理解我们刑庭的公诉人之一。"

乔小北向后看去,发现是苏文宁。苏文宁比乔小北大四岁,今年正好三十岁,是目前北岸区法院刑庭五名法官中最年轻的一个,乔小北之前起诉的第一个案件就是苏文宁承办的。苏文宁说:"我送你们回家吧,这么晚了,你们检察院也下班了,肯定不会派车再来接你俩了。"

孟倩倩却赶紧摇头表示不需要:"我就住在你们法院后面那个新建的小区,走路五分钟就到了。苏法官你还是送小北姐回去吧。"

乔小北这才想起,法院后面的新建小区就是孟倩倩的父亲开发的,当然会给自己女儿留一套了。

苏文宁点头同意,乔小北也没再推辞,便跟着苏文宁上了车。

上了车,苏文宁递过来一个塑料餐盒,居然是一碗还冒着热气的白米粥。乔小北愣了下问:"这是哪儿来的?"苏文宁嘿嘿一笑说:"你以为我们法院食堂跟你们检察院似的?你们院那食堂只管中饭,我们这可是一天三顿都有好吗!刚才一开完庭我就跑到食堂找了下，冰箱里只剩下馒头和白粥了，就用微波炉热了下。我已经吃完馒头了，你就吃这个吧。"

"你的书记员家里条件那么好吗？居然住得起后面那个新建的高档小区？家里条件这么好，还来你们院做聘用制书记员？"苏文宁边开车边问道。

"你们法院应该也有这样的聘用制书记员吧，家里条件本来挺好的，他们的父母不需要他们挣多少钱，只需要他们有个稳定的、说出去好听的单位上班。我上回看到你们院还有开保时捷上班的书记员呢。"乔小北一边忙不迭地把粥往嘴里送，一边回答。

"啊啊你说那个开保时捷的啊，他家里有矿。来上班纯粹是他爸怕他在外面浪，学坏了。就他们那些聘用书记员的工资，恐怕都不够养他那辆车。"苏文宁调侃道。

乔小北边吃边说："那没办法，你我家里没矿。有的人生下来就在罗马，有的人一辈子也到不了罗马。"

苏文宁也似笑非笑地回了一句："还有的人，即使到了罗马，也不会对罗马有归属感，还是会走的。"

"你怎么了，何出此言？"乔小北把最后一口粥也喝得干干净净，才放下了餐盒。

苏文宁并没有回答，却问道："听说你之前负责参与那起长江上浮尸案的侦破了？"

乔小北有点诧异苏文宁为什么瞬间就换了个话题，但也不好多问，便回答说："公安找我们公诉提前介入了。不过这事儿你咋知道的？"

"你以为北岸区有多大？总共也就不到一百万人。江上漂来一具尸体，这么大的新闻，要不了三天所有人都知道了好吗。

你们公诉科也就那十来个人，谁在干啥我们刑庭很快就知道了嘛。"苏文宁淡淡地答道。

乔小北刚想答话，手机却突然响了，曹植的声音从里面传了过来："乔检察官，明天下午赶紧来我们所里开会！那起浮尸案，死者身份确定了！"

9

浮尸案的死者身份终于确定了。

在省公安厅将死者的协查通报向全国各地公安机关发送之后，所有办案人员都以为会进入没有希望的漫长等待。但是出乎意料的是，死者的DNA却和地处阅江市下游的东州市一起失踪案家属的DNA匹配成功了。东州市的一户人家在五月中旬报案称，自己家人自五月八日起就失去了联系，东州市公安机关虽然进行了查找，但却杳无音信。这起失踪案一直悬而未决。在阅江这起浮尸案的协查通报通过省公安厅向全国公安机关发送后，负责失踪案件登记的那位民警突然想起了五月份的这起报案，死者的年龄、身高、失踪时间都与这具尸体的情况高度相似，于是将情况通报给了阅江方面。经过DNA比对，终于确认死者就是东州市的这名失踪人员。

十月九日下午，北岸派出所会议室里，曹植通报了死者的情况：死者卢远志，男，现年四十一岁，东州远志水运公司董事长。五月八日早上五点，家里人收到卢远志发的短信，说自己要去香港谈生意。这之后，家里人再也没有收到卢远志的任何消息，打电话发短信均无回音。五月十日接到报案后，东州当地公安机关查了卢远志的出境记录，发现他并没有出境去香港。起初，所有人的注意力都在阅江市自身以及阅江市上游地区，由于东州地处阅江市的下游，所以并不在排查之列。但是经过DNA比对，已经可以确定，死者就是卢远志。不过死者胃里那块小碎骨头的DNA依然没有查出来源。

看来卢远志因为某种原因，在五月八日前去了华州，在华州被杀害并抛尸入江。

所有人都感到很兴奋，憋了这么久，案件终于出现了重大转机。王伟立即决定，亲自带队去东州，找卢远志的家属了解情况，同时全面排查卢远志的社会关系，并安排人员调查卢远志的通话记录、住宿记录。

乔小北立即提出，希望刑警在东州，把卢远志所有的证件、公司的资料，以及其QQ、微信、邮件记录都调取过来，看看卢远志和华州、阅江之间，到底有什么联系。

10

十月十六日，王伟带队从东州回来了，分别负责调查不同事项的刑警们再次召开了案情分析会。乔小北终于看到了卢远志妻子的询问笔录。

问：你说一下你丈夫卢远志5月8号之前的行动情况。

答：我老公5月5号就离开家，开车去了阅江市。他说要到阅江谈生意。后来我跟他也通过几次电话，他只是说已经离开阅江了，要和朋友一起去外地谈个生意，过几天就回来。我也没具体问。他生意上的事情我一向不怎么问，我只是个家庭妇女，平常就在家做家务、带孩子。到了8号那天早上，我手机突然收到一条短信，是他发来的，说要去香港谈生意。我早上七点钟起来才看到，但是那条短信是五点发的。我看到之后就想给他打电话问怎么这么突然要去香港，但是从那时起电话就已经打不通了。

问：据你所知，你丈夫在闳江和香港有什么生意？

答：我老公是做运输的，他之前一直在长江上用船运货。但是我对他那些生意伙伴真的不是很清楚，他在闳江是有合作伙伴的，他以前有时候也会去闳江，但是具体见什么人我也不清楚。至于香港，据我所知他之前在香港好像投资了一个公司，但是叫什么我也不知道。

问：你们的夫妻关系如何？

答：我知道你们的意思，我也看过电视上那些法制节目的，发生命案了首先要怀疑家里人是吧？我老公这个人在外面做生意，平常也不怎么能照顾到家，我现在只想把儿子照顾好。我老公爱怎么样怎么样吧，我懒得管他，反正他挣的那些钱，早晚不也是我儿子的嘛。

问：你丈夫有什么仇人吗？

答：私人生活里应该没有，生意上我就不了解了。

问：5月8日你就联系不上你丈夫了，为什么5月10日才报案？

答：我老公之前确实也去过香港那边做生意，8号早上我以为他在飞机上，后来下午还是联系不上，我以为他去了香港那边手机不能接到这边的信号，心想9号他肯定会去买香港那边的手机卡和家里联系。但是9号一天也没有消息，我才有点急了，给他的兄弟姐妹打电话，但是他们说也没有跟他联系过。我又到他们公司去问，发现也没有人和他一起去。我就觉得不对了,所以10号一早就去报案了。可是报案之后警察查了说我老公根本就没有出境,我才知道肯定是出事了。

乔小北又拿起卢远志家里其他人的笔录,一看才发现这家人的关系似乎不怎么好。

卢远志有一个大哥叫卢平安,比卢远志大六岁,是东州市供电公司的工程师。他在笔录中说,父母一直重男轻女,不喜欢自己的两个妹妹;可父母对自己也并不太好,因为自己是老大,从小就被父母灌输"长兄如父,长姐如母",要求自己承担家庭重担。而卢远志因为是小儿子,则受到了父母无底线的溺爱。自己当年学习很好,高中毕业考大学时明明可以考自己喜欢的专业,以后再读研读博走学术道路的,可是父母却逼着自己报考不喜欢的电力大专,因为三年以后就可以毕业,进供电公司工作,早点儿挣钱给家里,结果自己做了一辈子不喜欢的工作。而卢远志从小就不学无术,连高中都没考上,父母到处求人,才给他安排了一个在长江上当船员的工作。可后来卢远志创业买第一条船的时候,竟然擅自从父母那里拿走了自己辛辛苦苦积攒了几年、放在家里用于结婚的钱,未婚妻一气之下和自己分手,自己被迫推迟了好几年才重新找对象结婚。卢远志为人"要钱不要命",只要能挣钱,人血馒头他也敢吃。说不定就是在生意场上得罪了什么人才被杀的。

卢远志的姐姐叫卢霞,比卢远志大三岁,在卢远志的公司当保洁。她在笔录中说,父母从小不待见自己和妹妹。当初卢远志买第一艘船跑运输时,自己把手头的所有积蓄拿出来帮助他,可卢远志不知感恩竟然不还钱。为了这件事,丈夫埋怨自己,大吵一架闹到离婚。紧接着自己又下岗了,下岗后想到卢远志公司找个工作,卢远志居然安排自己当了保洁,天天跟个保姆一样给他端茶倒水、扫地擦桌子。卢远志对家人不知感恩,对客户倒是一掷千金,不还自己的钱,请客户吃饭倒是可以一晚上就花掉大几千。

卢远志的妹妹叫卢莉,比卢远志小三岁,在东州当地的一家外贸公司里当业务员。她说从小父母就独宠卢远志这个小儿子,什么好吃的好用的都给他。自己和姐姐从小就不受重男轻女的父母待见,卢远志要买船跑运输,父母把当时手头的积蓄都白给了他;过了几年她想买房时找父母借钱,承诺给利息,父母竟然不借!气得自己怀疑自己是不是捡来的!从去年开始,父母都生了病住在医院,一直都是她和大哥大姐在轮流照顾,卢远志只去看过一次,待了半个小时就走了。可是父母竟然还是写下遗嘱,要把一辈子的积蓄和房子,全都留给卢远志和卢远志的儿子。如今卢远志死了,正好让父母看看,到底是谁给他们养老送终!

在卢远志的人际关系上,三兄妹说的倒是很一致,都说卢远志这个人眼里只有钱,所以不存在什么小三之类,因为他不舍得把钱花在除了自己、儿子和客户以外的任何人身上。连他老婆找他要家用,都得以儿子的名义去要。

乔小北看完这些笔录,觉得自己都能想象这三兄妹咬牙切齿的样子。看来卢远志从小就是被父母无理由、无底线偏爱的那一个,导致跟自己兄弟姐妹的关系极差。乔小北想起之前在网上看到的一句话:当老人住院的时候,在病床前照顾的永远是那个最不受偏爱的孩子;最受偏爱的孩子永远是不会来的。这话虽然有点以偏概全,但是用在卢远志身上似乎特别合适。

王伟站起身走到会议室的白板前，拿起马克笔一边涂涂写写，一边开始分析："我们走访了死者家属，死者家属虽然跟卢远志关系不好，但是不在场证明都很明确。他们案发期间或是在家里，或是在各自单位上班，根本没离开过东州市。卢远志也没有什么感情上的纠纷，所以大概率是财杀或者仇杀。从死者的手机通话记录来看，死者的通话很频繁，通话对象的号码也显示来自很多不同的地方，做生意的人嘛，这倒是也很正常。但是从四月底开始，他突然与一个阅江市的新号码频繁通话，之后就去了华州市。所以，这个新号码就非常可疑了。"王伟一边说着，一边把一个手机号码写在了白板上。

负责调取通信记录、住宿出行记录的民警钱刚接着说道："我们去查过了，这个阅江市的新号码是用北岸区一个八十多岁的农村老头儿的名字登记的，这个老头儿是住在乡里养老院的五保户，路都走不稳，近期根本就没有离开过养老院，不可能是他作案，应该是有人冒用了他的身份信息办了手机卡。至于住宿记录，从五月五日到五月八日，卢远志在阅江和华州都没有住宿记录。从出行记录来看，卢远志五月份也没有买火车票、长途汽车票或者船票的记录，所以他只能是开车从阅江市去的华州市了。"

乔小北问道："新号码？那就是以前没有出现过了？以前卢远志和阅江市、华州市有没有通话记录？"

"对，"钱刚点头，"通信公司的通话记录可以保留半年。卢远志有两个手机号码，一个是和家里人联系的，一个是工作上用的。和家里人联系的那个没有什么异常。至于工作上的那个号码，王大安排我们去查手机通话记录是十月八日，记录是从四月八日开始的，也就是死者死前一个月。再往前的记录，通信公司也打不出来了。从五月八日之后，卢远志已经死了，也就没有通话记录了。从四月八日到五月八日这一个月之内，倒是有几条确实是从阅江打来的电话，我们问了卢远志公司的员工，他们认出那几个号码都是和卢远志公司有业务关系的阅江几个公司员工的电话。但是从四月二十日左右开始，有一个阅江市的新手机号码突然开始和卢远志频繁通话，一直到五月七日卢远志去华州，还和这个号码继续通话。这次去东州，我们让卢远志公司的员工们都看了，没有一个人认出这个新号码。另外，从四月八日到五月八日，卢远志和华州市没有通话记录。"

曹植插话道："我们几个去卢远志的公司查过了，卢远志的公司确实与阅江有生意往来。卢远志之前有过出境香港的记录，但是我们这次在卢远志家里找到了他的港澳通行证，证明五月五日卢远志离开家的时候根本就没带港澳通行证，他应该并没有去香港的打算。而且我们询问了卢远志公司的员工，也没有哪个员工知道卢远志到底在香港做什么生意。那条说要去香港谈生意的短信，应该是凶手编辑发送给他家人的，目的是为了扰乱其家人的视线，制造卢远志还活着的假象，给自己争取逃跑的时间。不过卢远志家里没找到他的手机、身份证、驾照、银行卡等，应该是卢远志五月五日离开家时就带走了。另外，卢远志似乎没有使用QQ、电子邮件之类东西的习惯，至少在他家里的电脑上没有找到。至于微信，卢远志似乎也不用，这玩意儿毕竟才诞生没多久，卢远志似乎也没注册过。"

"我也认为短信是凶手发的，"钱刚点头接着说道，"那个新的手机号我们也去查了，发现四月份才开始使用，使用地点都是阅江；最后一次使用是五月七日，地点是华州。之后再也没有使用过。最重要的是，这个号码只和卢远志的手机通过话。

这很可能就是凶手的号码，凶手用这个号码联系了卢远志，并和他一起去了华州，杀完人之后就再也不用了。凶手能把卢远志的尸体扔进长江，那也完全可以把这个新的手机卡扔进长江嘛。"

王伟用手中的马克笔敲了敲白板："从上面的情况来看，这个新手机号码的持有人，很可能就是本案的凶手。凶手把卢远志约到了阅江市，之后他们又一起去了华州市；卢远志五月五日就到了阅江，五月七日才到了华州，但是从五日到七日之间，卢远志在阅江却没有住宿记录，那很可能是凶手给他安排了其他住所。之后七日那天他们去了华州，在五月七日到五月八日凌晨之间，凶手杀了卢远志并抛尸江中，在凌晨五点又给卢远志的家人发短信，伪造卢远志当时还活着的假象。同时，凶手把卢远志的手机、身份证等都毁掉了，这就是我们这次在卢远志家里没有找到这些东西的原因。由于找不到卢远志的手机，导致我们看不到卢远志在手机通讯录里到底把凶手的号码备注为哪个名字，没办法直接确认凶手。当然，凶手肯定同时也把自己使用的新手机卡给毁掉了，这个新号码已经再也没有任何通信记录了。现在手机卡的线索已经断了，那个被冒用身份的老头儿坐在轮椅上，几个月没出过养老院的门了，人肯定不会是他杀的。但是还有另外一个问题，我们至今没能解决。"王伟说到这停顿了一下，瞥了乔小北一眼。

乔小北知道王伟这是想试试自己的能力，于是试探着问了一句："王大，你是想说，卢远志的车去哪儿了？"

王伟眼神中的最后一丝疑虑终于打消，他对乔小北能力的质疑终于打消。他满意地点点头："乔检察官说得对，我们到现在都不清楚卢远志的车去哪儿了。手机、身份证、驾驶证、银行卡这些东西都很小，想毁掉很容易，扔进江里也行，用石头砸碎了也行，但是汽车呢？卢远志的妻子说他五月五日开车到了阅江，这车去哪里了？卢远志家人说他开的是一辆东州牌照的宝马X6，这车价值一百多万，有两吨多重，靠一两个人是绝对不可能推进江里的。如果是扔在路边，不管这车停在阅江，还是停在华州，这么一辆外地牌照的豪车一直扔在路边一个多月，不会引人怀疑吗？不会引来交警查车吗？如果是停在停车场，几个月没人来取，任何停车场都会报警的。"

姜元接口说道："王大，可是我们这次肯定不能指望监控视频了。这都过去五个多月了，现在我们就算知道了车牌，也没办法去查视频找车了。五个多月前的道路监控视频早就不保存了。"

"不，不查监控！"王伟一掌拍在桌子上，"现在无非两种可能：第一，这辆车被推进了江里；第二，车被改装成了其他样子，所以到现在我们也没发现这辆车。要想把一辆两吨多重的车推进江里，也只有三种可能：第一是很多人一起推；第二是靠特殊地形，把车停在江边斜坡上，挂上挡，不熄火、不拉手刹，即使只有一个人在后面推，靠着重力这车最终也会慢慢滑下去；第三就是依靠特殊的工具，比如吊车之类把车吊起来扔进江里。"

乔小北略微犹豫了一下，开口道："第一种和第三种可能性恐怕都很小。第一种的话那得需要好几个人才有可能，杀人这种事，当然是知道的人越少越好，怎么能让那么多人知道？万一有人说漏嘴了呢？第三种也很难实现，必须要在江边安排吊车之类的特殊机械把车吊起来扔进江里，可这动静得多大？而且吊车司机必然会知道这件事，也难免说漏嘴。再说江边有这种吊车的地方一般只有船厂、码头之类的特殊地点，凶手绝不敢公然把车开到那些地方让别人帮忙扔进江里。所以，只有第二种可能性最大。问题是，既然这个凶手极大概率就在阅江市，那么他到底在华州杀人抛尸之后，就把车推入江中；还是把车开回阅江，再推车入水呢？我个人观点，恐怕还是开回阅江的可能性大。"

"为什么？把死者的车开回阅江岂不是风险更大，还不如在华州当地推进水里呢。"曹植质疑道。

乔小北却并不赞同，站起身继续分析道："刚才钱警官说过，查了卢远志的住宿记录，在阅江没有记录。可他的手机运动轨迹显示，他明明在阅江从五日待到七日离开，既然不是住在宾馆旅店里，那他很大可能是和凶手住在一起的。凶手如果是阅江人，很可能给他安排住处，甚至可能就住在凶手家里，从这一点来看，死者和凶手应该是熟人，关系很好。而凶手和卢远志一起去华州，会不会开两辆车去？恐怕不会。一来本来很熟悉的两人一起出行，却开两辆车，会让卢远志感到很奇怪，二来凶手应该是希望留下的痕迹越少越好，他连跟卢远志联系的电话都是新办的卡，杀完人后立即把卡销毁，又怎么会开着自己的车去华州，并且路上可能会留下各种记录呢？所以对他来说，最保险的就是跟着卢远志的车一起去，说不定他自己的车留在阅江，还能作为他的不在场证明。他们七日当天就到了华州，很可能当天卢远志就死了，并且凶手在八日凌晨五点用卢远志的手机在华州给他家人发了短信。那么之后他怎么从华州回阅江？坐火车还是长途汽车？只要他买票就得用身份证，就会留下他的个人信息，但是开着卢远志的车回来，就不会留下他个人的出行记录。要知道，马路上的监控视频只能保留一个多月，但是买火车票的记录却能一直保留几年，显然后者风险更大。而且凶手既然是阅江人,恐怕对阅江也更加熟悉,他在阅江找个地方推车入水,应该也比在华州更方便。"

听完乔小北这么一番分析,众人纷纷点头。虽然眼下没有直接的证据,但是乔小北这番分析,确实是可能性最大的。

王伟也十分满意地点点头,接着说道:"另外一种可能,就是这辆车被私自改装了,现在可能颜色也变了,发动机号也被磨掉了,车牌可能也是用的伪造的套牌,所以我们找不到这辆车。"

"这个我们排查修车店就好了。"曹植接着说道。

王伟立即决定,由姜元率领技术中队查找符合条件的江滩;北岸派出所负责排查修车店;其他刑警则负责走访卢远志的水运公司在阅江的客户,了解卢远志在阅江的社会关系。

11

经过排查,技术中队找出了三处最有可能的江滩,三处江滩的特点都是位置偏僻,周边很少有人经过;地形都是角度较大的斜坡,既不会让车辆陷进泥里,宽度也足够汽车开上去。长航阅江分局立即联系了阅江海事局,派出了潜水员到江底查看,终于在第三处偏僻江滩的江底,发现了一辆宝马X6。整个专案组都沸腾了,阅江分局立即出动了所有的水警船只,又协调阅江海事局出动了打捞船。利用冬季枯水期水位降低,终于在十二月一日将这辆车打捞出水。打捞时江边挤满了围观人群,场面堪比拍电影。

打捞出的车立即被技术中队进行了极其详尽的检查,虽然车辆已经变得面目全非,但是车牌还在,毫无疑问就是卢远志的车。可是经过血迹检验，车上没有找到任何血迹反应。汽车的发现直接证明了两点：首先，凶手一定就是阅江人，甚至就是北岸区人。能够找到这处偏僻的江滩，并巧妙利用地形，推车入水，凶手显然是对北岸区的江滩情况极其了解的人，如果不是长年累月居住在北岸区，根本就不可能做到；其次，本案绝对不是为了劫财，否则凶手怎么会放着一辆价值一百多万元的豪车不要，直接推进水里？所以本案动机只能是仇杀。既然是仇杀，那么重点就放在了卢远志在阅江的生意往来上，所有与卢远志在生意上有过矛盾的阅江当地人都被纳入了排查范围。

然而，案情在有了明显进展之后，似乎又一次被卡住了。

十二月三十日再一次召开案情分析会时，负责排查的刑警详细阐述了他们走访调查的情况，他们分别走访了与卢远志的水运公司有竞争关系的几家阅江当地的运输公司和客户公司，并没有发现可疑人员。虽然同行之间存在一定程度的竞争关系，但是矛盾远没有大到要杀人的地步。而且根据同行以及卢远志公司员工的反映，卢远志开水运公司多年，客户大都合作了多年，关系一直很好，也看不出有什么深仇大恨要杀人。那几个被怀疑的有竞争关系的同行，经排查发现在五月五日到八日期间都有明确不在场证明，不止一个证人证实他们一直在阅江，并没有离开过，都没有作案时间。几个被怀疑的同行的手机记录也证实，他们的运动轨迹一直在阅江，并没有去过华州。

乔小北感到很奇怪，明明感觉曙光已经在眼前了，怎么会查不出一个嫌疑人呢？乔小北甚至开始怀疑证人给的证言是假的，至于手机运动轨迹也并不能说明问题，因为凶手既然办了一个新的手机号，当然可以把自己原来的手机依然放在阅江，为自己提供没有作案时间的证明。

法医张星星提出了一个新的方案，那就是给阅江所有和卢远志有生意往来的人抽血，去和卢远志胃里那个碎骨头渣的DNA进行比对。张星星一直怀疑，卢远志胃里的那个碎骨头渣是因为凶手在和卢远志搏斗时受伤，伤口处被卢远志咬了，才导致碎骨头渣进入了卢远志的胃中。这个提议得到了所有人的一致赞同。毕竟阅江认识卢远志的客户、同行公司人员数量也不是很大，甚至为了保险起见，把卢远志的家人、卢远志自己公司的员工也纳入了检测之列，加起来也不过二百来人，全部检验DNA，也并非难以接受的工作量。

经过长航阅江分局协调阅江市公安局，阅江市公安局也很支持，派出了多名法医协助，并安排抽血所涉及地区的柠檬镇等三个乡镇的派出所配合，对两百多人进行了DNA检测。然而结果再次出乎所有人的意料，经过检测，没有一个人的DNA符合。

最后一份检测报告出来的时间是二〇一四年的一月三十日。至此，案件调查再次进入死胡同。

12

乔小北实在是百思不得其解，明明侦查方向是对的，而且顺着这个方向已经找到了死者的车，可怎么死活也找不出凶手呢？难道卢远志还有其他不为人知的社会关系，凶手并不在此次DNA排查之列吗？

带着这份疑问，乔小北踏上了春节回家的路途。

每次春节回家都像一个艰难的工程，从阅江坐火车到老家所属的地级市还好说，可是下了火车就得再转汽车到县城，然后直奔县城海边的码头，再等着去自己家的轮船。这里的码头上有通向不同海岛的轮船，自己老家那个镇是全县最小的，小岛面积也不大，平常每天只有一趟船，平时这船坐的人倒是不多。但是到了春节，外出的人都要回家过年，坐船的人骤然增多，乔小北之前甚至有过第一天没能买到票，不得不等到第二天的经历。

这一次乔小北的运气不错，刚挤到售票窗口，售票员是个四十多岁的大姐，只抬头看了乔小北一眼，还没等她开口说话，就把票打出来给她了。乔小北吃了一惊，一边付钱一边问道："您怎么知道我要买到哪儿的票？"

那大姐一边慢吞吞地找钱，一边乐呵呵地答话："你不是老乔家那个考到西州政法大学的孩子吗？现在在外面当公务员了嘛。咱们这都是海岛，能有几个像你这么有出息的孩子？你那照片到现在还贴在县中学的光荣榜上呢，我天天拿你教育我儿子好好学习，怎么能认不出你来。你每次回来除了买回家的票，也不会去别的地方嘛。"

乔小北被夸得有点不好意思，赶紧谢了那售票员，心里还感慨这售票员大姐对自己真是了解，连自己家在哪个岛上都这么清楚。不过小地方就是这样，人与人之间关系都十分密切，哪怕是某个镇上新养了一只猫，三天后可能全县都知道了。

坐在候船室，乔小北的思绪却又回到了长江浮尸案上。她总觉得一定是有什么线索被遗漏了，可是到底是什么线索呢？车辆？手机？身份证？驾驶证？银行卡？DNA？住宿记录？通话记录？该查的都查了，为什么凶手会一点痕迹都留不下呢？DNA排查的范围已经很大了，居然还没有排查到凶手，凶手难道和卢远志之间存在其他的关系而不是生意往来，所以查不到吗？

春节假期也只有短短的一个礼拜，虽然乔小北用了探亲假，也不过多待了五天而已。而且在家里，每天都要面对父母以及七大姑八大姨的催婚，也让乔小北感到十分烦躁。要不是因为过年，乔小北差点儿要和一个特别八卦的亲戚吵起来。所以假期还剩两天时，她就赶紧收拾东西准备走了。

返程也是一样麻烦，不过是按照来时的路程，相反方向再坐一次轮船、汽车、火车。轮船返回时经过县城码头售票处时，乔小北一眼就看到还是之前那个热情的售票员大姐，只不过这次售票处没有那种人山人海买票回家的场面了。乔小北想到那个售票员大姐就感到很逗，虽然自己并不认识她，但她却可以准确报出自己住在哪个岛上。乔小北脑子里出现的一句准确的形容就是"我不熟悉她，她却熟悉我"。

乔小北又想到浮尸案，卢远志与凶手之间，到底熟不熟悉呢？如果说熟，可卢远志能想到这个熟悉的人处心积虑把他骗到华州就是为了杀了他吗？如果说不熟，卢远志会独自和一个自己根本不熟的人一起去外地吗？可以确定的是，凶手肯定是熟悉卢远志的，他用一个新号码联系卢远志，卢远志不但接了还和他频繁通话，并且还能到凶手所在的阆江市，并一起去华州市。这个熟人甚至还能大着胆子冒充卢远志给其家人发短信说要去香港谈生意，然后大摇大摆开着卢远志的车回到阆江市，再把所有东西扔进长江。由于几个月后卢远志的身份才被锁定，所有的监控视频都已经不再留存，凶手消失在了茫茫人海中……

等一等！

乔小北突然明白之前被忽略的线索到底是什么了。

13

乔小北刚回到阅江，还没回家就去了长航阅江分局，一进门就碰到了法医张星星。看到拖着行李箱，背着一大堆鱼干、干贝的乔小北，张星星咧嘴一乐道："小乔检察官，你这是专程送海鲜犒劳我们吗？"

乔小北顾不上跟他开玩笑，劈头就问："张法医，卢远志在香港做的什么生意？你们当时找到他在香港做生意的资料了吗？"

张星星一愣："他在香港的生意？他公司的办公室里好像有资料，但是跟咱们这个案子关系不大吧。从卢远志的办公室找回来的那些材料都在资料室里。你要看的话可以去问一下钱刚，材料应该是他负责管理。"

乔小北三步并作两步地冲进钱刚的办公室，要求找卢远志在香港做生意的材料。

钱刚感到有点莫名其妙，但还是去找了。果然找到了一份用繁体字打印的在香港注册公司的材料，那公司的名字倒是起得大气磅礴，"寰宇东州投资集团"，大概是因为卢远志是东州人，但是前面加个"寰宇"，口气委实不小。钱刚一边把材料递给乔小北，一边疑惑地问道："你要看这个有什么用？凶手那个短信是骗卢远志家人的嘛，不就是为了让他家人觉得八日早上卢远志还活着吗？你忘了上次咱们说过，卢远志当时身上根本就没带港澳通行证，不可能去香港。"

乔小北抓起材料，又转身跑去找王伟。王伟一听乔小北建议查卢远志在香港的生意情况，便摇起头来："我们还从来没有在内地之外查过任何材料。要查这个得通过省公安厅协调广东省公安厅，再联系香港警方，这个过程当中不知道要走多少流程，让多少人审批，要多少人签字，这一圈弄下来不知道要多长时间呢。而且我们现在还不确定能查出什么来，就申请省公安厅出面帮助我们协查，这个能不能获得审批通过，还很难说。再说，你到底为什么建议要查这个呢？"

乔小北没有立即回答，却反问道："王大，如果一个售票员在你还没说要去哪儿的时候，就能把你要买的票打出来。你觉得是为什么？"

王伟不假思索地说："那可能是你以前也经常在这里买票，都是去同一个地方。这个售票员对你已经很熟悉了。"

"对，"乔小北放下手中的材料，"那卢远志这个案子里，凶手冒充卢远志给死者家人发短信说要去香港谈生意，为什么卢远志家人不感到意外，甚至没有马上报警？"

"那自然是因为卢远志家人知道卢远志在香港也有生意，以前也去过香港。"王伟刚回答完，立即明白了乔小北的意思，"你是想说，卢远志在香港有生意的事，他公司员工都没一个人知道，凶手为什么会知道？"

"对！"乔小北提高了声音说，"这是我春节回家买票的时候突然想到的，我们之前忽略了短信这个线索。我买票的时候，那个售票员因为已经很熟悉我，我以前买票都是去我家那个岛，所以这次我还没说要买哪个票她就把票打出来给我了。可是卢远志这个案子里，凶手怎么会编出卢远志要去香港的短信，而且还不会引起卢远志家人的怀疑呢？我记得之前咱们开分析会的时候，曹植警官曾经说过，他们去卢远志的公司调查时发现，卢远志在香港究竟做什么生意，他的水运公司员工没有一个人知道，连他老婆都不是太清楚。凶手想要制造卢远志还活着的假象，完全可以发短信说去其他任何跟他的水运生意有关的地方。卢远志是做长江航运生意的，凶手即使要发短信骗他家人，按理也应该说要去上海、南京、武汉、重庆这些长江沿岸的航运重点城市，为何偏偏要说去香港谈生意？如果凶手只是随便说了个香港，要是卢远志在香港没有任何生意，从来没去过香港，这条短信岂不是立即会被卢远志的家人识破？"

王伟也点了点头："你说得确实有道理。之前我们都认为这条短信只不过是凶手随口编出来欺骗卢远志家人，争取逃跑时间的。但是他偏偏要说去香港，很可能是他早就知道卢远志在香港有生意，而且知道卢远志曾经去香港处理过生意，这么发短信卢远志家里人不会怀疑，至少不会马上怀疑，可以拖延一段时间。"

"我就是这个意思。我觉得这个凶手一定同卢远志有特殊的联系，否则卢远志公司员工都不清楚的事，为什么凶手会知道？查清楚这一点，或许我们就能排查出卢远志的其他社会关系，然后找出凶手。"乔小北在脑子里已经反复推演过了几次，她内心坚信卢远志一定还有不为人知的一面，有还没排查到的社会关系，所以至今没有找到凶手。

王伟苦笑了一下才接着说道："这么分析倒是没错。不过我估计你的想法很难实现，据我所知，以往请求港澳警方协助的案件，或者请求国外警方协助的案件，通常都是为了抓捕逃往境外的犯罪嫌疑人。你这突然要查卢远志在香港做什么生意，以及谁知道他在香港做生意，也没有什么明确的证据，只不过是我们推测可能和案件有关，这种协查申请可能都过不了审批。"

乔小北算是感受到了什么叫"理想很丰满,现实很骨感",自己的想法被当头浇了一盆冷水,他们在内地要查一个人在内地之外的港澳特区做什么生意,这确实太难了。即使可以请当地警方协查,这个审批申请流程也是非常麻烦的,可能走程序都要大半年。

接连几天,乔小北依然不死心地想这个问题。乔小北还去问了经验丰富的公诉科科长陈薇,以往有没有请求过港澳警方协助的情况,陈薇也表示没有过。

果然几天后,王伟打电话告诉乔小北,申请香港警方协助的提议,由于缺乏证据,没有得到上级的同意。

14

三月一日一早八点,乔小北刚走上公诉科所在的二楼,却意外看到苏文宁站在楼梯口。"苏法官?你为什么会在这儿?我们公诉去法院找你们很正常,你们来我们这可是稀客啊。"

苏文宁扬了扬手里的发言稿,"今天上午你们院侦监科[①]要和阆江大学法学院的几个教授一起搞个研讨,邀请我们刑庭也派人参加,黄庭派我来了。不过看时间,我可能来得太早了。"

乔小北拿出钥匙打开办公室的门,让苏文宁到自己办公室先坐着等一会儿。乔小北的办公室是目前公诉科最大的一间办公室,里面坐了六个人,分别是三名公诉人和各自的书记员。乔小北习惯提早半个小时到单位,所以每天都是第一个到办公室的。

---

① 侦查监督科的简称,负责案件审查逮捕。二〇一八年检察机关机构改革后,侦监与公诉的界限基本消失,都合并为按照数字排列的第一、第二检察部这样的部门了。

苏文宁走到办公室门口却停住了："你现在坐在哪个位置？"

乔小北走到靠右手边第二张桌子前坐下，却发现苏文宁脸上露出了一种很奇怪的神情。乔小北又站了起来，问："有什么问题吗？"

苏文宁也走进来，坐在了孟倩倩的位置上，这才叹了口气："有人告诉过你这个位置之前坐的是谁吗？"

"没有啊。"乔小北感到莫名其妙，而且在他的印象中，自己二〇〇九年来到检察院，这个位置好像一直是空着的。虽然她之前一直在反贪局工作，但是偶尔来公诉科时，看到的这个座位也是空着的。调到公诉科工作时，陈薇就直接安排她坐在这个空座位上了。

苏文宁又叹了口气说："也是，你来得太晚了，不知道那些事。"

"我不知道什么事？"乔小北的好奇心瞬间爆棚。

苏文宁瞥了乔小北一眼："你今天很闲吗？"

乔小北听出了苏文宁似乎不想再说刚才的话题，但是苏文宁把话说到一半，让她更感到好奇了。乔小北嘿嘿一笑："我虽然不闲，但是听苏法官讲讲我们公诉科历史的时间还是有的。再说现在才八点，我们八点半才上班。"

苏文宁听了也轻轻笑了起来："好吧。既然你们公诉科没人告诉你，我来告诉你也不是不行。你这个位置上，之前坐着的那人还是和你同一个学校毕业的，算你的师姐。她是二〇〇五年考进检察院的，跟我是同一年。不过二〇〇九年七月份她就辞职了，你二〇〇九年九月份才来上班，所以你不知道。"

乔小北第一次知道原来在自己之前，院里还曾经有过一位师姐，随即问道："那这位师姐，为什么要辞职？"

苏文宁又叹了口气道:"她跟你一样一开始也在反贪局工作,她是你们院反贪局首个连续工作满三年的女侦查员,你是第二位。毕竟反贪局的工作性质和工作强度放在那,你比我更清楚。在她之前反贪局都没有女侦查员,工作实在需要女同志的时候,也是临时从其他部门借用。可她不仅在反贪局坚持了下来,还干得非常好,她办的案件连续两年拿下了你们市检察院评选的全市十佳案件,是你们院第一个蝉联这个荣誉的人。"

乔小北连连点头,不由得对这位师姐心生几分敬意。

苏文宁接着说道:"可是她那个人,为人太直,不会转弯,业务能力不错,情商却太低,按照俗话说就是'太没有眼力见儿'。在反贪局的时候,因为一些工作上的矛盾,她和当时的分管领导以及部门领导的关系都很紧张,后来我也不清楚发生了什么,总之是她和当时的分管领导拍桌子吵了一架。我后来问过她,她只是说,工作上的矛盾积累多了,总有一天会变成私怨。这之后她就调到了公诉科工作,当时就坐在你现在的位置上。"

乔小北下意识地看了一眼自己的办公桌,催促苏文宁接着讲。

"虽然她只在公诉工作了一年,但却在那一年里赢得了我们刑庭所有人的认可。一开始她调到公诉,我们当时听的传闻是说她在反贪局干得不好才调到公诉,所以起初我们对她都没有太好的印象。但是我们很快就发现,她不仅业务能力很强,而且非常敬业。之前有一次她胃病犯了,疼到在法庭上几乎坐不住,我在法庭上都能看到她疼得满头大汗,但是她居然一声没吭,一只手顶着胃,一只手抓着桌角硬挺着开了一天的庭,开完庭之后就被她的书记员扶出去蹲在外面吐酸水。所以后来她辞职的时候，虽然你们院领导没挽留她，但是我们刑庭都挽留了她。"

乔小北很诧异地问道："为什么我们院没有挽留她？按你所说，她只是在反贪局的人际关系不好，为什么公诉科不挽留她？"

苏文宁摇了摇头："我刚才说了她那个人，优点固然很突出，业务能力很强，但是缺点同样明显，脾气太直，情商又太低。其实你们公诉的分管副检察长和科长对她都还比较认可，但是你们院当时的一把手对她印象不好。据说当时她到公诉工作之后，有个省检察院的领导给她承办的案件打招呼，想让她给某个一案七人的案件中第一被告做不起诉处理，于是就给你们检察长打电话，你们检察长就给她打招呼，问她能不能办，可你猜她是怎么做的？"

"怎么做？如果是我，那就说既然领导这么关注，我会认真审查这个案件的，但是想不起诉恐怕确实难度比较大，毕竟是主犯嘛。希望省院领导也能体谅我们承办人的难处。"乔小北斟酌着答道。

苏文宁苦笑了一下："可你知道她是怎么回答的吗？她一听那话当场怼领导，'七个人的案件，让我给第一被告做不起诉？那我干脆把剩下六个人也放了好了！告诉那个省院的领导，要么他现在就把我这个承办人的职务给撸了，要么就让他自己来做不起诉！'你想想，这话说得，哪个领导能喜欢她？"

乔小北听了瞠目结舌，这位师姐这种对领导说话的态度，难怪最后只能辞职。

苏文宁也看出了乔小北的心思："你也应该能明白，她为什么最后辞职了。只可惜，在我心里，她一直是最能理解我们刑庭的公诉人之一，她也很适合做公诉人，辞职走了实在是可惜。"

乔小北突然想起了苏文宁上次对自己说的话："苏法官，你上次说我是难得的能理解你们刑庭的公诉人之一，那另一个，想必就是这位师姐了？"

苏文宁点点头说："对，就是她。你上次说的话，她在那次忍着胃痛坚持开庭之后，也说过类似的。虽然她已经辞职走了，但是在我心里，她始终是一位好公诉人。"

"那，这位师姐辞职去了哪里？当律师去了吗？"乔小北不由得好奇这位师姐的去向。

"不是，她后来去香港读研究生了，现在应该读博了吧。她当时离职前倒是说过，以后毕业了就不进体制了，改行当律师去。不过以我对她的判断，她那种性格去当律师，恐怕挣的钱还没有在体制内工资多。"苏文宁笃定地说道。

"去香港读研究生？"乔小北十分疑惑地问。

"对，她当时从反贪局调到公诉科时，恐怕就已经下定了决心要辞职。所以在公诉科工作期间，她白天上班，晚上回家还学习到很晚，后来考上了香港一所大学法学院的研究生。现在按时间算，应该是在读博了。"

乔小北一把抓住苏文宁："你有这位师姐的联系方式吗？能给我吗？"

苏文宁幽幽地叹气："以前有。不过二〇〇九年她去香港学习之后，她的所有联系方式都变了，而且新的联系方式她也没有告诉以前在阅江的这些老同事。不过你要她联系方式干吗，她又不认识你。"

"我自然是有事找她帮忙呀！那要不你告诉我她叫什么，我去我们校友群里问问。"乔小北觉得这简直是上天派来帮助自己去查卢远志在香港的公司信息的，她岂能放过？

15

乔小北通过校友微信群，终于联系上了一位大学时教刑法的夏老师，而且这位夏老师恰好也教过苏文宁说的那位师姐。从老师那里，乔小北终于要到了那位师姐在香港的电话号码。

可是拿到号码乔小北又犹豫了，自己毕竟不认识人家，而且从苏文宁的描述来看，当初这位师姐是因为在院里的人际关系问题才辞职的，说明人家在这里干得并不愉快。现在一个老单位的后辈冒冒失失打电话找她帮忙，人家凭什么要帮？

犹豫之下乔小北还是先问了苏文宁的意见，因为案件侦查工作保密需要，乔小北并没有详细跟苏文宁说自己具体需要找师姐查什么，只是说自己手头有个案件想了解一下香港那边的一个公司信息。苏文宁听了之后才明白过来："闹了半天你那天非要问我那些事情，是想找人家帮忙？"

乔小北有点不好意思，但也老老实实承认："我确实是想找那位师姐帮忙，但是又怕她不肯，所以问问苏法官你的意见嘛。"

"你为什么要问我，你怎么不去问你们院的其他老同志？"

"可是我们科之前跟师姐共事过的同事都说，当年师姐调到公诉科工作，跟苏法官你一见如故，相见恨晚，一说起案子能聊几个小时，她跟你可能比跟检察院的同事关系还好点。"

苏文宁简直要被乔小北气笑了。"你们院的事情，你不去问你们院的人，却跑来找我们刑庭的人？行吧，如果她不肯帮你的忙，你就跟她说，我让你转告她两句话：第一，她这个人，做法官不太合适，做律师太不合适，只有做检察官合适，是我们刑庭心里的良心公诉人；第二，她这辈子，真的能放下心里的检察情结吗？如果你说了这两句话，她还是不肯帮忙，那我劝你也别再勉强了，我也只能帮你到这了。"

乔小北并没完全理解苏文宁的话，什么叫"做法官不太合适，做律师太不合适"？但她还是感谢了苏文宁。

一直等到下班，别的同事都走了，办公室里只剩下乔小北一个人，她这才鼓起勇气，给师姐打了电话。

电话一直响了十几声都没人接，乔小北几乎要放弃了，可这时却突然接通了。

"你好，你是哪位？"

乔小北抑制住自己内心的紧张，赶紧说道："师姐你好，我是你二〇〇九届的师妹，我叫乔小北。是刑法夏老师把你的联系方式给我的。"

电话那头的声音并不像乔小北之前预计的那么冷淡："啊啊，我知道，夏老师之前跟我说了有个师妹要联系我。可是你这个号码，怎么是阅江市北岸区检察院的办公电话？"

乔小北一愣，师姐二〇〇九年就辞职了，如今已经是二〇一四年，五年过去了，师姐还是一眼就认出了原来所在办公室的电话。她赶紧补充道："啊，师姐，是这样的，我现在也在北岸检察院公诉科工作。有个事情想麻烦一下师姐。"

"你说吧，什么事？"

乔小北这时也顾不上那么多，心想大不了师姐说我脸皮厚，赶忙回答："师姐，我现在需要查一个香港公司的信息，另外希望了解一下这个公司的经营状况。但是香港又不像内地，我们去工商局就能查到。我现在都不知道这该到哪里去查。想问问师姐能否帮忙。"

"你这是公事，还是私事？"

乔小北犹豫了，这该怎么回答？要说是公事吧，自己并没有公对公的文件，而且查这个纯粹是自己个人的推测，或许查出来和案件没有任何关系。可要说是私事吧，显然又不是自己个人的私事。犹豫了半天，只好说："算是公事，但是没有正式的文件，所以只能是我私人找你帮忙。"

对面传来轻笑声："你是不是在什么案件里发现了什么信息，但是现在又没有明确的证据证明和案件相关，这只是你个人的推测，也没有哪个领导能支持你的想法，甚至有可能你的推测最后就是与案件无关，所以不可能走公对公的渠道？"

"哈哈，师姐不愧是前辈，果然内行。"乔小北赶紧夸赞了一句。

"行了，拍马屁没用。"电话那头显然没有接乔小北这茬。"我离职的时候院里还没有你这个人，所以你应该也不知道我。你怎么会想到找我的？你又怎么知道，我会帮你的忙呢？"

"呃，这个嘛，我是从刑庭的苏文宁法官那里听说师姐的。"乔小北觉得在师姐面前还是不要撒谎的好，"至于师姐为什么要帮我，是因为苏法官跟我说的两句话。"

"苏文宁跟你说什么了？"

乔小北注意到对方既没有用"苏法官"，也没有用"苏文宁法官"，而是直呼其名，显然对方当初和苏文宁的关系远比自己要熟悉得多，心里更加相信苏文宁的判断，于是把苏文宁让自己转告的话一口气说了出来："苏法官跟我说了师姐以前在院里工作以及后来辞职的事。苏法官还让我转告师姐两句话：第一，师姐你这个人，做法官不太合适，做律师太不合适，只有做检察官最合适，是她心里的良心公诉人；第二，苏法官让我问师姐，五年了，你能放下心里的检察情结吗？"

这一次，对面沉默了差不多得有一分钟，吓得乔小北以为自己是不是哪句话说错了惹毛了师姐。隔了一会儿乔小北才又轻声开口："那个，师姐你还在听吗？"

"在。香港没有工商局，这边的公司信息需要到香港公司注册处官方网站上查，其实只要付费，你在内地也能查。只不过他们付费是用VISA或者MASTER的银行卡，咱们内地平常用的银行卡都是银联卡不能付费而已。只要开一个VISA或者MASTER的卡，你也可以查。"

乔小北顿时大喜过望，不知道苏文宁的那两句话到底有什么魔力，竟然瞬间就说服了师姐。"我确实没有VISA或MASTER的信用卡，要不我回头去银行办一个。"

"算了，你把公司名字报给我，我用我的卡付费查吧。"

"那我回头把钱给师姐。"乔小北赶紧补充道。

"不用了，也就一杯奶茶钱。"对面淡淡说道，"除了这个，你还要查什么？"

"查出这个公司信息之后，能否请师姐帮我去看一下那个公司的经营状况？"乔小北觉得自己真的是得寸进尺，竟然隔着这么远让人家替自己跑腿，但是眼下确实也没别的好办法。

"现在已经是晚上了，人家即使在经营可能也下班了。这样吧，我明天会去看一下。把你的邮箱报给我，回头我把查到的情况发给你。"

乔小北真没想到师姐居然连这个要求也答应了，赶紧连连道谢："真的是给师姐你添麻烦了，谢谢！"

"不客气，也谈不上很麻烦。另外，替我向苏文宁问好。帮我转告她，谢谢她对我的评价，在我心里，她也是最好的刑庭法官。"

16

第二天下午，乔小北的电子邮箱里收到了一封邮件，发信邮箱是香港一所大学的邮箱网址。乔小北立即点开，果然看到师姐给自己回信了。

师妹：

你需要查的"寰宇东州投资集团"，我已经在香港公司注册处网站上查过了，这个公司的注册资本只有一万港币，相当于人民币八千多元。香港这边的公司注册很简单，管理也很松散，任何人都可以用很少的钱注册一个公司，委托代理机构去办就行。所以不能排除这个公司有可能就是个皮包公司。这个公司的法定代表人叫卢建设，是香港居民，出生于一九五〇年，今年应该已经六十四岁了。但是香港本地应该很少会有人起这种名字，这个名字倒是很有咱们内地五六十年代起名的风格。建议你查一下这个人是否是从内地来港定居的。上述这些相关的公司信息截屏我都放在了附件里，你自己看一下。

另外，这个公司的注册地址我已经去看过了，是一栋很破的写字楼，一楼倒是有这个公司的铭牌，但是一看就很久了。我去了公司所在楼层的办公室，人去楼空。问了楼下的管理员，他说那间办公室已经退租很长时间了。这个公司目前肯定是不在营业状态。我也在门口拍了照片，也放在附件里了。

另外，我今天还根据公司信息里登记的这个法定代表人卢建设的住址，去看了一下。那个地方是香港的公屋，你可以理解为内地的廉租房，住在那里的人应该都是经济条件比较差的。不过我不能贸然去敲人家的门，而且也不知道这个人和你的案件到底有什么关系，贸然上门会不会打草惊蛇，所以只是在楼道里确认了一下，那家肯定是有人住的，而且从扔出来的垃圾数量来看，住的人应该不是他一个人，而是一家人。

我现在毕竟没有侦查权限，通过公开渠道只能查到这么多，希望对你有帮助。

乔小北很感激师姐的帮忙，甚至师姐还多做了她没有要求的工作，去确认了这个公司法定代表人的经济情况。她打开附件，看到了这个公司的详细信息。这个卢建设是什么人？和卢远志同一个姓，莫非他们有亲属关系？卢远志在香港开设这么一个注册资本区区一万港币的皮包公司，是要做什么呢？凶手又是怎么知道的呢？

17

乔小北拿着师姐发给自己的材料找到了王伟。虽然王伟有点诧异乔小北居然这么执着去查卢远志在香港做生意的情况，但是乔小北却说，警方发出的征集线索的公告现在依然有效，就把这个信息当成是群众提供的线索也没什么不可以。王伟看完材料，还是同意安排人去查一下那个卢建设和寰宇东州投资集团的情况，而这次调查的结果让所有人大跌眼镜。

经过询问卢远志的父亲，得知卢建设其实是卢远志父亲的堂弟，也就是卢远志的堂叔，多年前就移居香港。据卢远志的父亲说，这位堂弟去香港后也来过信，信中说他由于生病，丧失了部分劳动能力，只能去做些零工，生活也很艰难。

而有了卢建设的身份信息和寰宇东州投资集团的信息，刑警们也在区工商局和区投促局①查到，卢建设以港商身份，在东州和阅江分别注册了好几个公司。寰宇东州投资集团还在北岸区的招商会上，表示要在柠檬镇投资建厂。

这一下，案情发生了重大变化。既然卢建设在香港是个一家人挤在公屋里、自己又靠打零工为生的穷人，怎么可能有钱回内地投资建厂？而卢远志办公室里又留存了在香港注册公司的资料，莫非卢远志是个和卢建设合起伙来冒充港商的骗子？而从凶手知道卢远志在香港有生意这一点来看，卢远志的死，会不会与此有关呢？

18

二〇一四年四月到五月，王伟安排刑警们对卢远志以卢建设和寰宇东州投资集团的名义在阅江的投资情况，进行了详细的走访调查，终于有了重大进展。刑警们发现，前年寰宇东州投资集团在柠檬镇以投资建厂的名义，占了整整五十亩的土地，而且这些地原先都是农田和宅基地。由于近年来城镇化速度加快，加上乡镇交通条件的改善，有些农村的村民也到北岸县城买了房，搬到县城居住，原先村里的宅基地实际已经不再用于建房居住。同时由于很多年轻人到省会西州市或者其他大城市

---

①投促局是投资促进局的简称，是部分地方专门负责招商引资的政府部门。

打工，农田抛荒现象也比较严重。而这五十亩农田和宅基地并没有经过阅江市国土局和建设部门正规的征地拆迁程序，更没有经过阅江市国土部门的土地拍卖出让，寰宇东州投资集团在没有缴纳一分钱土地出让金的情况下，竟然从柠檬镇私自占据了五十亩的农田和宅基地，付出的代价仅仅是按照每亩地每年五百元的价格，向当地村民支付土地租金。寰宇东州投资集团与这原先享有这五十亩土地使用权的村民逐一签订了所谓土地租赁协议，租赁期长达二十年，也就是以租赁的名义把这些土地全都拿到了自己手中。随后寰宇东州投资集团也没有在当地投资建厂，实际上刑警们在当地看到的两家工厂。一家是小炼钢厂，生产的是质量极差、国家三令五申要求禁止使用的"地条钢"，而且这个炼钢厂也不是寰宇东州投资集团投资的，而是当地一个姓郑的村民开办的。另外一家是一个铁制品工厂，生产一些铁锅铁铲之类的生活用品，由当地另一个姓郑的村民经营。这都和寰宇东州投资集团没有关系。

　　寰宇东州投资集团将拿到的土地按照每亩二十万元的价格，又转手给了阅江市本地的一家房地产公司，这个公司则直接在这块地上盖起了没有土地使用权证的别墅，也就是所谓"农村小产权房"。由于临近长江，号称是"江景房"，居然卖得还不错。也就是说，寰宇东州投资集团付出二十年的租金，总共不过五十万元；而转卖出去的总价却高达一千万元！如此高的利润率，远比东州远志水运公司的利润高得多！

　　而寰宇东州投资集团如此做法，无论是柠檬镇政府，还是下属几个村的村委会，竟然都默许了。刑警们去走访的时候发现，几个村的村委会、村民不但不觉得这有任何问题，反而觉得能把闲置的土地租出去增加收入，是一件好事。而从开发小产权房的房地产公司调查得知，他们在当地开发小产权房时，一方面雇用当地村民干活，算是增加了当地村民就业；一方面还以管理费的名义，向当地几个村委会都支付了一定的费用，增加了他们的"集体收入"。

而在这个过程中，卢建设似乎只在一开始露了几面，之后就再没出现。自始至终，寰宇东州投资集团都是委托了一位当地的代理人，代表公司出面，完成了大部分的签订合同、租赁土地、和当地村镇沟通、联系当地房地产公司转让土地等事务。刑警们从房地产公司了解到了这位代理人的情况，当乔小北看到这个代理人的名字时，瞬间目瞪口呆。

那个代理人不是别人，正是此前乔小北办理的故意伤害案的被害人，李正刚！

19

李正刚被李维家打伤的案件，因为李维家是李正刚的亲哥哥，属于近亲属之间的轻伤害案件，李正刚又出具了谅解书，早在二〇一三年的七月底，乔小北就对李维家做出了不起诉决定。之后，她早就把这两兄弟忘到了脑后，万万没想到又一次见到了这个名字。

在二〇一四年五月二十六日的案情分析会上，众人都感到李正刚的确有嫌疑，他既是柠檬镇当地人，符合对当地江滩地理环境很了解的条件，同时也了解到卢远志在香港开设公司的情况，知道说卢远志去香港谈生意，他家里人不会起疑。不能排除他们之间因为生意发生了冲突，导致命案发生。

但是，根据此前从通信公司调取的二〇一三年四月八日之后到卢远志死亡的五月八日之间的通话记录来看，卢远志并没有和李正刚通过电话，至少与李正刚本人名下的手机号码没有通过电话。当然不能排除，那个卢远志死前一直联系的新号码，是李正刚新办的。

乔小北问法医张星星："当时对卢远志的亲属、朋友、生意伙伴进行DNA测试时，受验人是否包括李正刚？"

张星星仔细查看了名单，却摇摇头道："这里面没有李正刚啊！这里面从柠檬镇抽血的人只有一个叫李维家的，剩下都是姓郑的啊。"

"什么！"乔小北一把抢过张星星的笔记本电脑，发现李维家的名字赫然在列。

当时做DNA检测的有二百余人，乔小北虽然此前就因为故意伤害案而知道了李维家、李正刚兄弟俩，但是她毕竟不是侦查人员，并不直接对证人进行问话，只是在案情分析会上知道公安机关准备对卢远志的亲属、朋友以及已经查到的生意伙伴全面进行了DNA检测，却发现这些人的DNA都与卢远志胃里的小碎骨头渣的DNA不相符。而负责对卢远志家属、生意伙伴信息进行了解登记的刑警，却并不了解李维家此前的情况，当时也完全不知道卢远志、卢建设、寰宇东州投资集团以及李正刚之间的关系，只是从卢远志的水运公司员工那里了解公司生意伙伴时包括了李维家，并且把他作为卢远志众多生意伙伴中的普通一员，照例询问了一下基本情况、生意往来情况以及案发当天的行动轨迹，并没有特意把这个人单独提出来纳入针对性的侦查视线。乔小北根本也不知道李维家也在此次DNA检测之列。

乔小北脑子里突然有一个大胆的猜测，难道李正刚的手指被砸伤,并不是真的被李维家砸伤,而是……

乔小北立即侧过头问负责保管案件材料的钱刚,有没有当时对李维家进行询问的笔录材料。乔小北感到很奇怪,既然卢远志水运公司的员工都能说出李维家的名字,记得当初故意伤害案时李维家说过和李正刚是一起经营铁矿的,那么卢远志水运公司的员工怎么会只提李维家,却不提起李正刚,导致李正刚没有参加DNA检测呢?然而看到笔录那一刻,乔小北感到自己更加震惊了,因为李维家在二〇一三年十二月底和卢远志众多生意伙伴一样,作为证人接受警方问话,谈及自己家庭情况时,李维家说的是,自己家里只有父母、妻儿,本来有个弟弟,但在前几天刚刚去世了。

李正刚竟然已经死了?!

20

二〇一四年五月二十七日,刑警们来到柠檬镇派出所。柠檬镇派出所的所长郑江生热情地接待了众人,并提供了镇派出所的出警记录;郑所长又联系了柠檬镇中心卫生院的郑文涛院长调取了诊疗记录。柠檬镇派出所和镇中心卫生院在之前长航分局进行大范围DNA检测时,都曾配合过相关工作,因此也算是熟悉这件事。

他们的两份记录都显示李正刚的死因是意外事故。去年十二月初,李正刚晚上检查铁矿生产时,从通往铁矿井口的道路附近不慎摔下一个废弃的露天矿坑,过了很久才被下晚班的工人发现。人们打了一一〇和一二〇,五分钟后柠檬镇中心卫生院和镇派出所都派人赶到了现场,发现李正刚已经死亡。从铁矿大门口安装的监控记录来看，只能看到李正刚当时是一个人走进矿区的，并没有人和他一起。而且监控中可以看到李正刚当时抽着烟，整个人看起来并没有什么异常。根据当时派出所对矿坑附近的现场勘察笔录来看，矿坑上方地面提取到了一根烟头，但是由于发现李正刚死在矿坑底后，矿上的工人纷纷站在矿坑边向下张望，把地面踩得乱七八糟，现场脚印已经被完全破坏。在矿坑底李正刚的尸体旁边，发现李正刚的手机、钱包、钥匙等所有随身物品都还在，包括李正刚手上戴的那只价值三万多元的金表，腰上一万多元的黑色皮带，口袋里香烟盒中价值五千多元的高档打火机，这些全都还在。只是手机和手表都摔坏了。经过北岸区和市公安局两级法医检验，李正刚血液中没有任何有毒物质，身上虽然有多处骨折及外伤，但是都符合高坠伤特征，并没有外力击打的迹象，也没有任何用锐器刺伤的痕迹。警方最终认定李正刚是高坠致死，这件事最终按照意外结案。

而通过询问李正刚的父母得知，李正刚死后早已火化下葬，骨灰根本不能检测DNA，李正刚去世时随身穿的衣服、鞋子等也已经被家人在头七时烧掉了。过了这么久，想直接检测李正刚DNA的想法，已经完全无法实现。

二〇一四年五月三十日，刑警再次对李维家进行了重点询问。

问：你和卢远志怎么认识的？

答：这个我上次就说了，我们铁矿上出产的矿石，一直是由卢远志的东州远志水运公司负责运输，我和李正刚因此熟悉了卢远志。

问：你和你弟弟李正刚经营这个铁矿多久了？

答：五年多了。这个矿是我俩共同承包经营。

问：那么你认识卢远志有几年了？

答：差不多也是五年多，从我俩开始承包这个矿，矿石就一直是卢远志在运输。

问：那么五年多以前你是怎么认识卢远志，并且让他承接你们铁矿的矿石运输呢？

答：是前一任承包铁矿的人告诉我们的，说之前也是找卢远志运输的，我们就继续找他了。

问：你们铁矿的矿石都运到哪里？

答：主要就是沿江几个城市的钢铁公司。

问：卢远志除了给你们的铁矿运输矿石，是不是也给你们镇上其他人运输货物？

答：我们铁矿附近还有一家小炼钢厂和一家铁制品工厂。据我所知卢远志每次运输我们的矿石去沿江几个城市的钢铁厂后，也会从那里运来一些他们低价处理的废钢材，炼钢厂和铁制品工厂应该就是用的这种原料。

问：2013年5月7日到8日，你和你弟弟李正刚在哪儿？

答：上次你们也问过我那两天我在哪儿，我没有印象外出过，那就肯定是在矿上呗。

问：我们上次询问你的时候，你为什么不说出你弟弟给寰宇东州投资集团在闽江当代理人的事？

答：我弟弟都已经死了，我当时也根本没想到这个事情跟卢远志的死有什么关系。我只是按照你们问我的问题回答，当时也没人问我寰宇东州投资集团和卢建设的事情呀。

问：你是否见过卢建设？

答：见过一两次，我记得当时卢建设来投资，区里负责招商引资的工作人员请他在北岸大饭店吃饭，我和李正刚当时作为柠檬镇的民营企业家代表在场作陪。我记得那次区里投促局来了一个副局长，我们柠檬镇的徐卫国书记当时刚从市级机关下派到我们镇任职，他也到场了。另外我们镇的李远征镇长、郑斌副镇长也都在场作陪。那次饭局主要就是希望卢建设到我们镇多多投资，之后我就没怎么见过卢建设了。

问：那是什么时候的事？

答：他刚来投资考察时大概有三年多了，差不多是2011年吧。

问：关于寰宇东州投资集团，你了解多少？

答：他们不就是在我们镇租了块地盖房子吗？这事儿我们镇上很多人都知道啊。

问：租地盖房子是什么时候的事情？

答：前年吧好像，就是2012年。

问：你们镇上的人，是否知道寰宇东州投资集团、卢建设与卢远志之间的关系？

答：我不知道啊，卢建设和卢远志之间有什么关系？卢远志要是和卢建设这种香港大老板有啥关系，那干吗不去投奔他做点其他生意，却还要天天苦哈哈地在长江上开着那几艘小破船跑运输。

问：你和李正刚除了经营铁矿，还有什么别的生意吗？

答：没有。

问：那你的弟弟后来怎么成了寰宇东州投资集团在阅江的代理人了？

答：这个我真不清楚。我弟弟虽然还没结婚，但是他自己也在北岸县城里买了房子，他又不和我住一起。矿上的事情我俩是共同经营，但是出了矿山大门，他干什么我又不能24小时盯着他。我自己是结了婚、有了孩子的，而且平常父母也是和我住一起，父母都是我在照顾，哪里还顾得上去管他。他也三十多岁了，又不是小孩，我怎么可能天天管他。况且，最近这一两年我和我弟弟因为矿上经营的事情，想法不太一样，发生了几次冲突，所以他有些话也不太对我说了。

问：上次你砸伤你弟弟的手指是因为什么？

答：这个之前镇派出所和检察院给我做笔录的时候都问过我啊，就是我俩为了矿上经营的事情吵架。这个事情跟卢远志又没有任何关系！

问：经营上的事情，具体是什么？

答：就是他想扩大生产，自己做点钢铁冶炼的生意。但是我觉得他这个想法不太现实，就不同意。我觉得我俩在这五年里，把这个小铁矿的规模慢慢扩大到今天这样，已经很不容易了，不想中途去做别的。他就说我太保守太固执，说不行他就出去单干，吵着吵着就动起手来，他当时在办公室把烟灰缸都砸了。我当时也有点火气，随手抄起一个锤子朝他砸过去，结果那个铁锤正好砸到他小手指上，一下子就把他手指砸断了。

问：你什么时候知道卢远志死了？

答：当时长江上捞起来一具尸体，这个事很多人都知道了，我们也都知道有个浮尸案，但是当时不知道死者是卢远志。去年12月份你们警察把我们两百来人喊过去做

DNA，并且又让我们挨个登记信息，那个时候我才知道那个浮尸案死者是卢远志。

问：既然你和卢远志常有生意往来，那么从2013年5月卢远志死亡到12月我们找你去做DNA，半年多的时间你都联系不上他，你不觉得奇怪吗？

答：我们跟卢远志的生意已经做了五年多，跟他公司负责跑船的几个人都很熟悉了，要运输铁矿石的时候就直接联系那几艘船的船长，没什么大问题的话也不需要找卢远志。就5月份卢远志死前，我起码都有几个月没跟卢远志直接联系过了。

问：你是否去过华州市？

答：以前去过一两次，因为华州市也是一个有名的出产优质铁矿石的地方，当地的华州钢铁公司是我们的大客户。不过最近一两年都没去过了，跟华州那边的钢铁厂平常也就是电话联系，按照他们的订单数量给他们供应铁矿石。

问：你弟弟李正刚是怎么去世的？

答：我和我弟弟一般轮流在矿上监督生产情况。他去世那天晚上正好轮到他，所以那天下午五点多我就回家了，并不知道他怎么出事的。晚上十二点多矿上给我家里打电话，说我弟弟出了事，让我直接去镇中心卫生院，我去了才知道我弟弟摔进了矿坑，120到的时候他已经死了。

问：他摔下来的那条路是什么情况？

答：我们的铁矿在柠檬镇的山里，你们也知道，其实那边的山都很矮，基本每座山都只有一两百米高。我们的铁矿井口就在一座小山的半山腰上，我们的办公区则在井口附近的一块平地上，工人每次下井，需要从办公区的宿舍出来，走上五百米左右才能到井口。为了安全生产，我们在矿井附近是严禁吸烟的。但是我弟弟是个烟瘾很大的人，每次下井之前，他都会先吸几根烟再下去。我们现在的矿井入口附近，有一个很大的废弃矿坑，是以前露天采矿时留下的，有二十多米深，从上往下看，就像是一个抽干了水的大池塘。那天我弟弟应该也是想到矿坑边上抽根烟，按照镇派出所勘查现场以后跟我们说的，他是不小心滑了一跤，直接从矿坑边上摔了下去，毕竟有二十多米，人肯定是当场就摔死了。

问：你弟弟经常下井吗？

答：倒也不是经常。只是当时临近年底，安监局①的人都要来突击检查的，所以一般我和我弟弟都会提前下井去检查一下，确认没什么安全问题。

看完笔录，乔小北感到李维家的回答滴水不漏，似乎对每个问题都有准备，把自己与本案的关系撇得干干净净，至于李正刚与卢远志、卢建设之间的关系，李维家则是来了个一问三不知，把锅完全甩给了死去的李正刚，简直是死无对证。

但是李维家的陈述并没有打消刑警们的怀疑，王伟仍然认为李正刚的嫌疑无法排除，甚至李维家是否帮助了李正刚也值得怀疑。王伟特意安排刑警们调查了卢建设的出入境记录和在内地的出行记录，发现卢建设近几年来根本没来过内地，更没有来过阅江市。同时刑警们把区投促局招商会的视频拿给卢远志的父亲看，卢远志的父亲坚决否认那个所谓的"卢建设"是

---

①安全生产监督管理局的简称，负责监督检查企业的安全生产工作。

他的堂弟。卢远志的父亲表示，虽然他上一次见到卢建设已经是二十年前的事了，但是他依然可以确定视频中那个人绝对不是真正的卢建设。视频里的人看起来年龄与如今的卢建设相符，身高大致相同，也都是国字脸、单眼皮，但卢建设长了一对很大的招风耳，视频里的这个人耳朵却很小。而且卢建设从小就是个口吃，二十年前回老家时，卢建设已经四十多岁了，讲话依然有很严重的口吃，越是人多的场合越严重，怎么可能到了六十多岁反而突然好了呢？但是从这个小耳朵的"卢建设"在招商会的视频来看，此人侃侃而谈，没有口吃，绝对不是卢建设本人。

可以确定，卢远志只是去香港找到卢建设，借用了他的名义注册了一个皮包公司，然后不知道从哪里找了一个年龄、身材相仿的人冒充卢建设，以港商身份来到了阆江。而卢远志根本就没有出过面，这个假冒的卢建设总共也没露几面，之后就把所有的事情委托给了李正刚，李正刚则以寰宇东州投资集团代理人的名义，到处注册新公司，租赁、倒卖土地。

同时，刑警们又去查了寰宇东州投资集团的资金状况，发现寰宇东州投资集团倒卖土地挣到的一千万元，扣除五十万元成本，全都到了以寰宇东州名义在内地注册的各个公司，然后陆陆续续又被分散到了很多个账户。但实际上，那些以寰宇东州名义在内地注册的公司，虽然寰宇东州是名义上的控股股东，但是法定代表人却都是李正刚，这些公司几乎无一例外是空壳公司。这些公司的资金转入转出，自然也都是李正刚经手的，因为银行的相关法人印鉴章备案和公司账户U盾的领取单据上，留下的都是李正刚的名字。毫无疑问，李正刚才是实际控制这些公司的人，也只有他才最清楚卢远志、卢建设之间的关系。所以，李正刚依然是最有可能用卢远志的手机发出"我要去香港谈生意"的那条短信的人。

王伟原本想找柠檬镇派出所索要当初李正刚死亡现场的烟头，试图用烟头上留下的DNA进行比对。但是问了阅江市公安局北岸分局的刑事技术大队后才发现，当时柠檬镇派出所已经把烟头送到分局刑事技术大队进行了化验，但是烟头上竟然没有留下口水，甚至没有被咬过的痕迹。而现场虽然发现了李正刚的手机和钱包，但是当时手机已经彻底摔坏了。而至今距离李正刚死亡已经超过了半年，他的手机、钱包、手表都已经被他的家人拿回家里，经过了多人之手，再加上已经放了半年多，所以也没能提取到李正刚的DNA，手机通信记录也完全无法调取。

警方最后还是按照法医张星星的建议，对李正刚父亲李强的DNA和卢远志胃里的小碎骨头渣之间进行了亲子鉴定。于是五月三十一日，法医在柠檬镇卫生院对李强和李维家再次采血。不出所料，六月六日，鉴定结果出来了，DNA样本对比成功，卢远志胃里的小碎骨头渣属于李正刚。

有了这个鉴定结果，有的刑警提出，本案实际已经可以结案，因为基本可以确定犯罪嫌疑人已经死亡。但是王伟却提出，虽然从DNA检测结果来看，李正刚确实是杀害卢远志的头号嫌疑人，但是依然有一些疑点没有查明。

王伟走到会议室的白板前，又拿起记号笔开始在白板上列举案件疑点。

1.从现在还能看到的照片上看，李正刚身材矮小，只有一米七不到，而死者卢远志却身材高大，足有一米七八；李正刚虽然经营铁矿，但基本不用自己亲自下井干活，本人看起来比较瘦弱，但卢远志早年却是在长江上当船员出身，风吹日晒干体力活，身体强壮。李正刚真的能一个人完成杀人抛尸吗？本案是否存在共犯？

2.虽然现在认定李正刚是意外死亡，但是李正刚作为一个常年在铁矿上工作的人，对铁矿的环境应该非常了解，在废弃矿坑边上抽烟应该也不是第一次，事发当天既没有下雨也没有下雪，不存在地面湿滑的问题，李正刚怎么会突然摔下矿坑？这个意外是不是太巧合了？

3.李正刚如果真的是吸烟时不慎摔下去，为什么会留下一根没有咬过、没有口水的烟头呢？如果不是在吸烟，李正刚为什么要点一根烟却不吸呢？

钱刚大声说道："这还用说，那个李维家一定是帮凶啊，李正刚比卢远志矮了大半个头，还杀人抛尸？两兄弟一起干的还差不多。"

张星星也接着说道："那个李维家，之前居然说李正刚的伤是他自己砸的，如果真是他砸的，怎么会有小碎骨头渣进入卢远志的胃里呢。恐怕是李正刚想杀卢远志的时候，卢远志把李正刚的手指给砸了吧，然后又上去咬住了李正刚的伤口，所以才有小碎骨头渣进入卢远志胃里了。现在就算不能按照杀人共犯对李维家立案，他起码也涉嫌包庇罪。"

王伟决定立即带人去李维家的家里，先把他抓捕回来问话。

乔小北也赞同先把李维家控制起来，哪怕先按照包庇罪或者伪证罪立案也行。刑警们刚要出发，乔小北的手机响了起来，是科长陈薇打来的。

"小乔,你在哪儿?"

"陈科,我在长航分局,不过现在正准备回院里。"

"你不用回院里了,立即去北岸区公安分局,他们前天也立案了一起故意杀人案,也请我们派人提前介入了,就还是你去吧。"

乔小北和众刑警打了招呼,赶往北岸区公安分局。然而看到这起案件的被害人时,乔小北当时就惊讶得从椅子上跳了起来。

死者不是别人,正是李维家!

21

乔小北到了北岸区公安分局刑警大队,刑警大队重案中队队长吴飞向乔小北详细介绍了李维家被杀一案。

二〇一四年六月四日上午十点三十分左右,北岸分局接到报警,在柠檬镇一条偏僻的乡村公路上,发现一辆汽车停在路边,车窗玻璃摇了下来,可以看到驾驶座上趴着一个人,满头是血。警方出警后,发现驾驶座上的人已经死亡。经查看身份证件及家属辨认,确认死者正是在柠檬镇经营铁矿生意的李维家。经法医解剖发现,李维家是头部中枪身亡,而且中的不是一般子弹,是钢珠子弹。子弹从太阳穴射入,李维家当场死亡,且死亡已经超过了一个小时,也就是说,李维家应该是在九点三十分左右遭到枪击身亡的。在李维家的车里还找到了他的钱包,但是手机却不见了。

案发地点位于一条狭窄的村级公路上,这条路平常走的人不多,只是每隔三十分钟会有一趟乡村公交经过,可以通往李维家经营的铁矿，从李维家的铁矿外出，除了自己开车或者骑车之外，只有这一趟乡村公交。案发地点距离铁矿只有两公里，加上时间是早上，凶手很可能是趁着李维家开车去铁矿上班的路上，枪击了他。虽然有乡村公交经过，但是这条路没有道路监控，距离案发地点最近的一处监控在一公里之外，也就是在距离铁矿三公里的一家乡村采摘园的门口，采摘园的经营者安装了一个监控。

北岸分局刑警大队的刑警们立即找采摘园的经营者拷贝了所有监控。由于只是很一般的民用监控，其拍摄的范围很小，也只能回看三天的，刑警们拷贝回来的，只有六月一日到四日期间的。十几名刑警分别看了这些监控，终于发现了可疑人员。

从六月一日到四日，监控每天都能拍到李维家的车经过，向铁矿方向开去，案发那天也不例外。然而，六月一日到三日，每天早上，都能看到有个戴着口罩和帽子，大夏天却把自己裹得严严实实的人，从铁矿方向骑着公共自行车而来，车筐里还有一个黑色的塑料袋，看不清里面装着什么。这个骑车人一直四处查看，然后再离开。刑警们十分怀疑，这个骑车的人就是凶手，连续几天在这条路上来回徘徊，很有可能是在踩点、寻找作案时机。而六月三日上午的视频中，这个骑车人不慎摔了一跤，塑料袋里的东西摔了出来，赫然是一把枪！骑车人赶忙下来捡，并且露出了正脸。技术人员将这张正脸图片进行清晰化处理后，在人口信息系统中迅速匹配到了这个人，此人叫许遂古，有过犯罪前科。

乔小北一看到正脸就知道了这个人是许遂古，马上对吴飞说："这个人我认识，他叫许遂古，是李维家矿上的工人。去年他犯了非法捕捞水产品罪，案子正好是我办的，他被判拘役三个月,缓刑五个月,所以他没有实际进监狱。"许遂古的案子是乔小北调到公诉科后办的第一个案子,她印象极其深刻。

"对,就是这个人。"吴飞点头,"我们昨天晚上就把他从铁矿带到了局里。在许遂古的宿舍里,我们搜出了电击棒,还有一把改装过的手枪。技术部门已经查了,手枪、电击棒上都只有许遂古一个人的指纹,但是他到现在还坚持不认罪。所以我们请你们公诉过来,就取证看看有什么意见。"

乔小北看了许遂古的笔录,发现许遂古虽然承认了枪是自己的,但提到杀人,他大呼冤枉,说自己虽然跟踪了李维家,是有杀他的想法,但是最终并没有下手。至于为什么有杀李维家的想法,是因为自己本来就在到处打工找儿子,很需要钱,宁可冒着危险做矿工也就是想多挣一点钱。可李维家对工人过于苛刻,张口就骂,自己不过是犯了点小错,就被李维家克扣了半个月的工资。自己去找他理论,他居然骂自己笨,难怪没了老婆跑了儿子,一下子刺激到了自己内心最大的伤疤。自己反正已经孤身一人,早就觉得活着没意思,决定干脆杀了李维家再自首。自己曾经学过钳工和电工,于是利用矿上的工具,自制了电击棒,至于那把手枪,是以前在外地打工时为了防身买的钢珠枪。由于自己以前打工时做过钳工,在铁矿工作期间发现附近有一家生产铁制品的小工厂,总共只有六七个工人,自己很快就和他们熟悉了,之前曾帮那个小工厂厂主修好了出故障的车床。于是在五月三十日下午,自己趁着第二天就是端午节假期,那个小工厂的工人都要休息,就编了个理由说要帮工友配宿舍钥匙,要借用车床、锉刀等工具,小工厂厂主将车间钥匙留给了自己,自己趁机一个人在车间里将钢珠枪进行了改装,提高了杀伤力。自己连续跟踪了李维家几天,就是想找到一个合适的时机杀了他。但是没想到自己还没下手,李维家就被其他人杀了。六月四日案发当日,他早上七点才下夜班,困得要命就回宿舍睡觉了,根本没有去过案发现场。

乔小北赶忙问:"怎么样,弹道鉴定结果出来了吗?"

"还没有,弹道鉴定要在市局做,我们已经送去了,结果还没出来。不过昨晚许遂古到案后说了借用小工厂工具的事情后,今天上午我们已经派人问了许遂古说的附近小工厂的那个老板,他证实五月三十日下午快下班的时候,许遂古来找他,说要借用车床等工具,理由是要帮几个工友配宿舍钥匙。因为五月三十一日到六月二日是端午节假期,当时他给工人们都放了假,自己也准备回家过节,没多想就把车间钥匙留给了许遂古,因为之前许遂古曾经帮他免费修过机器,所以他就当是还许遂古一个人情。六月三日,许遂古就把钥匙还回来了。"

乔小北不禁感到疑惑:"为什么端午节期间,李维家却天天去矿上?"

"这个问题我们也问了矿上的工人,他们说矿上除了春节,其他时间即使有假期,也只有财务之类的行政人员放假,工人们是不放假的,还是轮流下井。李维家自己也是会去矿上的。"

"许遂古的宿舍里还搜到了什么吗?"

吴飞指着办公桌上的一堆东西:"都在这里了。他的钱包我们看了,里面有他和前妻、儿子的照片,应该是很多年前照的;还有一些钱,我数了一下是四百二十元,还有许遂古的身份证、银行卡、公交卡。他的手机我们也看了,他的通讯录和微信里的朋友都很少,有几个是他以前的老同事,还有几个好像是他的亲戚,但是似乎没什么聊天记录,他好像很少用微信聊天。他的抽屉里除了我们找到的钢珠枪和电击棒,还有洗澡票，应该是许遂古在矿上洗澡用的，我数了下洗澡票是二十五张，我们是五号晚上八点左右把许遂古带走的，算下来也没错，从六月一日到五日，许遂古用了五张洗澡票。另外就是一些衣服、杯子、毛巾之类的生活用品。其他就没有了。"

乔小北十分诧异地说："许遂古居然敢把枪放在抽屉里？他宿舍还有别人住吧，就不怕万一别人发现拿走了，或者报警了？"

吴飞拿出一个字母密码锁："他当然知道这不能被别人发现了。他买了一把五位的英文字母密码锁，我们昨天把他带来时就问他了，可他说这五位的字母密码每位都有十二个字母可选择，五位组合起来起码有二十四万多种可能，他根本不担心室友会打开，除非暴力破坏。"

"监控视频你们看了吗？许遂古的室友能不能证明他的说法？"

"铁矿大门口的监控录像显示，六月一日到三日，许遂古确实出门了，穿的衣服也和农家乐门口监控中的骑车人一致。但是六月四日早上，并没有看到许遂古出门。至于许遂古的室友，他们一个宿舍住六个人，有四个跟许遂古的排班都不一致，就属于许遂古上白班的时候他们上夜班，许遂古上夜班的时候他们上白班。只有一个叫杨浩的室友跟许遂古排班相同，杨浩证实六月一日到二日，两人都是上白班，早上是八点上班，下午四点下班。这两天早上，许遂古都是在六点左右就出门了，快七点才回来，问他只说出去有事。这两天下了班之后，许遂古都是正常地和其他工人一起吃饭、洗澡，但之后他都出去了，说是去附近工厂兼职，一直到晚上才回来。三日那天起，他和许遂古就换成了夜班，也就是从当天晚上十二点上到第二天早上八点才下班。三号那天许遂古早上也出去了,回来之后就待在宿舍没再出去。因为晚上要上一整夜的夜班,所以两人中午吃过饭后在宿舍休息,直到去食堂吃晚饭。吃完晚饭接着回宿舍休息,到了晚上十一点多才起床,接着就下井了。四号早上八点下了班,两人和工友一起洗澡、吃早饭后,回到宿舍已经差不多八点半了,同宿舍其他工友都已经去下井工作了,两人就都在宿舍补觉。但是杨浩说自己睡觉一向特别沉,那天又是上了一整夜的夜班,困得要命,躺下就睡着了,并不能确认许遂古没出去,他只能证实下午睡醒后,看到许遂古也在屋里睡觉。之后他和许遂古一起去吃了晚饭。五号也是夜班,早上也是八点下班,大家也是一起洗澡、吃早饭,饭后回去补觉。当天晚上还没到下井时间,许遂古就被我们带走了。"

"他们的班是怎么排的?"

"据杨浩说,他们的排班分为三组,上午班从早上八点到下午四点,下午班从下午四点到晚上十二点,夜班从晚上十二点到次日八点。每七天轮换一次。"

"那许遂古说的李维家骂他的事情,杨浩能证明吗?"

"杨浩说他不知道,"吴飞摇了摇头,"不过从杨浩他们的说法来看,李维家确实对工人不怎么样。矿工们说,虽然矿上的收入要比在工厂里打工高一些,但是李维家在各种细节处抠门得很。矿上的食堂名义上是免费,在食堂吃的时候伙食还行,可他们工人在井下作业长达八个小时,体力消耗大,除了下井前会在食堂吃饭之外,中途需要在井下吃一顿饭。但李维家派人送到井下的饭就是馒头榨菜,连鸡蛋都不舍得给。还有矿工们因为井下作业,所以每天都得洗澡,李维家给他们按照每个月天数发洗澡票,居然按照每张票两块钱从工资里扣!所以李维家的矿井上,大部分工人都是从非常偏远的地方来打工的,柠檬镇本地的居民都不愿意去那里工作。"

乔小北点了点头:"如果你们的弹道鉴定能确认符合,那我建议你们查证一下许遂古四号早上躲开监控出去的方式。翻围墙,还是躲在运矿石的货车上?铁矿的围墙不高,翻墙出去应该也不难。我也建议你们做一下许遂古的衣服的硝烟反应测试和血迹检测。还有建议你们查证一下他作案骑的那辆自行车的去向。另外,许遂古所说的和李维家发生冲突的过程,也最好找矿上其他人核实一下。"

吴飞记下了乔小北的建议,让乔小北回去等他的好消息。

22

几天后,乔小北接到了吴飞的电话,说许遂古的嫌疑恐怕只能排除。

第一,阅江市公安局技术部门的弹道鉴定结果出来了,在许遂古那里搜查出的那把枪虽然经过改造后杀伤力增强,但其弹道鉴定与死者李维家头部所提取的钢珠无法吻合,死者头部的钢珠直径更大,根本就放不进许遂古的那把枪里。至于那根电击棒,电流很小,完全电不死人,甚至不会在人身上留下电流斑或者水疱,顶多只能让人在短暂的几秒钟内感觉身体轻微地麻了一下。电击棒上提取到了肉眼几乎不可见的微量黑色皮质物,技术人员一开始怀疑是李维家车上的皮质座椅,但经过对比,与李维家的皮车座也无法吻合。

第二,技术人员对许遂古宿舍里找到的所有衣服都进行了硝烟反应测试,却一无所获。同时,对许遂古的宿舍和衣物也进行了鲁米诺试剂检测，也没有测出血迹反应。

第三，视频中许遂古骑的公共自行车是北岸区市政部门投放的，专门投放在公交站点附近，任何人凭阅江市公交卡就可以刷卡开锁骑走，并在公交站点刷卡归还。这种公交卡不是实名制的，完全查不出任何个人信息。案发的乡村公路沿线每个村庄的公交站都可以看到这种公共自行车，现在完全不知道这辆车还到了哪个站点，也有可能根本没还，是扔到了某个地方。

刑警们认为，如果六月四日那个凶手另有其人，那这个人很可能是故意模仿许遂古，他知道许遂古有一把钢珠枪，于是也用一把钢珠枪杀了李维家。这个人很可能来自铁矿内部，因为许遂古孤身一人在阅江，除了铁矿上的同事，他不认识阅江市的任何人。吴飞带着队员们干脆住到了铁矿的宿舍，把矿上的人上上下下查了个遍，但是四日早上八点半之前在矿区的只有上夜班的工人，这些工人都能互相做证没有出去过。

最重要的是，刑警们没有找到那把作案的枪。案发的铁矿地处偏僻，工人们要么把垃圾扔进废弃矿坑，要么就扔在办公区的垃圾桶，每两天才会由垃圾车来运一次垃圾。案发时间是六月四日上午九点三十分左右，早晨六点，垃圾车刚刚来运过一次垃圾，下一次运垃圾的时间应该是六月六日早上六点。可是六月五日晚上许遂古就被刑警们带走了，宿舍、办公室、食堂、澡堂全都被搜查了，刑警们还忍住恶臭翻开了垃圾桶，却并没有找到枪。刑警们甚至派人下到了那个露天矿坑底部去查看，却只看到一大堆的垃圾，完全没有枪或者枪配件之类的东西。

刑警们还对近期与李维家有联系的亲属、朋友以及矿上工人全都进行了排查，却发现这些人要么没有作案时间，要么有明确的不在场证明，或者根本找不到作案动机，嫌疑也一个个被排除。

不过，长航分局刑警队那边倒是向乔小北通报了一个新的消息。在此前通过DNA亲子鉴定认定李正刚是杀害卢远志的凶手后，长航分局的刑警们再次去了华州市，请当地警方协助在医院、诊所当中查找有没有李正刚去年五月七日到八日期间的就诊记录。王伟和张星星反复讨论后认为，李正刚如果真的是在企图杀害卢远志时，遭到卢远志的激烈反抗而被砸断了手指，就算他是回到阅江后报了假案，他就那样鲜血淋漓地忍着痛一路回到阅江吗？要知道在打捞出的卢远志那辆车上，并没有检测出血迹反应。李正刚一个手指都被砸掉了，怎么可能车里没有一点血迹反应？唯一的可能就是李正刚在华州当地做了一定的外伤处理，再回到阅江报假案。

果然，经过长时间的排查，警方终于在华州钢铁公司附近的一个小镇上，找到了给李正刚做过治疗的小诊所。虽然这小诊所只有一个大夫和两个护士，不像大医院那样有健全的网络系统，但是由于平常来看病的都是熟悉的本镇居民，而面对两个外地人，其中一个还明显受了外伤，小诊所唯一一个大夫对这件事依然有印象，并且记得当时要求这两个外地人登记了身份信息。在小诊所的就诊病人登记簿上，刑警们找到了二〇一三年五月八日的记录，填写的病人姓名居然是卢远志，留下的也是卢远志的身份证号码和家庭住址。刑警们将这行字和从铁矿找到的李维家、李正刚生前的笔迹，送给文检专家进行鉴定，最终确定与李维家的笔迹完全一致。

毫无疑问，李正刚和李维家在五月七日晚到五月八日凌晨时共同杀害了卢远志。当初李正刚和李维家杀人之后，两人拿着卢远志的身份证到附近小诊所给李正刚做了简单的止血包扎，在登记身份信息时，用拿来的卢远志的身份证进行了登记。之后两人开车回到阅江。五月八日白天，李正刚和李维家回到了铁矿，两人在办公室里拆掉李正刚手上的纱布，并忍痛把血迹开始凝固的伤口再次撕开，将血滴在铁锤上，伪装成吵架时李维家砸了李正刚，再去大医院就诊，并报了假案。这也解释了为什么市区大医院的医生说砸断的指头坏死得太厉害无法接上，其实是因为指头被砸断的时间早就达到了十几个小时。当天下午李维家在公安局做完笔录并取保候审后，两人又在五月九日凌晨，趁着夜深人静，开车到那处偏僻江滩，利用倾斜地形，在车不熄火的情况下，将车推进了长江。

23

乔小北感到前所未有的沮丧，自己从卢远志被杀一案开始，简直是柯南附体，跟案件相关的人一个接一个地死了，并且一个接一个地找不到证明凶手的证据。

七月，李维家被杀案的调查工作陷入了僵局，有嫌疑的人一个个被排除，许遂古的嫌疑由于弹道检测完全不符，作案枪支始终找不到，加上他本人也不认罪，所以根本没有直接证据能指认他杀人。北岸分局刑警队虽然以涉嫌故意杀人罪将许遂古拘留，但是向检察院侦监科提请逮捕时，罪名却改成了非法持有枪支罪。因为即使许遂古没杀人，他非法持有具有杀伤力的枪支却是证据确凿。

乔小北手头新分到的案件也是一件比一件离谱。比如一个小偷，天天在北岸区城区内偷水果店里的橘子苹果，而且屡屡得手，终于在最后一次偷西瓜的时候被水果店老板当场抓获。乔小北觉得这小偷简直是太可笑了，偷橘子苹果也就算了，偷西瓜？那么大的西瓜被拿走了，水果店老板怎么会看不到！结果后来一问他的动机，才发现他居然是个上了法院限制高消费黑名单的"老赖"，因为债权人和法院轮番找他，他竟然产生了要躲进看守所的想法，最后因为多次盗窃，终于得偿所愿。另一个小偷就更逗了，居然趁夜晚用挖掘机把一条新修好的水泥路上的路面全部铲走，然后卖给了石料厂。但是整整一晚上，路过的车和人竟然没有一个怀疑他，因为所有人都以为他就是修路的工人！如果不是亲手经办这样的案件，乔小北真是觉得"小说都不敢这么写"。

七月三十一日一大早，乔小北刚走进检察院大门就接到了吴飞的电话："李维家的案子有新情况！"

乔小北瞬间激动了起来："你们找到新嫌疑人了？"

吴飞急促地说："没有新嫌疑人，是又发现了一具新尸体！"

到了北岸分局刑警大队，乔小北才发现这一次新发现的准确来说已经不能算一具尸体，只能算一具遗骸，因为只剩下了白骨。

李维家、李正刚兄弟都死了，因此铁矿改由一个姓郑的当地人承包了。七月中旬，这个郑老板一到铁矿，就提出矿区办公区太过狭窄，道路状况也不好，来运矿石的货车都不好停车，立马雇了挖掘机在办公楼后方的半山腰上开挖，准备再平整出一块场地来。谁知道挖着挖着，竟然挖出了一具白骨！挖掘机司机吓得差点儿从驾驶室掉出来，赶紧报了警。

负责出现场的北岸分局法医是冯明亮，乔小北和他很熟悉，因为大部分北岸分局移送北岸检察院的刑事案件里，需要出具法医鉴定意见时,都能在鉴定意见上看到这位冯明亮法医的名字。在卢远志的案件里,长航分局对两百多名怀疑对象进行DNA检测时,他也曾来协助过。冯明亮介绍了尸检情况:"死者是男性,死亡时间应该已经达到了三年左右,死亡时年龄只有十八九岁。死因是钝器击打头部,因为死者的头骨有明显的破裂骨折现象,并且检出了微量的金属残留。DNA库里没有这个人的资料,死者肯定是没有犯罪前科的。"

乔小北感到很是诧异,三年前李维家、李正刚兄弟已经接手了这个铁矿。可一起凶杀案,他们竟然没报警?如果是外人偷偷把尸体埋在后山,这人怎么可能带着尸体进入铁矿并且挖坑埋葬,这动静也太大了吧。

乔小北问:"现在矿上的工人,有几个是三年前就在这里工作的?"

负责询问工人的刑警叹了口气说道:"今天就问过他们矿上的工人了。现在这个矿上大概有四十几个矿工,但是没有一个是三年前在这里工作的。许遂古在这家铁矿工作了一年半,已经算干得长的了。这种小矿,人员流动非常大,工人基本都是干很短一段时间就走了。李氏兄弟又都已经死了,我们可能需要想办法找三年前在这里工作的人。"

乔小北提出了自己的建议:"要不,问问矿上的财务人员?这种私人承包的小矿,矿工流动或许很快,但是财务一般都是老板的亲信。"

吴飞点头说道:"我们已经派人去问现在的财务了,看看是否能找到以前的财务。据我推测,这个死者有可能是来铁矿打工的,毕竟十八九岁,出来打工也是正常的。我们准备联系省厅技术部门,给死者做一个模拟画像,看看能不能在失踪人口中找到信息。"

24

铁矿白骨案的进展很快,刑警们经过调查发现,三年前这个铁矿还只是一座只有十几个人的小矿,财务就是李维家的老婆谢小娟。然而谢小娟的讯问笔录让所有人大跌眼镜,因为谢小娟表示三年前根本没有什么凶杀案,只有一起被瞒报的矿难。

谢小娟详细说了三年前的事情经过。

五年多前,李维家和李正刚从前任另一个姓郑的老板手里接手这座铁矿,当时矿上人很少,只有十几个。外面来打工的矿工审核也很松散,连身份证都不用看,只要来了就干,发工资也全都是现金。不想干了只要说一声,当天就可以结算工资走人。二〇一〇年底快到春节时,有三四个外地人一起来铁矿打工,其中有一个十八九岁的小伙子,看起来精神有点轻微的问题,但也不是完全不正常,让他干活他还是能听懂的。可谁知他们来后只过了一个多星期,在一次凌晨下井维修巷道时,那个小伙子被矿石砸到头上,当场死亡。李维家、李正刚兄弟俩当时不敢声张,因为如果向主管部门报告,这个铁矿两人就别想再经营了。过了两天那个死者的家属来了,李维家兄弟同死者家属商量后,同意以五十万元私了。五十万元现金给了死者家属后,李维家兄弟俩也不敢把死者送到殡仪馆火化,因为根本没有医院的死亡证明,所以他俩就用棉被把尸体包起来,埋在了后山。这三年里也没有任何人再找过他们。没想到今年,白骨又被挖掘机挖了出来。

谢小娟的说法,明显和法医的尸检结论对不上。冯明亮坚持认为，从尸体头骨破裂痕迹来看，死者是被外力用金属重物多次击打头部致死，绝不是被矿石偶然坠落一次性砸死的。但是谢小娟坚持表示这绝对是意外，说无论自己还是李维家兄弟俩，以及当时矿上的员工，绝对没有杀过人。死者就是在巷道里被坠落的矿石砸死的。谢小娟还从家里找出了三年前签订的《赔偿协议》和《收条》；警方也从银行调取到了三年前谢小娟一次性取款五十万元的取款凭据。从《赔偿协议》上来看，死者叫李亮，签协议的人叫李清，身份是死者的哥哥，还留下了李清的身份证复印件。

吴飞立即安排队员查了这个身份证，然而，在人口信息系统中发现，真正的李清和李亮都早在二〇〇七年就死亡了！这个李清一定是假的！至于那个李亮，也肯定不是真正的李亮！

对这一点，谢小娟也说，自己当年也怀疑过那个死者李亮和所谓的哥哥李清是假的，因为那个死者李亮有明显的东州口音，可身份证上的李亮根本不是东州人。但是毕竟人在井下死了，不想把事情闹大就只能私了。

乔小北一得知这个结果，一种可怕的感觉立即涌上心头。如果自己的猜测没错，那么被害人就绝对不止一个。

八月十七日，许遂古非法持有枪支案移送北岸区检察院审查起诉，再次由乔小北负责承办。拿到许遂古的卷宗，乔小北一边看一边心不在焉地瞎想，那个六月四日抢在许遂古之前动手的人到底是谁呢？

可是，如果这个人真的不存在呢？！

福尔摩斯说过，排除所有的不可能，剩下那个哪怕再不可能，也一定是真相。

但是这个真相，还需要证据。

物质交换定律告诉人们,只要发生过接触,一定会留下痕迹。所以,这个世界,不存在完美犯罪。

乔小北没有去提审许遂古,而是在看完卷宗后,给王伟打了电话,希望王伟能同意长航分局刑警队予以协助。王伟表示卢远志被杀一案正准备结案,毕竟第一嫌疑人李正刚和可能的共犯李维家都已经死了。乔小北却劝说王伟不要急着结案:"难道你不想完整查明这件事的真相吗?李正刚兄弟为什么要杀卢远志?李正刚为什么会那么巧在大规模DNA测试前死亡?李维家又为什么会在长航分局抓捕他前两天被杀?"王伟一听,忙说:"莫非你知道了?"乔小北说虽然现在还不确定,但是等这一轮补充侦查的情况反馈回来,或许会有惊喜。王伟虽然半信半疑,但是还是抑制不住想查清整个案件的渴望,最终还是同意配合北岸分局的调查。

乔小北在补充侦查提纲上一口气列举了一大堆内容。

1. 补充调取许遂古2001年被判刑的判决书和当时的案件卷宗。

2. 对许遂古的手机做电子数据恢复。

3. 对许遂古住处搜查到的电击棒和李正刚死时所系黑色皮带进行微量物质比对。

4. 请求长航分局协助再次派员去华州市调查华州钢铁公司与李家兄弟的铁矿之间的往来。

5. 找许遂古的前妻了解许遂古的情况。

6. 与长航分局共同派员去东州,调查卢远志的哥哥卢平安与许遂古之间的关系。

7. 对死者李维家头部的钢珠进行微量物质检验,并与许遂古所使用的加工枪弹的车床刀片进行对比。

8.把铁矿白骨的DNA与许遂古进行亲子鉴定。

吴飞收到补充侦查提纲,问乔小北怎么要补充这么多,乔小北却坚持道:"今天才八月十七日,按《刑事诉讼法》规定一个月审查起诉期间,我还可以延长半个月。在此期间你可以补充调查材料,一个半月后我会正式退查①,你还有一个月的补充侦查时间,加起来一共两个半月,应该够你补充这些证据了。"

吴飞看着补充侦查提纲道:"你是不是仍然怀疑许遂古?你要补充的这些内容,似乎都在指向许遂古杀人。而且这第八条,你是怀疑死者是许遂古的儿子?"

乔小北只说请刑警队按照自己的补充侦查提纲上的内容进行补充,只要此次补充到位,或许能把卢远志、李正刚、李维家以及铁矿白骨的死因全都查明。吴飞一听这话感到又惊又喜,马上同意了。

25

两个半月之后,案件补充侦查完毕,再次移送北岸区检察院审查起诉。所有补充侦查的结果都与乔小北之前的预计丝毫不差。吴飞、王伟一起要求举行联席案情分析会,并考虑请北

---

①刑事诉讼法规定,检察机关在审查起诉过程中,一般的审查起诉期限为一个月,到期可以延长半个月。如果认为公安机关移送的案件证据不足,可以退回补充侦查,每次退查的时间为一个月,总共可以退回两次。公安机关补充侦查完毕重新移送审查起诉后,检察院重新计算一个月审查起诉期限,到期后仍然可以再次延长半个月。因此审查起诉期限最长可以达到两次退查、三次延长,简称"两退三延",可以达到六个半月。

岸区检察院反贪局、反渎局①介入。乔小北向陈薇和分管公诉的副检察长汇报后,决定还是等先对许遂古做完讯问再举行联席会议。

十一月三日,乔小北带着孟倩倩去看守所提审许遂古。相比去年,许遂古头发竟然全都白了,看起来老了快十岁,但是似乎不再有之前那种垂头丧气、畏畏缩缩的样子了。

问:你的自然情况?

答:许遂古,男,今年48岁,矿工,初中文化,东州市人,1966年3月12日出生,现暂住北岸区柠檬镇,身份证号码xxx。

问:有没有前科劣迹?

答:有,2001年因为盗窃罪被判有期徒刑十年。去年因为非法捕捞水产品,被判处拘役三个月,缓刑五个月。

问:你的家庭情况?

答:我父母都已经过世,我没有兄弟姐妹。2001年我就跟老婆离婚了。有一个儿子许涛,1992年出生,我老婆离婚的时候跟着走了。

问:你的基本履历?

答:自幼读书,初中毕业后到处打工,2001年判刑,2009年刑满释放后,继续打工。2013年来到闽江,在现在的矿上做矿工。

乔小北停止了讯问,她发现许遂古又和上次一样,讲的和

---

①反渎职侵权局的简称,也是检察机关原先设立的部门之一,负责侦查国家机关工作人员的渎职犯罪。监察体制改革之后,也和反贪局一起转隶到监察委。

在公安机关讯问笔录中一模一样，甚至和自己一年前给他做的笔录一模一样，许遂古简直像背书一样，把之前说过的话又说一遍。

问：你是哪年开始工作的？

答：1987年。啊，不是，1981年。

问：去年你非法捕捞水产品的判决书中，公安机关只是从人口管理系统中打印了你的户籍资料和刑满释放证明。但是这一次的卷宗中，公安机关调取了你2001年在东州市被判刑的判决书，你看一下？

答：对，这就是我2001年因为盗窃被判刑的判决书。

问：为什么2001年的判决书中记载你是大专文化？

答：啊，这个，当时的判决书写错了。

问：从当年的判决书来看，你当时在东州市供电公司当维修工程师？

答：嗨，我算什么工程师，我当时就是个维修工。

问：供电公司的工作应该收入很高，为什么你还要盗窃？

答：那个年代收入其实也不像现在这么高，而且那时我因为炒股亏得几乎倾家荡产，偏偏儿子又突然生了一场大病，去治病花了很多钱，我当时很缺钱。就在去一家企业维修电路的时候，赶上这家企业那几天正要发工资，当时很多工人领工资还是现金，我就趁机偷了这家企业的钱。

问：你以前在供电公司应该做的是电工专业，从哪里学的钳工？

答：啊？哦，就是我2009年出狱之后，到一个机械厂打工的时候学的。

问：看来你学习能力很强啊！

答：就是熟能生巧嘛。

问：你这次所持的枪是怎么来的？

答：以前在外地为了防身买的钢珠枪，但是我改装过了。

问：你用什么东西改装的？

答：我们铁矿附近有一家小型的炼钢作坊和一家专门生产锅碗瓢盆的小工厂，我到铁矿工作后，为了多挣钱，休息的时候就会去这两家工厂兼职。他们那里有车床、锉刀之类的工具，我去多了之后就跟他们那两个厂的工人都熟悉了。我就向熟悉的工厂厂主借了钥匙，趁着一次过节放假的时候，去那里加工我的枪和子弹。

问：你的钳工技术很好嘛！

答：也谈不上很好，我也就是之前打工学的。

问：你加工枪和子弹花了多久？

答：差不多三天吧。

问：平常这枪放在哪里？

答：我宿舍，我自己的抽屉里。

问：你不怕室友发现？

答：我的抽屉上了密码锁。

问：你到底为什么想杀李维家？

答：啊，这个是因为……因为李维家侮辱我，说我实在太蠢，所以才跑了老婆没了儿子，我心里最大的一个伤疤被他揭开，非常非常生气。我本来就孤身一人，活着也没什么意思了，心想他这么侮辱我，不如杀了他当个垫背的，然后再投案，随便司法机关枪毙我好了。

问：那你最后为什么又没有杀他？

答：1号到3号，我都去了，但是那几天都不方便下手，周围老是有人或车经过。4号那天我又上夜班，下了夜班就回去休息了，本来想再等两天找机会动手的，谁知道4号他就被人杀了。

问：你知道谁杀了李维家吗？

答：我不知道啊。

问：6月1日到6月3日，你都是带着枪出门的？

答：是的。我刚才说了，我当时准备杀他，但是有人经过我不方便下手。

问：你从抽屉里拿枪的时候，你的室友不会看见吗？

答：他应该没看到。我六点就出门了，拿枪的时候他还躺在床上睡觉。

问：那你七点多回来把枪放进抽屉里，你室友总归起床了吧？

答：七点多他应该刚起床正忙着洗脸刷牙，根本顾不上我在干吗。再说我的枪包在黑色塑料袋里，他也看不到里面是什么。

问：你2009年刑满释放后在哪里的机械厂打工？

答：乔检你今天问话怎么一会儿问这个一会儿问那个，不是问我非法持枪的事吗？

乔小北加重了语气："怎么问是我的事，你回答就行了。"许遂古舔了舔嘴唇，没再说话。

问：你刑满释放后在哪里打工？

答：西州市的一个机械厂。

问：为什么不回家而要去西州市？

答：当时我老婆和我已经离婚了，带着儿子去西州那边打工，我想离他们近点。

问：在机械厂干了几年？

答：干了两年。

问：为什么离开了？

答：2010年初，我儿子得了轻微的精神分裂，一次他妈妈没看住，他就走丢了。之后我就四处找他，走到哪就在哪打短工。

问：你找到儿子了吗？

答：没有。

问：那么为什么来阅江？

答：我找儿子去过很多地方，没有特意选哪里，就是走到哪找到哪，来阅江也是为了继续找儿子。

问：来阅江为什么要去偏僻的铁矿上工作？

答：矿上工作危险，工资高一些，我到处找儿子花费很多，也需要找收入高一点的工作。

问：你是何时来阅江的？

答：2013年1月份。

问：1月份来，5月份就因为电鱼被抓了？

答：那不是闲着没事干嘛。

问：你闲的时候不是应该到处贴寻人启事找儿子吗，还有闲心去改装电瓶来电鱼？

答：那人也总要休息嘛，再说我当时电鱼也是想拿去卖点钱。

问：你电鱼那天是几号？

答：2013年5月9日。

问：你没发动全国各地老同学的关系一起帮你找找儿

子吗？总比你一个人找好点。

  答：嗨，我自己都混成这样了，哪有脸再去找那些老同学，人家好多在外面都当上领导了。

  乔小北示意孟倩倩停止做笔录，盯着许遂古厉声喝道："许遂古，你觉得你还能继续撒谎是不是？"

  许遂古似乎也意识到了自己的失言，立即低下头看着地面，再也不和乔小北对视。

  乔小北站起来，盯着铁栏杆对面的许遂古，一字一顿说道："许遂古，我告诉你两句话：第一，一个人要撒一次谎不难，但是要记住自己撒过的每个谎，并且随时随地圆谎，却很难；第二，一个人说一个谎言，就需要再说十个谎言去弥补。"

  许遂古用眼角瞥了乔小北一眼，又继续盯着地面。

  乔小北也不管他，又坐了回去，靠向椅背坐得放松了许多，缓和了口气说道："许遂古，你明明是一个八十年代的大学生，却非要冒充初中生。我只见过人家低学历冒充高学历的，还第一次见高学历冒充低学历的。你这么做，一定有原因吧？"

  许遂古连头都没抬。

  "因为在学历上撒谎，所以你就在参加工作时间和职务上撒谎。你说自己找儿子心切所以不停换地方打工，到阆江来也是为了找儿子；可你却又说自己为了李维家一句骂你的话就不想活了，还没找到儿子，你就不想活了？莫非你不想继续找儿子了？你不觉得自己说的话前后矛盾吗？"乔小北一鼓作气，继续紧追不放。

  许遂古的手指颤抖了一下。

  乔小北把桌上的水杯拿起来捧在手里，又把椅子从桌子后面挪到了隔离栏杆旁边，开始对着许遂古促膝谈心："我接下来说的话呢，是我根据现在的证据总结出的事情经过，你姑且听着。如果我说得不对，你就当听了个故事。"

乔小北喝了口水，又合上杯盖放在了桌上，盯着许遂古开始不紧不慢地娓娓道来：

"许遂古，你一九八四年考上大专，学的应该是电力相关专业，在那个年代能考上大学，足见你是个很聪明的人。一九八七年你大专毕业，作为那个时候难得的理工科知识分子，分配到了东州市供电局。这是个人人羡慕的好单位。一九九二年你的儿子出生了，你也当上了工程师。可是二〇〇一年，因为你炒股惨败，几乎把自己的积蓄全都亏光了，偏偏那一年你儿子又突然得了大病，导致你的经济状况在短时间内急转直下，你的工资已经完全不够用了。终于在二〇〇一年底一次给某个工厂维修电路时，你偷了这家工厂的钱给儿子治病，最终你儿子的病虽然治了，但是你一下被判了十年。在服刑期间，你学会了钳工，东州监狱下属的劳改企业就叫东州柴油机厂，里面的犯人干的就是机械制造的活。以你的聪明加上理工科知识背景，学会钳工应该不难。本来你想着服刑出来还能跟妻儿团聚，但是在这期间你的妻子因为无法忍受旁人异样的眼光，带着儿子离开东州去了省会西州市生活，艰难地把你儿子养大。二〇〇九年你出狱了，来到西州市一家机械厂干钳工，希望继续照顾他们母子。但是就在这两年里，你的儿子原本就处于青春叛逆期，根本接受不了一个已经坐了八年牢放出来的盗窃犯父亲，屡次和你发生冲突，最终是因为抑郁症也罢，因为轻微精神分裂也罢，还是单纯赌气也罢，你儿子离家出走。从那之后你就到处打工找儿子。

"我上面说的内容,有二〇〇一年的判决书、二〇〇一年你盗窃案的卷宗材料、你前妻的证言能够证实。"

许遂古抬了一下眉毛,没说话。

乔小北自顾自接着说:"可是二〇一三年一月,一个叫卢平安的老同事加老同学突然告诉你,你的儿子可能在阅江市北岸区柠檬镇的铁矿,并且已经死于矿难。于是你立即来到了这里,为了不引起他人怀疑,你不敢说自己上过大学,谎称自己只有初中学历,进入了铁矿工作。但是来到这里之后,你最终确信,你的儿子已经不在人世了。一个铁矿,一个离家出走、可能还有轻微精神问题的少年,能因为什么原因去世呢?恐怕只能是被骗入一个偏僻的小矿山,然后死在了矿下。而无良的矿主为了逃避法律责任,竟然瞒报事故,少年的尸体也不知去向,十有八九是被埋进了山里。再也没人知道。

"这些内容,有此次补充侦查新增加的卢平安的证言、铁矿白骨的 DNA 和你的 DNA 亲子鉴定结论可以证实。"

许遂古一下子抬起头来,望着乔小北,嘴唇不断颤抖,虽说不出话来,眼泪却止不住地涌了出来。

乔小北深深地叹了口气,一边示意孟倩倩拿张纸巾给许遂古擦眼泪,一边接着说道:"发现儿子已经去世,支撑你活下去的唯一动力,就是杀了那些害死你儿子的人。你所谓去江边电鱼,其实是为了测试你改装的电击棒的强度;你休息日还去旁边的炼钢作坊和铁制品工厂兼职,其实是为了获取改装枪支的工具设备。当然,在这个过程中,你得到了不止一个人的帮助,不过你想过没有,这些人帮你,分别是为了谁的利益?"

许遂古眼神中流露出了一点疑惑,但是马上转过了目光。"乔检察官,就算我在个人经历上撒谎,在我来阅江的原因上撒谎。但是你有什么证据，证明我杀人？"

乔小北盯着许遂古继续说道："你去江边电鱼那天，抓到了两个仇人的把柄，那就是这两个仇人把一辆宝马车推进了长江里，而你则用手机拍下了那个画面。于是你用这个把柄约李正刚见面。你把李正刚约到了矿坑边上，李正刚递给你一根烟，而你趁他不备，用你的电击棒电了他，但是那个电击棒电流并不大，并不会给他留下什么伤痕，只是让他暂时因为轻微触电而感到身上有点麻，站立不稳，于是你趁机将他推下了坑底。然后再点上李正刚递给你的烟，放在那里等着烟烧到只剩下一点烟头，之后将烟头留在现场，伪装成李正刚抽的。所以在现场的烟头上，找不到李正刚的DNA。"

许遂古终于开口了："乔检，你刚才说的这些，到底有什么证据？"

乔小北从卷宗中拿出了两份新的鉴定报告，说："这两份报告，一份是对电击棒上指纹的检测，那上面只有你一个人的指纹；至于另一份，是微量物证鉴定报告，那个电击棒的电极上，提取到了微量的皮质类物质，一开始我们怀疑是李维家车上的座椅，但是鉴定之后发现不是。后来我想起了李正刚死亡时身上的黑色皮带，鉴定之后果然完全吻合。你要知道，司法鉴定的三大基本原理之一是物质交换原理，无论什么东西，只要曾经发生过接触，就会有微量的物质交换。而你的电击棒设置的电流比较小，本来就不是为了电死李正刚，就是为了把他电得站立不稳，然后趁机把他推下去。"

许遂古有些不屑一顾："乔检察官，这两份证据顶多证明我用电击棒电了李正刚，却不能证明是我把他推了下去。"

乔小北并没有生气，接着拿出了一张光盘："公安机关对你的手机进行了电子数据恢复,恢复数据都在这张光盘里。在你的手机相册里,有你拍摄的两个人正在把一辆车往长江里推的几张照片。从你的微信里找到了你发给别人的语音,在微信语音里,你亲口说了一句"我已经干掉了李正刚";你的手机上网搜索记录中,还可以找到你搜索"高坠伤的法医检验""主动跳楼和被他人推下去的尸体特征有什么区别"之类的记录。虽然这些都已经被你删掉了,但是电子数据技术依然可以把这些一一恢复。虽然你是理工科的大学生,但是这些最新的技术,恐怕超出了你的知识范围。"

许遂古叹了口气道:"是我落伍了。"

乔小北放下光盘,接着说道:"至于杀李维家,就更简单了。你连续三天出现在视频里,就是为了把警方的目光吸引到你身上,让你成为一开始的最大嫌疑人。但是当警方把你列为头号嫌疑人时,你却拒不认罪,加上你的枪和李维家身上子弹的弹道鉴定又对不上。你只需要承认一个非法持有枪支罪,毕竟只有一支枪,量刑不会超过一年。到那时,你的案件已经由法院盖棺定论,警方自然会以为是有人模仿你杀人,再也不会有人怀疑是你杀了李维家。警方会去到处寻找那个根本不存在的真凶,李维家的案件会成为永远无法侦破的悬案。

"其实,我推测事情经过是这样的:你六月四日早上八点下了夜班、吃饭洗澡后回到宿舍,趁室友杨浩睡着了,偷偷带着枪出门。当时是八点半左右,白班的工人已经下井,夜班的工人都在补觉,没人注意到你。你翻墙出了矿区,避开了门口的监控,骑公共自行车到了距离铁矿两公里处等着李维家的车。等李维家的车一来,你就过去拦住他,李维家认识你,自然就停车并摇下车窗问你什么事。你立即拿出枪顶在他太阳穴处打死了他，然后拿走了他的手机。杀完李维家，你回去及时换掉了衣服，作案时的衣服你早就扔掉了，所以警方对搜查出来的其他衣服进行硝烟反应，找不到证据。至于你的枪和子弹对应不上，那是因为你一开始就改装了两把枪，故意留着没用的那把给警察搜出来，而真正杀人那把，你根本就没带回矿区。矿区在山上，周围都是树丛，你只要三号出去时提前在矿区围墙外的树丛中藏一套衣服，四号早上杀完人回来之后先换衣服，再骑车到江滩边上，把作案时穿的衣服、手套，还有作案用的手枪和李维家的手机全都扔进长江，再翻墙回到矿区内的宿舍即可。"

许遂古似笑非笑地抬起头来："乔检，能问问你，既然你认为我已经毁掉了衣服、手套，又扔掉了枪，请问你又有什么证据能证明是我杀的李维家呢？"

乔小北也笑了笑："那枚杀死李维家的钢珠自然也是你自己手动加工的，但是你在加工的时候必须要用到车床之类的工具设备，这些工具你应该都是从铁矿附近的铁制品厂得到的。"

"那又怎么样？你们找到我的指纹了？"许遂古不服气地说道。

"不，没有指纹。你加工的时候当然是戴着手套，不然那么烫的金属，会把手烫伤的。"乔小北摇摇头。

"乔检，既然你知道找不到指纹，那又怎么能证实那枚杀死李维家的子弹是我做的？"

"我刚才跟你讲了物质交换原理。那颗钢珠上检测出的微量金属残留，恰好就和附近工厂的锉刀和车床刀片金属成分完全相符。当然，也和你那把没使用的枪所对应的钢珠上残留的微量金属相符。所以结论只有一个，那把没使用的枪的钢珠，和杀人的那颗钢珠，都是在最近，用同一架车床、同一个刀片加工出来的。而除了你在五月三十一日到六月二日期间独占了那个车间以外，没有人单独用过那里的车床。这是关于金属成分的微量物证检验报告。"乔小北拿出第三份鉴定意见，递到了许遂古面前。

"好，就算我承认，杀死李维家的钢珠和枪也是我做的，我做了两把枪和钢珠。可怎么知道不是有人偷了我的枪出去杀了人呢？"许遂古的声音低了下去，但却依然倔强地问道。

"刚才一开始我就问过你，你的枪不怕别人发现吗？你说你的枪放在抽屉里并且上了锁，包括你的室友在内，没人知道你有枪。别人都不知道你有枪，又怎么会偷走？六月五日你刚被带到公安局，警察就问你，把枪放在宿舍抽屉里不怕被人发现吗？你却说，你的抽屉上了密码锁，那密码锁是五位英文字母密码，每位有十二个字母可选择，足有二十四万多种可能，不知道的人根本猜不出来，除非暴力破坏。可你的抽屉并没有暴力破坏的迹象。你是不是把你自己在公安机关说过的话忘记了？"乔小北从卷宗中抽出六月五日许遂古的讯问笔录扔在桌子上。

许遂古张了张嘴似乎还想说什么，但却并没有说。乔小北也没有再说话，整个审讯室突然陷入了安静。沉默了几分钟后，许遂古才再次抬起头来，脸上却是一脸平静。"乔检察官，我承认，李维家也是我杀的。只是我想问问，你到底是因为什么怀疑我呢？"

乔小北也平静了许多。"一开始是因为你高学历伪装低学历。你明明精通电工、钳工，甚至能独立修好一台车床；在你说密码锁有多少种可能的组合时，可以当场用排列组合的数学知识心算出结果。而这些都是高中以上甚至大学以上的知识，可你却掌握得很娴熟。当然，这些只会让我对你到铁矿当矿工的原因有怀疑，真正让我怀疑李维家和李正刚是你杀的，是因为两点。

"第一，你的行李当中，竟然没有一张寻人启事。你明明是为了找走失的儿子，行李中怎么会连一张寻人启事都没有呢？你不去人多的地方找儿子，却跑到这么一个偏僻的铁矿一待就是一年多，在这种偏僻的矿区怎么找儿子？除非你已经知道了儿子的下落，而这正是你在这个偏僻的铁矿工作一年多的原因。

"第二，就是你多用了一张洗澡票。"

"我多用了一张洗澡票？"

"从六月一日到五日，你用了五张洗澡票，看起来似乎没问题。但是六月一日和二日，你的工作时间是早晨八点到下午四点，下午四点下班后去吃饭、洗澡，用掉了两张。但是从六月三日开始你就换成了夜班，晚上十二点才去上班。你的室友杨浩对你那几天的行踪能够做证，可他只说你三日上午出去了，午饭后就在宿舍休息，晚饭后也继续休息到十一点多就下井了，却没有提到那天你们去洗澡。李维家那个人非常抠门，按照一天一张的标准给你们发洗澡票，矿工们通常只会在下班后洗澡，却不会在上班前洗澡，否则洗完澡就下井干活，岂不是白洗了？所以六月三日你没有用洗澡票，而是四日早上八点下了夜班后去洗澡。五日同理，也是早上八点下班后去洗澡。五日晚上你就已经被警察带走了。那么这样算下来，你应该只用了四张洗澡票才对，可是你那里只找到了二十五张洗澡票，你用掉了五张。多用的一张是什么时候用的呢？恐怕只能是四号上午你杀完人之后了，你虽然换了衣服，但是你害怕身上会留下火药残留，所以回去之后你又洗了一次澡。"

许遂古长长地舒了口气，再次笑了起来："乔检察官，你说得没错。我以为我已经够谨慎了，可还是百密一疏。你的说法是对的，人不可能记住自己说的每一个谎，更不可能为每一个谎再拿出十个谎去圆。我承认，李维家和李正刚都是我杀的，因为他们这个破铁矿发生矿难害死了我儿子，而且还瞒报事故。我就算去报案，一个安全生产事故，能判他们几年？一条人命，他们就付出这点代价？所以，我没有去报案，只想亲手杀了他们为我儿子偿命！"

乔小北轻轻地摇了摇头说："你作为一个父亲的心情，我可以理解。但是我必须告诉你，你的儿子不是死于矿难，而是死于谋杀，杀你儿子的另有其人！而你也必须要告诉我，是谁让你在去年5月9日凌晨四点，去那个偏僻江滩电鱼！"

26

十一月六日星期四，北岸区检察院会议室。

今天的会议有点特殊，除了代表长航分局的王伟和代表北岸分局的吴飞，还有北岸区检察院分管公诉工作的副检察长、公诉科科长陈薇，以及北岸区检察院分管自侦工作的副检察长兼反贪局局长、北岸区检察院反渎局局长。

陈薇示意乔小北可以开始了。乔小北走到了会议室白板前，分别写下了卢远志、李维家、李正刚、许涛四个名字，然后才转过身来说道："今天让我来做全案分析，不是因为我比谁聪明，只是因为我完整跟进了这几个关联案件，了解了所有的信息，知道每个人的情况，所以终于在发现铁矿白骨后，我才彻底想通了整件事。我们先从许涛说起吧。"

乔小北在许涛的名字旁边写下了许遂古的名字，这才说道："铁矿白骨案的死者就是许涛，也是许遂古唯一的儿子。许涛是个有轻微精神障碍的年轻人，二〇一〇年从家里走失后，就被几个人骗到了这个小铁矿。这几个人在井下作业时，直接用工具砸死了许涛，并在旁边放上石头，谎称是矿难，另外安排他们的同伙冒充家属，向铁矿的老板李维家兄弟索要赔偿。当然，他们当时冒用了李清、李亮这两个已经死亡的人的身份证。李维家兄弟俩因为出了矿难不敢报案，就同意私了。这几个人拿了钱就跑了，李维家兄弟自然把尸体埋了。所以法医鉴定和李维家老婆谢小娟的说法完全不一致，毕竟李维家兄弟一直认为矿难是真的。那几个真凶的手法如此娴熟，恐怕不是第一次这样杀人骗赔偿。

"许遂古高学历冒充低学历，声称找儿子却没有任何找儿子的实际行动，再加上他确实有制作枪支弹药的能力，不在场证明又很薄弱，我一直怀疑许遂古杀了李维家，可是始终找不到合理的动机。但是发现白骨后，我发现白骨死亡时的年龄和许遂古的儿子基本一致，加上许遂古死守在这个小矿山，也不出去找儿子，我才要求对他们进行亲子鉴定，果然不出所料，那死者就是他儿子。可是许遂古到底从哪儿知道他儿子在这里的？许遂古完全不认识李维家兄弟，更不会认识那些杀人骗钱的真凶，他到底从哪儿知道的呢？

"在卢远志一案中，我记得曾经有位负责和卢远志家人谈话的警官说过，卢远志有个哥哥卢平安，比他大六岁，是东州供电公司的工程师，也是学电力专业的三年制大专毕业。卢远志二〇一三年死亡时四十一岁，他是一九七二年出生的，那么算下来卢平安应该也是一九六六年出生，一九八七年大专毕业，与许遂古的情况高度一致。他们俩应该是老同事,考虑到同龄,甚至有可能是同一年毕业分配的,搞不好还是老同学。我记得卢平安的笔录中说过,卢远志是个要钱不要命的人,人血馒头他也吃。我一直没想通卢平安为什么这么评价卢远志,卢远志是个生意人,想挣钱是正常的,可卢远志做了什么,竟然让他亲哥哥这样评价他呢?而卢远志和李维家兄弟本来一直合作多年,为什么反目成仇杀人呢?李维家兄弟杀了卢远志,许遂古又杀了李维家兄弟。把这些结合在一起,我怀疑卢远志是掌握了李维家兄弟某些把柄、敲诈勒索,才招来杀身之祸,而这些把柄当中,就有一个是李维家兄弟隐瞒的所谓'矿难'。而这又被卢平安知道了,卢平安不能忍受弟弟借此发财的行为,这才评价他弟弟是要钱不要命、吃人血馒头。我请吴队这边把卢平安传过来问话,卢平安果然承认,一次过节时卢远志喝多了酒,说出和自己合作的一个铁矿主隐瞒矿难,把一个东州口音、十八九岁、有轻微精神障碍的矿工尸体私自埋了。卢平安一听这个情况,觉得很像是自己老同学、老同事许遂古的儿子,就告诉了许遂古。许遂古立即来到铁矿打工,经过近一年的时间,终于证实死者就是自己的儿子许涛。于是他首先将李正刚推下了矿坑,之后又杀掉了李维家。"

王伟这时打断了乔小北,其实卢远志被杀案的过程此前已经查得很清楚,就是李维家、李正刚所为,证据也很充分。他之所以今天还来参加会议,就是因为他始终不知道为什么李正刚会在去年十二月初大规模DNA检测前被杀,而李维家又在他们抓捕之前被杀。就算是许遂古想报仇,可时间为什么这么巧?

乔小北点点头同意了王伟的质疑:"正如王大所说,许遂古怎么会赶的时间那么巧,抢在公安机关查到李正刚和李维家之前杀人呢?许遂古的那两把仿真枪又是从哪里弄的?就算许遂古是个技术高超的钳工,可以用车床改造仿真枪,他也得先拿到仿真枪才行,先学会上子弹开枪才行。那自然是有人帮助了他。"

反渎局局长这时开了腔:"这周一下午我们接到了公诉这边给的线索,经过两天的紧急工作,昨天也就是周三晚上,我们已经将涉嫌泄露公安机关侦查工作秘密、放纵犯罪的原柠檬镇派出所所长郑江生和在配合警方工作时泄露侦查工作秘密的原柠檬镇中心卫生院院长郑文涛刑事拘留,今天晚上之前,我们会把拘留通知向他的家属以及单位送达。至于郑江生和郑文涛可能还涉嫌的其他犯罪,也在进一步侦查中。"

吴飞瞬间一愣,他万没想到内鬼之一竟然出在北岸分局,这让他感到十分尴尬。而检察院这边昨晚就动手抓了人,这又让他感到猝不及防。

反渎局局长接着说道:"郑江生、郑文涛已经承认,之前要所有与卢远志有生意往来的人进行DNA测试时,长航分局曾经到柠檬镇派出所调查过这些人的情况,包括李维家、铁矿上负责与卢远志公司联络的工作人员、铁矿附近的炼钢作坊和铁制品工厂的人,加起来也差不多有二三十人。当时抽血地点就在柠檬镇卫生院。郑江生、郑文涛两人在长航分局来调查,并提前接到配合工作的通知时,就把这件事告诉了许遂古,于是许遂古提前了自己的计划,杀了李正刚,导致李正刚没能在第一次DNA检测中被排查出来。也是郑江生给了许遂古仿真枪并教会了他用枪,仿真枪是郑江生在工作中从两个拿仿真枪抢劫的犯罪嫌疑人手上没收的。至于李维家的死,是因为郑文涛从李正刚父亲那里得知，长航分局把李正刚父亲带去抽血，作为一个医生他立即意识到这是要做亲子鉴定，依然能把杀卢远志的凶手确定到李正刚、李维家兄弟身上。于是郑文涛又把这个消息告诉了许遂古，导致许遂古再次抢在长航分局抓捕李维家之前杀了李维家。不过，郑江生、郑文涛在这件事里都是小角色，他们也是受人指使。这件事的源头，还是请小乔说明吧。"

乔小北点点头："我记得李维家的笔录中曾谈到过，柠檬镇现在的镇长叫李远征，常务副镇长叫郑斌。结合本案中郑、李两家反复出现，我相信这不是巧合。综合这一系列案件，我发现了一个现象，那就是柠檬镇的资源，几乎都掌握在李姓和郑姓两个大的家族手里。虽然镇委书记徐卫国是从市级机关空降的，但是可以想象，在这样一个小镇上，两大家族的势力已经发展了很多年，一个外来的干部，恐怕很难和地方势力抗衡。那个铁矿，原先掌握在郑家手里，但是五年前到了李家手里，这次李家两兄弟死后再次回到了郑家手里。郑江生、郑文涛同样属于郑家的一员。事实上，李、郑两家作为柠檬镇最大的两个家族，其家族成员早就掌握了柠檬镇的各项资源。两家既有对外的一致利益，也有在柠檬镇内部的利益纷争，铁矿就是其中一个例子。现在铁矿在李家手里，附近那个炼钢作坊和铁制品工厂就在郑家手里。可以想象，即使外人想经营这个铁矿，在当地也根本站不稳脚跟，早晚会被挤走。至于卢远志，他不属于当地人，但是他不知道通过什么手段攀上了郑家的大树，因此才从郑家人经营铁矿的时候起，就一直负责运输铁矿石。当然，卢远志每年必然会给郑家一些好处，否则早被踢走了。不过，后来李家控制了铁矿，却让郑家的人继续挣运输的钱，这也算是两家达成的一种势力平衡。

"五年前，李家再次占了上风，铁矿也到了李维家兄弟手里。李维家兄弟俩不仅发展壮大了铁矿，而且脑子更灵活的弟弟李正刚和负责运输矿石的卢远志一起，通过冒充港商的方式，加上李家在柠檬镇的地位资源，在柠檬镇违法圈地，盖小产权房挣了大钱。但是这样做，却让郑家的不满日益增加，郑家更不满卢远志竟然当墙头草投向了李家那边。在合作的过程中，卢远志了解到李维家、李正刚兄弟俩做的那些违法犯罪的事，隐瞒所谓'矿难'只是其中一件。李维家兄弟俩那个铁矿的矿石，能够卖到上游的华州钢铁，恐怕这里面也有权钱交易，否则华州市作为一个出产优质铁矿石的地方，华州钢铁公司有什么必要舍近求远从李维家兄弟俩这里买矿石？这次补充侦查的内容，也证实华州钢铁公司每年从柠檬镇采购的铁矿石数量之大，几乎占据了李维家兄弟俩每年销售量的百分之八十。而李维家说过，李正刚死亡当天，原本是要下井检查设备的，因为安监部门快要突击检查了。既然是突击检查，李维家兄弟为什么会提前知道？这里面有没有问题？诸如此类的问题恐怕多得是。三年前的所谓'矿难'也一样，毕竟是在矿下死了人，就算当时隐瞒不报，矿上的员工，附近的村民，恐怕也不会一点儿不知道。卢远志长年累月和李维家兄弟合作，难免会掌握他们这些违法犯罪的事情。

"令卢远志不满的是，李正刚兄弟俩在跟他的合作中越来越压榨他。圈地盖小产权房的事，卢远志一个人跑香港找卢建设，又是注册公司开账户，又是雇演员冒充口吃的卢建设参加招商，忙前忙后一通，可挣了钱后李正刚竟然一手遮天全都控制在自己手里。卢远志因为当墙头草已经不容于郑家，又与李正刚兄弟俩的矛盾日益尖锐，他终于难以忍受，以手里的种种把柄相要挟,逼迫李正刚兄弟重新和他进行利益分配。但他没想到的是,由于李正刚兄弟担心他把这些把柄全都抖搂出去,竟然起了杀心。于是李正刚兄弟俩用别人的身份证办了新手机号给卢远志打电话,他们完全可以说自己办了新号码,然后找个理由把卢远志先骗到阅江,再一起去了华州,这个理由也很容易编,比如找华州钢铁公司谈新订单,或者到华州当地的铁矿谈合作等,还可以用需要瞒过郑家的人为由,让卢远志对此保密。到了华州,将卢远志在不知名的水缸或者池塘里溺死之后,把尸体和新手机、卢远志的证件等扔进了长江。当然,在此过程中卢远志激烈反抗,砸断了李正刚的手指,这两兄弟在当地找了小诊所做了简单处理,开车回到阅江后,又在江滩上利用地形,将车推进了长江。然后李正刚忍痛把伤口撕开,报了假案。但是李正刚兄弟俩推车这一幕,竟然恰好被在江边以电鱼为名测试电击棒的许遂古看见了。这才有了后来许遂古以谈封口费为名,约见李正刚并杀人的事。"

吴飞站了起来:"我也有两个疑问,刚才说郑江生、郑文涛也是受人指使,那他们到底受谁指使?还有,许遂古到底是怎么确定死者就是他儿子的呢?"

乔小北拿出了许遂古十一月三日认罪的笔录。"他说了,是谢小娟告诉他的。因为谢小娟是从外面嫁到这里的,她不属于李家和郑家,她一直对当年隐瞒矿难的事深感愧疚。当她见到许遂古时,就发现他和当年那个死去的年轻矿工长得很像。后来她发现许遂古在有意无意地找附近村民聊矿上的事,似乎在调查当年这起'矿难',她终于忍受不住内心的煎熬,把当年登记那批矿工信息的登记簿拿给了许遂古看。许遂古一眼认出了自己儿子写的字。许涛有精神障碍,他写字不同于普通人,一律向左大幅度倾斜，并且某些字一直会写错，特征很明显。"

乔小北放下笔录，接着又说道："至于郑江生、郑文涛是受谁指使，那很明显，自然是郑家其他职务、辈分、地位比他俩高的人。

"许遂古并不是阅江人，他此前的生活经历也与阅江没有交集。我记得李维家曾经说过，许遂古当初因为电鱼的事被警方取保候审时，办案的派出所要给他办取保候审手续，还是警方打电话到铁矿上通知矿上派一个人来作为保证人。这就足以说明，许遂古在阅江无亲无故，找不到亲友来担保，所以才需要工作单位派人来作为保证人。这么一个无亲无故的外地人，是谁教会他用手枪甚至能给他提供手枪的？又是谁有能力告诉他警方的工作进度？柠檬镇铁矿附近谁能做到这些？只有曾经配合分局工作的当地派出所和卫生院的人了。再一看派出所所长和卫生院院长的姓名，发现他俩居然都是郑家人，答案自然呼之欲出。

"事实上，郑江生、郑文涛并不知道许遂古是许涛的父亲，来铁矿是为了报仇的。他们只不过是受人指使，把侦查工作的进度告诉了许遂古而已。当初李正刚摔死被认定为意外这个结论，也是经过北岸分局和市公安局两级法医鉴定认可的。要不是后来因为李维家的死，北岸分局搜查到了许遂古的电击棒，之后又对电击棒进行微量物质检验，对他的手机进行电子数据恢复，我们也不可能知道李正刚的死是谋杀。所以李正刚死后，郑江生、郑文涛并不知道这是许遂古所为。后来郑江生虽然给了许遂古仿真枪，但他并不知道许遂古要杀人。三号提审时我问了许遂古，他当时对郑江生说的情况是，他为了找某个老赖要账，准备把老赖抓来，用仿真枪吓唬吓唬老赖。包括许遂古能在附近铁制品工厂轻易获得那个姓郑的工厂负责人同意，把车床借给他用，这个姓郑的工厂负责人同样也是受人指使，要多帮助许遂古，他也并不知道许遂古是要加工枪支杀人。"

反贪局局长皱了皱眉，拿过许遂古的笔录边看边说："整件事情里面，区安监部门、招商部门、国土部门恐怕都会有问题，我们反贪局已经在开展初步调查工作了，应该很快就有进展。"

"我还有个疑问，"吴飞追问："按照现在这样说来，许遂古和李家兄弟都认为许涛的死是矿难造成的，许遂古认为自己如果就许涛的死亡去报案，可能只被认定为安全生产事故，李家兄弟判不了几年，所以才想自己动手杀人报仇。可是许遂古后来得到了郑家人的帮助，从郑文涛和郑江生那里得知了警方的工作进度，他就应该知道，李家兄弟俩因为涉嫌杀害卢远志，成为了警方的重点侦查对象。他完全可以什么都不做，坐等警方把这两个人抓走不就行了吗？这两个人涉嫌故意杀人，将来很有可能会被法院判死刑，许遂古何必非要自己杀了他们呢？"

"吴队，你也说了是"很有可能被判处死刑"，而不是"一定"。李家兄弟是两个人杀害了一个人，那么是不是他们俩都一定会被判死刑呢？"

吴飞"啊"了一声，随即明白了乔小北的意思，"你是说，一般来讲，多人合伙共同杀害一个人，在最后法院判刑时，未必会把所有被告人都判处死刑。就卢远志被杀案来说，有可能最终结果是李正刚、李维家二人中只有一个被判处了死刑，另一个则可能会被判处死缓、无期徒刑之类的。而这并不是许遂古要的结果，一旦警方把李家兄弟带走关进看守所，许遂古就再也没有机会实现自己要杀死两个仇人的目的。所以，一心要杀死两个仇人的许遂古，才会抢在警方抓捕之前，自己动手把李家兄弟都杀了。"

乔小北点点头,"正是如此。"

吴飞继续问道:"可这里还有个问题。照这么说来,在许遂古杀人的事情里,郑家人并没有直接唆使,只是在知道了许遂古的想法后,擅自把警方调查的进度告诉了许遂古,并且在作案工具上给许遂古提供了一些帮助,导致许遂古为了杀死仇人,而抢在警方抓捕之前下手杀人。可是,许遂古想报仇杀李家兄弟的事情,到底是谁告诉郑家人的?"

乔小北坚定地回答:"是卢平安三兄妹!"

"卢平安?这就是你当时要求我们去找卢平安问话的原因?你那时候就怀疑卢平安?"吴飞急切地问乔小北。

"我当时想到卢平安的年龄和工作经历与许遂古高度一致,他又是卢远志的哥哥,是我想到的唯一一个能把许遂古和李家兄弟联系起来的人。所以我请吴队派人去向他问话。但是还有一个疑点没能解释,那就是许遂古来铁矿私下调查也好,想杀李正刚兄弟也好,这都是个人的想法,只在他自己的脑子里存在,郑家人怎么可能知道这些,并且指使家族成员协助他呢?是谁告诉郑家人的?只能是卢平安三兄妹!"乔小北拿起笔把卢家三兄妹的名字写在了白板上。

"卢家三兄妹,从小就生活在父母对卢远志这个小儿子的无底线偏爱中,每个人都曾牺牲自己的利益帮助过卢远志,而卢远志却不知感恩。三个人对此都很是不满。而这种不满,在父母生病后依然把所有的财产留给卢远志时达到了顶峰。卢平安意外在卢远志酒醉后得知了许涛的事,发现卢远志竟然利用他人的死亡去勒索李家兄弟发财,便把自己的怀疑告诉了许遂古。许遂古到铁矿工作后,又把自己在铁矿了解到的李维家兄弟的个人信息、经营信息、李家与郑家的矛盾等告诉了卢平安。卢远志的姐姐卢霞因为在卢远志公司当保洁,可以很方便地出入卢远志办公室,自然很容易发现卢远志在香港注册公司的材料;而卢远志和李家、郑家因为生意往来经常通话,卢霞去给卢远志打扫卫生、端茶倒水时恐怕也很容易听到。卢远志的妹妹卢莉在外贸公司做业务员,对境外公司①的情况应该比较了解,她又常在医院照顾父亲,很容易从父亲那里听到家族掌故从而了解到卢建设的情况,所以找卢建设打听到卢远志用卢建设名义在香港注册公司、冒充有钱的港商回内地投资的事,对卢莉来说应该不难。三兄妹把上面所有的信息汇总到一起,再加上他们对卢远志的了解,恐怕很容易就会知道卢远志背后做的事情。可是,他们不但没有在警方调查时说出这些情况,反而认为卢远志死有余辜。这到底为什么呢?"这些内容虽然已经在乔小北的脑海中盘算了很久,但是今天第一次在众人面前说出来,乔小北还是觉得骨肉相残,实在令人唏嘘。

王伟和吴飞都惊讶地站了起来:"难道你的意思是,卢远志和李维家兄弟的死,是卢家三兄妹在中间挑拨的结果?"

乔小北叹了口气,但坚定地点了点头:"李维家兄弟之前以为自己遇上了矿难,情愿花五十万元私了,足以证明他们不是不肯花钱解决问题的人。所以我之前一直想不通,到底发生了什么,促使他们下定决心要靠动手杀人来让卢远志闭嘴,而不是靠给钱呢?现在想来,恐怕是有人告诉他们,卢远志为人贪得无厌,要钱不要命,给一点钱根本解决不了长久的问题,只有让卢远志永远闭嘴,才有可能保住他们李家的平安富贵。如

---

① 此处所说的"境"是"关境"概念下的用法,即适用同一海关法或实行同一关税制度的区域。

果说这个话的人是卢远志的亲人，李家兄弟又岂会怀疑呢。"

"你分析得不是没有道理，可是你有什么证据证明卢家三兄妹教唆李维家兄弟杀了卢远志呢？"吴飞质疑道。

"吴队，你不会真的以为，许遂古在电鱼时看到李维家兄弟俩把车推进长江，只是偶然？"乔小北毫不犹豫地回答道，"在手机电子数据恢复后，我们看到了手机里有许遂古拍下的李维家兄弟把卢远志的车推进水里的照片，可那是去年五月九日凌晨四点，许遂古偏偏在那个时候去那个偏僻江滩电鱼，世上真的有那么多巧合吗？我是不相信的。所以三日许遂古认罪那天，我明确问了许遂古，他为什么会恰好在那个时间点去江边，他回答说是卢平安告诉他那天早上去江滩边上的！虽然许遂古当时并不知道卢平安为什么让他那天去那里，但是他去了却恰好看到了李维家兄弟正把车推进水里的一幕，并且拍下了照片。我们想想就会知道，卢平安怎么会知道李家兄弟的动向？恐怕只能是卢平安事前就和李家兄弟策划了杀死卢远志并抛尸弃车的整个计划吧。"

吴飞瞪大了眼睛，也对这骨肉相残的事实感到十分震惊："照这样说，在杀了卢远志之后，为了让李维家兄弟永远保守杀人的秘密，所以绝对不能让他们落在警方手里，以免把卢家三兄妹供出来。最好是让许遂古把他们干掉。在许遂古产生了杀李家兄弟报仇的想法后，卢家兄妹又把这个消息透露给了郑家人，得到了郑家人的帮助？"

乔小北在白板上又写下了一个大大的"郑家"二字，才接着说道："李正刚的手机在摔下去的时候彻底摔坏，李维家的手机在被杀后拿走，也被许遂古连同作案手枪扔进了长江。这恐怕都是为了让警方无法拿到李维家、李正刚的手机进行数据恢复，只要一过六个月，通信公司就无法打印通信记录了，警方如果再无法恢复那些他们手机里已经被删除的电话、短信、微信电话、语音之类的证据，再加上直接动手的李维家两兄弟都已经死了，警方就不会查到卢家兄妹身上。至于李维家兄弟的死，如果许遂古能摆脱杀人嫌疑自然最好，就算他被查到杀人，许遂古也只会承认自己是为了给儿子报仇杀了李家兄弟。卢平安最多不过是提供了许涛的下落给许遂古，并没有直接鼓动许遂古杀人。

"但是卢平安兄妹千算万算，也不可能算到许涛的死不是矿难，而是一伙杀人骗赔偿的犯罪分子所为。我告诉许遂古这个真相，并把法医鉴定报告给他看过后，许遂古意识到自己杀的李维家兄弟只是受到敲诈勒索的矿主，而不是真正杀害他儿子的凶手，李维家兄弟确实不该收留一个来历不明、有精神障碍的人打工，瞒报所谓'事故'更是大错特错，但他们确实不是杀许涛的人。许遂古发现自己报仇竟然找错了对象，一下子心理崩溃。所以，许遂古说出了是卢平安让他在去年五月九日凌晨去江滩，看到李维家兄弟推车入水的事。这一点直接证明，卢平安对李维家兄弟杀卢远志的事是事先就知情的。而许遂古到了铁矿后，意外得到了郑江生、郑文涛以及开铁制品厂的郑家人看似无意的帮助，比如他和郑江生、郑文涛聊天时，问及警方的工作进度，这两人就会毫无保留地告诉他；比如许遂古随便编个理由就能从郑江生那里拿到仿真枪、从铁制品厂借到车床；等等。事情进展异常顺利，许遂古自己都觉得如有神助。要知道许遂古想杀李维家兄弟的想法，只告诉过卢平安一个人，那这只能是卢平安告诉了郑家的人，郑家不用动手杀人，只需要让家里的晚辈们在不掌握全部信息的情况下，给许遂古一些简单的帮助,就能给李家一个沉重打击,重新压倒李家,夺回铁矿,顺便夺回在柠檬镇说一不二的权力。"

"那,卢平安到底把许遂古的想法告诉了郑家的什么人呢?"吴飞接着问道。

乔小北放下手中的马克笔,看了看反贪局局长和吴飞,微微一笑道:"这恐怕就要看卢平安自己怎么说,以及靠我们反贪局对柠檬镇领导的调查工作了。"

27

卢平安三兄妹很快就全都被抓获归案。

虽然三人的手机都已经经过了删除,但是警方通过电子数据恢复,在卢平安的手机里,找到了从二〇一三年到二〇一四年初,卢平安与李维家兄弟及原柠檬镇副镇长郑彬通过电话、微信等方式联系的记录。卢霞的手机里,找到了她偷拍的卢远志办公室内材料的照片,以及她偷偷录下的卢远志与李维家兄弟打电话的录音。卢莉的手机里,则找到了她与卢建设之间电话联系的记录。

卢平安起初坚持说卢霞与卢莉只是按照自己的要求去搜集了这些信息,并没有参与策划杀人,更没有与李家、郑家的人有任何联系。但是卢霞和卢莉都承认,所有的信息收集、分析、杀死卢远志计划的拟订,都是三人一起商议的,只不过是卢平安负责出面和李维家兄弟及郑家沟通而已。但是对于李维家兄弟的死,卢霞和卢莉都说自己确实不知情,恐怕只能是卢平安自己的决定。

卢平安承认,是自己把许涛可能在柠檬镇铁矿的消息告诉了老同学、老同事许遂古。许遂古去了铁矿，了解到很多李、郑两家的情况，并把这些信息都告诉了自己。卢平安私下找了李维家和李正刚，鼓动他们杀了卢远志，并一起策划了杀人的整个计划。之后，为了灭口李家兄弟，他又私下联系了郑彬，告诉郑彬说有人要杀李维家兄弟，不需要郑家出面，只需要给许遂古提供一点简单的帮助，就可以让铁矿重新回到郑家手中。郑彬自从与李远征竞争镇长失败后，屈居副职，一直对李家十分不满，随即指使自己的侄子郑江生和郑文涛等人，告诉他们只要为许遂古提供一点简单的帮助，会对自家大大有利。

经过北岸区检察院反贪局、反渎局的工作，原柠檬镇镇长李远征、副镇长郑彬，原北岸区安监局、国土局、投促局等部门多名工作人员以及柠檬镇政府多名工作人员，分别因涉嫌受贿罪、滥用职权罪、玩忽职守罪等被刑事拘留。

与此同时，长航分局、北岸分局对卢远志被杀案、李维家和李正刚兄弟被杀案正式结案，认定卢平安兄妹策划、教唆李维家兄弟杀害卢远志；卢平安帮助许遂古杀害李维家、李正刚。因李维家、李正刚已经死亡，无法追究刑事责任，故对李维家、李正刚终止侦查；对卢平安兄妹、许遂古则以涉嫌故意杀人罪移送审查起诉。

二〇一五年二月，上述案件移送法院审理。二〇一五年五月，阅江市中级人民法院经过审理，做出如下判决：

一、被告人许遂古故意杀害李维家、李正刚，系杀人行为的实行犯。以故意杀人罪，判处死刑，立即执行，并处剥夺政治权利终身。

二、被告人卢平安教唆李维家、李正刚杀害卢远志，并帮助许遂古杀害李维家、李正刚，系杀人行为的教唆犯、帮助犯。

以故意杀人罪,判处死刑,立即执行,并处剥夺政治权利终身。

三、被告人郑彬帮助许遂古杀害李维家、李正刚,为他人杀人行为提供犯罪工具、犯罪时机等帮助,系杀人行为的帮助犯,以故意杀人罪,判处无期徒刑,并处剥夺政治权利终身;郑彬在担任柠檬镇副镇长期间,收受他人贿赂,滥用职权,以受贿罪判处有期徒刑十年;以滥用职权罪判处有期徒刑三年。决定执行无期徒刑,并处剥夺政治权利终身。

四、被告人郑江生犯故意泄露国家秘密罪判处有期徒刑五年、犯非法持有枪支罪判处有期徒刑一年,决定执行有期徒刑五年半。

五、被告人郑文涛犯故意泄露国家秘密罪,判处有期徒刑五年。

六、被告人卢霞、卢莉,为他人杀害卢远志的行为提供帮助,系杀人行为的帮助犯;但因二人系从犯,可以从轻、减轻处罚。以故意杀人罪,各判处有期徒刑六年。

七、被告人李远征,利用自己担任柠檬镇镇长的职务便利,收受贿赂,为亲属的经营活动谋取利益,以受贿罪判处有期徒刑十年,以滥用职权罪判处有期徒刑三年,决定执行有期徒刑十二年。

其他的北岸区安监部门、国土部门、招商引资部门及柠檬镇政府的多名工作人员,也因为受贿罪、滥用职权罪、玩忽职守罪等罪名,经北岸区人民法院审理后,判处不同年限的有期徒刑。

对华州钢铁公司工作人员可能存在收受贿赂的线索,由北岸区人民检察院移送华州市检察机关。对涉嫌杀害许涛、骗取赔偿款的案件,则报告省公安厅,由省公安厅统一协调征集同类案件线索，继续侦查。

28

二○一五年六月，乔小北接到院政治部谈话通知，因为自己在李维家、李正刚兄弟报假案的过程中，没有审查出该故意伤害案系假案，予以批评。但是自己后来在提前介入相关故意杀人案中，又能够及时发现有用线索，协助公安机关查明案件事实，予以表扬。功过相抵，此次既不予处分，也不予记功。

二○一五年七月，北岸区人民检察院进行人员调整，乔小北被调离业务部门公诉科，调到综合部门研究室。院研究室只有乔小北一个人，因此她终于坐进了一个人的办公室。同月，孟倩倩辞职离开北岸区检察院。

二○一五年十二月，外省某公安机关传来消息，一伙专门诱骗流浪人员到位置偏僻、安全设施不健全的小型矿山打工，并在井下杀人伪造矿难、骗取赔偿款的犯罪嫌疑人集体落网。他们供述曾在北岸区的一座铁矿上杀害一个年轻人，骗取了五十万元赔偿，请北岸分局派员前往配合查明。经北岸分局找到谢小娟辨认，谢小娟认出其中一个人正是当年以所谓死者哥哥李清的名义签署赔偿协议的人，且赔偿协议上"李清"的签名和手印，也证实与此人笔迹和指纹相符。至此，许涛被杀一案得以侦破。许遂古作为死者许涛的亲属，警方也向他通报了这个消息。

经过江东省高级人民法院二审、最高人民法院复核，在二○一六年一月初，核准了对许遂古和卢平安的死刑，并于一月底执行死刑。在死刑执行前，许遂古拒绝了会见家人的安排，表示自己没有家人可见，也不想再打扰前妻的生活，只留下一句话的遗言：能在死前得知杀我儿子的真凶落网，死而无憾。卢平安在死刑执行前，则同意了会见家人的安排，但表示只见妻儿，不见父母。卢平安只写下了一句话留给父母：心里扎了刺，即使拔掉了，留下的痕迹也无法复原，何况从来没有拔掉过。

二〇一六年二月，又是一年的春节。

乔小北用满了自己的探亲假和年休假，在家里度过了工作后最长的一次假期，在这个假期里，乔小北每天都在家里陪父母。见过了卢平安之后，乔小北觉得，父母对自己的唠叨，也是一种幸福。

二〇一六年三月到六月期间，阅江市司法机关统一进行了员额制改革，乔小北未能成为员额检察官，但与此同时，她终于被任命为北岸区检察院研究室副主任，晋升为副科级。

六月底，乔小北接到了苏文宁的电话。

"乔副主任，恭喜啊！"

"苏法官，我还是更喜欢以前你们在法庭上喊我公诉人的时候。"

"不跟你开玩笑，你知道孟倩倩父亲的事了吗？"

"啊？孟倩倩的父亲？什么事？"自从孟倩倩离职后，乔小北已经很少跟她联系。

"他父亲因为非法占用农用地罪，昨天刚刚在我们刑庭宣判，判了有期徒刑四年。"

"孟倩倩的父亲？非法占用农用地？"乔小北一时间没回过神来。

"你还记得柠檬镇的那些小产权房吗？那些小产权房都是村里的耕地和宅基地。当初就是孟倩倩父亲的公司，从那个假冒港商的公司那里拿到了那些土地,并且在没有任何手续的情况下,盖了那些别墅又卖了出去。"

乔小北顿时恍然大悟,虽然自己之前每次去长航分局开案件会议时都是自己一个人去的,孟倩倩当时并不知道长航分局的刑警们查出了小产权房的事情。但是后来柠檬镇国土所和北岸区的国土局都有人因为玩忽职守受到追究,事情闹到众人皆知,孟倩倩自然也会知道她父亲公司开发的那些房子是有问题的。难怪孟倩倩要辞职。

苏文宁也叹了口气:"你还记得我曾经跟你聊过归属感的话题。有些人,生下来就在罗马,他们自然有归属感。有些外人,即使来到了罗马,也并不能融入罗马。而那些在罗马的人,互相联姻,互相协助,家族势力日益增长。柠檬镇的事,就是如此。"

乔小北顿时一惊:"难道,孟倩倩的父亲也是……"

"孟倩倩的母亲,也姓李。"苏文宁平静地回答。

"可是孟倩倩父亲的公司,并不只是在柠檬镇盖小产权房啊,你们法院后面的那个小区,不也是她父亲公司盖的吗?"

"所以,你应该能想明白更多的事。"

"我知道了,谢谢你,苏法官。"

尾　声

二〇一七年九月,西州市政法大学。

今天是二〇一七级研究生开课的第一天。乔小北作为班上年纪最大的学生,被同学们一致推举为班长。此刻她正坐在教室的最后一排,心不在焉地翻着书,等着老师来上课。

"同学们好,我是你们本学期比较法学课程的任课老师。今年是我博士毕业任教的第一年,希望和同学们一起度过愉快的一学期。"讲台上响起了一个让乔小北感到似曾相识的声音。

乔小北抬起头来望向讲台,嘴角不自觉地上扬了一下。

"师姐,你好!"

图书在版编目（CIP）数据

白雪公主和三个谜案：首届新星国际推理文学奖获奖短篇集 / 李虹辰, 范讽, 茄子提子著. —— 北京：新星出版社, 2024.10. —— ISBN 978-7-5133-5685-5

Ⅰ. I247.7

中国国家版本馆 CIP 数据核字第 2024LK7469 号

午夜文库
谢刚 主持

白雪公主和三个谜案
李虹辰 范讽 茄子提子 著

责任编辑	王 萌
责任校对	刘 义
责任印制	李珊珊
装帧设计	人马艺术设计·储平

出 版 人	马汝军
出版发行	新星出版社
	（北京市西城区车公庄大街丙 3 号楼 8001　100044）
网　　址	www.newstarpress.com
法律顾问	北京市岳成律师事务所
印　　刷	北京天恒嘉业印刷有限公司
开　　本	910mm×1230mm　1/32
印　　张	8.25
字　　数	145 千字
版　　次	2024 年 10 月第 1 版　2024 年 10 月第 1 次印刷
书　　号	ISBN 978-7-5133-5685-5
定　　价	52.00 元

版权专有，侵权必究。如有印装错误，请与出版社联系。
总机：010-88310888　　传真：010-65270449　　销售中心：010-88310811